YERBA BUENA
by Nina LaCour

イエルバ ブエナ

ニナ・ラクール
吉田育未=訳

JN118601

マグノリアブックス

YERBA BUENA

CONTENTS

目次

※本書には、性暴力、薬物使用、未成年飲酒の描写が含まれます。
〔〕は、訳者による註です。

妻のクリスティンへ。あなたをひとめ見たとき、わたしの世界は変わりました。ふたりで築いてきたこの人生は、わたしの誇りです。

父のジャックへ。あなたが若いころ過ごしたロサンゼルスの記憶を書くことを許してくれて、ありがとう。

YERBA BUENA

PEOPLE AROUND SARA

サラをとりまく人たち

サラ	本書の主人公
スペンサー	サラの弟
ジャック	サラの父親
アニー	サラの恋人
デイブ	アニーの双子の弟
ユージーン	サラの父親の友人
グラント	サラのバイト先に現れた青年

PEOPLE AROUND EMILY

エミリーをとりまく人たち

エミリー	本書の主人公
コレット	エミリーの姉
バス	エミリーの父
ローレン	エミリーの母
クレア	エミリーの祖母
パブロ	エミリーの幼なじみ
アリス	エミリーの親友
ジェイコブ	レストラン〈イエルバブエナ〉オーナーシェフ

イエルバブエナ

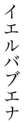

春の日の午後

　丘を越える。窓の外の木々と空がぼやける。ブレーキが唸《うな》るような音を立て、ふたりの間の空気を震わせる。道を曲がり互いに寄りかかるたびに、肩の肌が密着する。バスがしだいに速度を落とし、止まる。

　バスの折り戸を開け外に出ると、そこはカリフォルニア州北部アームストロング・ドライブの行き止まりで、駐車場、フォレストレンジャーの休憩所、そして森への入り口がある。サラはリュックサックのファスナーを開けて水筒を取り出し、ふたを取り口に運ぶ、水筒をアニーに渡すとき、ふたりの指が触れ合う。水筒から水を飲むアニーを、サラはじっと見つめる。

　森に足を踏み入れるたび、サラは息をのむ。その瞬間、空気が変わるのだ。冷たくて、湿っていて、生き生きした土のにおいがして、今日みたいな晴れの日でも地面はじめじめしてやわらかい。「地図、もらいに行く?」とアニーが尋ねた。サラは首を横にふる。サラはこの森のことなら、なんでも知っているからだ。新しい道に進んで迷子になることも、帰る道を見つけることもできる。

サラはアニーの手を取り、休憩所を通り過ぎた。すれちがう観光客はみんな、上ばかりを見ている。自分の小ささを思い知るのは、どうしてか気持ちがいい。だからサラの母親は、幼いサラを連れてよくここに来た。そしてそれが、サラがひとりで森に通い続ける理由だ。母親を亡くしてからもずっとひとりで足を運び続けている。

サラはお気に入りの小道に入り、傾斜がきつく人通りのない道を進む。ふたりは息切れしながら、太古から生えるアメリカスギ《レッドウッド》の枝が目の高さになるくらい空に近い場所にたどり着いた。

「ここ？」とアニー。

サラはアニーの視線の先にある茂みを見て、うなずいた。心臓の鼓動が速まる。ふたりは細心の注意を払って一歩ずつ森を進み、レッドウッドの若木に囲まれた古木の切り株がある場所に出た。大きな切り株は、中心部がうろになっている。やっと到着だ。ふたりはリュックサックを開けて、ブランケットとセーター二着を取り出し、マツの葉に覆《おお》われた地面に広げた。

森は静けさに包まれている。辺りにはだれもいない。

「もうキスしていい？」

「まだだめ」アニーはそう言って、Tシャツを脱ぎ、ブラホックを外す。

「もういい？」

アニーは首を横にふり、こう言う。「君の番だぞ」。サラもシャツを脱ぎ、もう一度同じ質問をしようと口を開きかけたとき、アニーがサラに唇を重ねた。

力が抜ける。ずっとずっと待っていた瞬間だ。

胸が高鳴る。十四歳がふたり、秘密の恋をしている。

ブランケットにあおむけになったサラの上に、アニーが乗る。ふたりは首筋や鎖骨にキスをし合い、手のひらで互いの乳房を包む。笑って、頰《ほお》を染め、もっと深くキスをする。

それからしばらくして、ふたりは息を整えながら横たわる。サラの首の曲線に、アニーが頭をくっつけた。

「ねえ、見て」とアニーがささやく。サラが目を向けると、そこにいたのはバナナナメクジだ。光沢のある黄色のナメクジが、シダからのっそりと顔を出し、サラの上を進んでいる。ひんやりとして、ぬめぬめした感触に、サラは笑いたくなるのを我慢した。ナメクジはサラの青白い腹を横断し、アニーの腹に到達する。ゆっくりと、永遠とも思える時間をかけて。森に集う三体の生物を、静けさが包む。少女たちはじっと動かずにいる。ナメクジはキラキラ光るスライムの小道を、ふたりの皮膚に描いた。

その瞬間サラは、悲しみの波にのみ込まれそうになる。病衣に刺繡《ししゅう》された小さなダイヤモンドの印が脳裏に浮かぶ。サラが母の爪に丁寧にぬったフラミンゴ色のマニキュア、母の黄ばんだ眼球、ひび割れた白い唇、看護師の心配している表情、弟の癇癪《かんしゃく》、すべてが浮かび上がる。

そして、見舞いに来てもただ手を後ろに回して、病室の隅に突っ立っていた父親の姿も。病院で過ごしたあの数週間はサラにとって、まるで深い穴の上空を浮遊しているかのようだった。そして母が死んだとき、サラはその穴に真っ逆さまに落ちた。

「ねえ」というアニーの声で、サラはレッドウッドの森に引き戻された。胸がざわざわする。

「何を考えてたの？」

「なんでもない」

風がふたりの頭上の枝を揺らす。

「わたしがまだ知らないこと、何か教えて」とアニーが言う。「サラのこと、もっと知りたい」

アニーの声が、サラの耳のすぐ近くで聞こえる。アニーのやわらかい肌が、サラの肌にぴったりとくっついている。アニーを喜ばせるには、なんの話をしたらいいんだろう？　ここ二年のことは論外だ。その前の数カ月間のことも話したくないし。学校のことだって話しても仕方ない。ふたりはついこの間会ったばかりのような気がするけれど、実のところ、幼なじみだ。ふたりが出会う前のことを思い出してみよう。そしてサラは話しだす。

「昔ね、家族みんなでよくお絵描きゲームをしたんだ。テーブルを囲んで、だれかが描き始める。だいたい最初の絵を描くのはパパなんだけどね。例えば、パパが道や電車や山の絵を描く。そうしたら次の人が、その絵に何か描き足すんだ。人でも、車でも空でもいい。最後の人が絵を完成させなきゃいけない。でもそのときには、描き足せるスペースがほとんど残ってないんだよ。すごく楽しかったなあ。だれが何を描くんだろうって待つのも、みんなをびっくりさせるのも。何時間もやってたときもあったよ」

こんな話でよかったのか、サラは不安になるけれど、アニーはサラをぎゅっと引き寄せた。空のだいぶ低い位置に、太陽がある。そろそろ帰らなければならない。アニーの家では、双子の弟と両親が待っている。サラは弟のために夕飯を作らなければならない。弟は今ごろ、自転車に乗って友達の家を出たところだろう。父も待っているかもしれない。今夜も帰ってこないのかもしれない。どちらにしろ、暗くなる前にバスに乗らなければならない。おんぼろの山小屋、田舎くさい別荘、濁った大きな川も、〈アパローサ・バー〉も〈ウィッシュ&シークレット・ヘアサロン〉も、その先にあるリリーの父親が運営する教会の尖塔《せんとう》も、全部が夕日の赤に包まれる前に。

だけどあと数分だけ。

もう一度、キスをしよう。

鳥が、高い空に舞う。

風が、サラの肌を冷やす。

小さなふたりは森に守られて、外の世界のことはいともたやすく忘れてしまう。


そのころカリフォルニア州の南部、とあるミッション系スクールの校庭でエミリーは苗を植え、周りの土を押し固めていた。見覚えのある葉の形だ。エミリーが辺りを見回すと、ああ、やっぱりだ。擁壁《ようへき》からあふれんばかりに緑の草が繁茂している。

「これと同じですよね？」エミリーが尋ねると、ミセス・サントスがうなずいた。

「庭に何も生えていないところがあったら、その周りに育っているものから少し採って、植えてみるといいよ」

下校時間からもう数時間がたっている。学校に残っているのは、この三人だけだ。エミリー、友達のパウロ、そしてパウロの母親のミセス・サントスだ。三人は学校の敷地と道路を隔てる花壇の世話をしていた。美しく有用性の高い花壇を作るとミセス・サントスが申し出たのだ。花は少しだけで、植えてあるのはほとんどがハーブだ。

「名前はなんですか？」とエミリーが尋ねる。最近エミリーは植物について学んでいるのだけれど、日陰に茂るこの葉はどうしてか見落としていた。

「イエルバブエナっていうんだよ」

「変なの」とエミリー。「両親が好きなレストランの名前と同じです。パブロ、覚えてる？サンセット大通りにあるレストラン。一度、いっしょに行ったよね？」

「あの高級なとこ？」

「そう」

パブロは抜いた雑草をバケツに入れてから、エミリーのとなりに座ってその草を見つめる。

そしてイエルバブエナの茎を折って、エミリーの顔の前にぶらぶらさせた。「ほら、ミントだぞ。大金持ってこい」

　エミリーとパブロが笑う。ミセス・サントスも笑顔だ。

「これ、ミントなんですか？」エミリーはそう尋ねながら、葉を指の間でこすった。

「お茶にするといいんだよ」とミセス・サントスが答えた。「ここにある植物のほとんどがそう。ティーガーデンは手入れが簡単でね。ハーブティー《チザン》にできる。世話が簡単なんだ。いくつか持たせてあげるから、好きなのを見つけたらいいよ」

　バーベナ。スペアミント。カモミール。セージ。イエルバブエナ。

「花束みたいですね」とエミリーは言って、ミセス・サントスからハーブを受け取った。

「新鮮なうちに試してみなさい。今夜、宿題をしながら飲むといい」

　三人は荷物をまとめ、家路に就《つ》く。エミリーとミセス・サントスの家は、学校から六ブロックほど離れたところに、道路をはさんで向かい合って立っている。「コレットは元気にしてる？」とミセス・サントスが尋ねた。

「はい。最近、ギターを教えてもらっています。わたしの指、触ってみます？」

　ミセス・サントスがマメのできたエミリーの指先に触れる。「ずいぶんと練習したんだね」

「ほら」と信号待ちの交差点で、エミリーがパブロにも指を触らせた。

「すげえ」

　信号が変わり、三人は道を渡った。エミリーは姉のコレットのことを考えていた。ギターのコードシフトをするとき、コレットがエミリーの指を取り、ギターのフレットに当てた。練習するのはいつだって、コレットのベッドの上だった。だけど最近のエミリーは、自分の部屋でひとりきりだ。コレットは自室にこもっている。エミリーの頭の中で、数日前の夜にコレットに怒鳴りつけられ、ドアを乱暴に閉められたときのことがよみがえる。

家のすぐそばまで来たところで「ハーブティー、どうだったか教えてね」とミセス・サントスが言った。「お湯に葉を数枚、それからはちみつを入れてもおいしいよ」

エミリーは玄関の階段を上り、手をふった。「また明日」

「あとでうちに来たら？　数学の宿題、写させてよ！」と叫んだパブロを、ミセス・サントスが叱るふりをしている。玄関の鍵が開いていたので、エミリーは中に入った。

家の中はしんとしていた。エミリーはチーズを適当にスライスし、リンゴといっしょに皿にのせて、デッキに持って出た。数カ月前、父親のバスが親戚ふたりを呼んで古いデッキを解体し、エミリーとコレットにも新しいデッキの建設を手伝うように言った。

「わが家の伝統なんだ」とバスは言った。「父親が家やデッキなどのさまざまなものを建てるとき、家族は必ず手伝うべし」

「ニューオリンズにいたときは」とルディが言った。ルディは親戚の最年長者で、一族がロサンゼルスに移住する前の世代で生き残っているのは彼だけだ。「われわれの父親たちは、代々彼らの父親たちを助けてきたんだよ」

コレットはあきれたように目をむいた。コレットは、高校を卒業したばかりだった。卒業したといっても、かなりぎりぎりで、とくに二学期の成績があまりにも悪かったから大学への入学内定が取り消された。「ビーチに行く約束、友達としててんだよね」とコレットは言った。けれどエミリーは、デッキ建設がしてみたかった。山積みの木材と、近くに住んでいるのに滅多《めった》に顔を見せない親戚たちを見ていると、とても魅力的に思えたのだ。

「お姉ちゃん、そんなこと言わないで」とエミリーは言った。「楽しそうじゃない？」

コレットは家の壁に寄りかかっていた。エミリーより三歳上で三センチも身長が高い姉は、エミリーにとっては、まるで異世界の人のように思えた。彼女の髪はエミリーよりも長く、ジーンズ生地のショートパンツの丈はずっと短い。コレットはしばらく首をかしげたまま無言でいて、みんなをやきもきさせてから肩をすくめた。「まあ、いっか」

コレットはそれから一時間くらい手伝って、ふらりといなくなった。だけどエミリーは一日じゅうそこにいた。大人たちの話に耳を傾け、冗談の意味が分からなくても大人に合わせて笑った。指示されるまま釘《くぎ》を打ち、電動サンダーの使い方まで習って、ゴーグルとマスクを装着し、手すりが滑らかになるまで夢中で作業した。

その手すりに今、エミリーは寄りかかり、バラが植えてあった花壇を見つめている。バラが枯れてからは、何も植えていない。ラベンダーを移植したらいいかもしれない。そうエミリーはぼんやり考える。それか、自分だけのティーガーデンを作ろう。網戸のスライドドアの向こうで何かが動く。だれか帰ってきたんだ。両親の就業時間はかなり不規則だ。父親のバスは土建業者で、母親のローレンはエンターテインメント業界専門の弁護士だ。だから両親は仕事の需要に応じて家を出入りするし、娘たちの外出に口出ししなかった。

ティーガーデンにしよう、とエミリーは決める。ラベンダーじゃなくて。ミセス・サントスにやり方を習えばいいんだ。そのとき、家の中からドンドンという音が聞こえた。階段をブーツで駆け降りる音だ。バスの叫ぶ声がする。

「911に電話して。お姉ちゃんが大変だ」

エミリーは電話をつかみ、バスのあとについて二階に上がった。オペレーターが応答し、詳しい状況を説明してほしいと言うけれど、バスがバスルームのドアをふさぎ、エミリーを中に入らせない。

「エミリー、見ちゃいけない。救急車が必要とだけ言いなさい。過剰摂取だと言って。さあ早く。見るんじゃない。エミリー、玄関の外で救急車を待ちなさい」

エミリーは言われた通りに、救急車を待った。救急車はサイレンも鳴らさず静かに到着し、家の前で停車した。救急隊員がふたり、玄関に向かってくる。エミリーは二階への階段を指さした。ローレンも帰宅した。だけどエミリーは、どうしたらいいのか分からずにいる。姉の体を、救急隊員が運び出す。意識はないけれど、息はあるようだ。救急車の後ろに姉が乗せられると、バスも乗り込んだ。エミリーはじっと見ているだけだ。

ローレンが車の鍵を手にしている。

「ママも病院に行ってくるから」

「わたしも行く」

「だめ、エミリー、あなたはここにいなさい」ローレンはエミリーの顔を両手で包み込んだ。

「しっかり者のわたしの娘、あなたはいい子だから、ここで待っていなさい」

救急車が家の敷地から出て、そのあとに母親が続くのを、エミリーは窓からじっと見ていた。どういうわけか、近所の人たちは救急車にもローレンの車にも気づいていないようだった。数分後、サントス家の明かりがついた。エミリーは道を渡っていって事情を話し、サントス家のみんなと食卓を囲むこともできたはずだ。だけどそうしなかった。ひとりで家にいた。夜が更ける。エミリーはじっと宿題を見つめ、食べることも忘れ、しばらくそのままでいた。ミセス・サントスからもらったハーブは、カウンターの上でしおれていた。エミリーはひとりでベッドに入り、動かずにいた。全部が終わるまで、ずっとそうしていたい。エミリーは強く願った。

パラダイス

それから二年後のある日、寝室のドアが開く音でサラは目覚めた。

「姉ちゃん、電話がずっと鳴ってたよ」スペンサーがドア口で言う。彼の髪は片側がぼさぼさで、眠たそうな目をしている。「アニーの弟からだよ」

サラは受話器を取り、耳に当てる。「デイブ?」

「アニーといっしょにいる?」

「ううん」サラが時計を見ると、時刻は午前一時半だ。胸の鼓動が速まる。スペンサーはサラの横に座り、彼女の頬に自分の頬をくっつけて聞き耳を立てている。

「本当にいっしょじゃない? うそついてない?」とデイブが尋ねる。

「うそなんてつくわけないでしょ」

「最後にアニーを見たの、いつ?」

「学校が終わったときだよ。あんたもいっしょにいたじゃん。あれからバイトに行って、まっすぐ家に帰った」

「父さんと母さんが電話を使わなきゃいけないって。いったん切るよ。何か分かったら、また連絡する」

　サラはうなずく。声が出ない。サラが受話器を手に持ったまま呆然《ぼうぜん》としているので、スペンサーが受話器を取りベッドの横に置いた。

「なんでかな」とスペンサー。「なんでデイブ、分かんないの？　目をつぶって念じたら、アニーの居場所なんてすぐに分かるんじゃないの？」

「どゆこと？」サラが尋ねる。

「双子ってそういうもんじゃないの？」

「あのね」サラはスペンサーの小さな手を握る。「そんなわけないでしょ」


　翌朝サラは、いつも通りスクランブルエッグを作ろうとしたけれど、吐き気がして食べられそうになかったので、スペンサーの分だけ用意した。

　サラは棚から母の皿を数枚、取り出した。縁《ふち》が欠け、花模様は色あせている。やっと悲しみから抜け出せたと思っていたのに。アニーの行方不明の知らせに、悲しみの穴がふたたび開こうとしている。体が重さを失い、足もとに大きな虚無が広がる。

　スペンサーがブレックファーストヌック〔朝食を取る窓際の小さなスペース〕に消えた。サラが皿を手にヌックに入ると、テーブルの上にスケッチブックの真っ白なページと鉛筆が置かれている。お絵描きゲームの始まりだ。プレーヤーはふたりしかいないけれど。

「あんたからやりなよ」とサラに促され、スペンサーが絵を描き始めた。

サラはスペンサーの向かい側に座る。ギンガムチェックのカーテンから光が漏れ、色あせた黄色のシンクでフライパンは熱を失い、窓際の壁には何年も前のお絵描きゲームの絵が飾られている。

スペンサーは曇り空を描き入れ、指の腹で鉛筆のラインをぼかした。そして満足すると、サラにスケッチブックを渡した。サラは木のてっぺんを描き入れてから「行かなきゃ」と言った。

「あとでやろう」

「いいよ」スペンサーは、描きかけの絵を冷蔵庫にマグネットでとめた。「パパもいっしょにやるかな」

「どうだろね」

サラとスペンサーは玄関ポーチで靴を履き、別々の方向に歩きだした。学校の方向が逆なのだ。

サラはできるだけリュックサックを軽くしておいた。もしかしたら学校からまっすぐどこかに行くかもしれない。キャンパスの向かいにあるバス停で降りたら、アニーが待っていますように。茶色の巻き髪に、デニムジャケット姿で、不良っぽい姿勢なんだけどやさしい顔をしているからあんまり悪く見えない。めちゃめちゃ心配したんだよ、と言って怒ってやろう。そうしたらアニーは、サラの腰に腕を回し、なるべく友達同士に見えるように気をつけながらじゃれる。サラは、アニーのベルトをつかんで言う。絶対にいなくならないで。約束だよ。

うん、約束とアニーは返すはずだ。

学校の入り口に、デイブとリリーの姿が見えた。クリスタルとジミーもいっしょだ。だけどアニーはいない。

「どうすればいいの？」クリスタルが尋ねた。

「さがそう」とデイブ。「手分けしてさがそう。親たちにここに連れてこられたけど、そんなことしてる場合じゃないよ」

「町のほうをさがしてみようか」とクリスタル。「けどなんか怖い。ふたり組で行かない？」

ジミーがうなずく。「ぼくがいっしょに行くよ」

「あんたたちもふたりで行きな」とサラはデイブとリリーに声をかける。「わたしはひとりで大丈夫」

「ほんとに？」とリリーが尋ね、サラがうなずく。

「車を出せるから、モンティ・リオに行こう」とリリーが言い、デイブも同意する。

サラは背負ったリュックサックの軽さに、渇きにも似た強烈な希望を感じた。

「今日は四時からバイトなんだ。アニーが見つかったらモーテルに電話して」友人たちがうなずく。「わたしは森に行く」とサラが言った。

サラはアームストロング・ドライブまでバスで向かった。ひとりきりだ。フォレストレンジャーの小屋の前を足早に通り過ぎ、登山道の入り口まで来た。サラは森を信じている。サラとアニーが積み重ねてきた森での午後を信じている。だけど、サラは覚悟を決めなければならない。アニーを見つけたとき、けがをしているかもしれない。意識がないかもしれない。血が出ていたり、骨が折れていたりするかもしれない。それよりも悲惨な状態かもしれない。森は霧が深く寒かった。サラはアニーの名前を繰り返し呼んだ。静けさだけが返ってくる。高く高く上り、道を外れて進み、ふたりの隠れ家に足を踏み入れた。アニーはいない。サラは登山道に戻り、それまで行ったことのない脇道を進んだ。

絶対にわたしが見つける。サラはそう確信していた。もう森に入って六時間以上がたっていた。サラは、切り株のやわらかいイスの上で、あぐらをかくアニーの姿を想像する。アニーを見つけたらほほ笑んで、キスをするんだ。なんでここにいるのって、アニーは歌うような声で尋ねるだろう。アニーはきっと無事だ。世界はちゃんとバランスを取り戻す。大好きな人をふたたび失うわけがない。

サラが腕時計に目をやると、すでに午後三時を回っていた。森を出ないとバイトに間に合わない。モーテル〈ビスタ〉の事務所に着いたら、きっと電話が鳴っているはずだ。デイブが電話してきて、アニーが見つかったと教えてくれるはず。サラはそう自分に言い聞かせて、森の影の世界をあとにして、日光の中、モンティ・リオ行きのバスを待った。

〈ビスタ〉は、となり町にある。サラの住む町と大して変わらない町にあるモーテルだ。モーテルの建物はすべて一階建てで、事務所の奥に備品室があり、シングルルーム二十室とミニキッチンつきのスイート三室がある。滞在する人は、客室の前まで車で乗り入れることもできるし、部屋つきの芝生から直接、川に下りることもできる。川が見下ろせるので、白いパラソルの下でガーデンチェアに座り、持ち込んだドリンクを手にくつろいだり、暑い日は岩のごつごつした川岸で泳いだりする人もいる。

「わたしに電話、かかってきていませんか？」サラは事務所に入るなり、モリーンに尋ねた。

モリーンはクロスワードパズルから目を上げもせず、首を横にふった。

「ほんとに？」

「朝の八時からここにいるけど、一本もかかってきてないよ。あ、こりゃオウムだね」そう言ってモリーンはクロスワードに書き込む。それからクリップボードを手に取り、サラに渡した。六室分しか部屋番号にチェックマークがついていない。繁忙期は終わったのだ。

「電話を待っているんです。すごく重要なので、掃除中にかかってきたら教えてもらえますか？」

モリーンがうなずいた。

備品室でサラはラテックスグローブを着けた。キャスターつきのゴミ箱の、車輪が壊れていないものを選び、ガラス磨き液《ウィンデックス》とスポンジ、クリーナー、ゴミ袋をゴミ箱のふたにのせ、その上にキッチンペーパーをそっと重ねた。ゴミ箱を押して備品室の裏口から出て〈5号室〉に入る。シーツと毛布を外し、トイレとベッドの横にあるゴミ箱を回収し、洋服ダンスの上にあるビールの空き瓶、床の上の新聞紙も拾い上げる。いつか部屋に忍び込んでちょっとだけ使わせてもらおう、とアニーはいつも言っていた。「よくない？」アニーがサラの耳もとでささやいた。「鍵つきの部屋に、ベッド」

「これだけは言っとくけどさ」とサラはいつも念を押した。「ここのベッドにあんまり期待しないほうがいいよ」

「なんで？」

「なんか気色悪いじゃん」

「ただ人間が寝てるってだけでしょ」とアニーは言った。「ただの人間の体だよ。大したことない」

だからその数週間後に訪れたアニーの十六歳の誕生日に、サラは〈12号室〉を掃除した。芝生が見晴らせるグレードが高い部屋だ。サラはできるだけきれいに部屋を整えた。ドラッグストアでキャンドルを六本買い、キャンドルについていたキリストと聖母マリアのイラストは削り取って、一本ずつふたつのベッドサイドテーブルに置き、タンスの上に三本、テレビ台の上に一本置いた。家から持ってきたブームボックスも設置し、アリシア・キーズの最新アルバムを入れた。アニーはいつも『ノー・ワン』が流れてくると、音楽に合わせて体を揺らし、頭を上下にふってリズムを取ったからだ。

その夜アニーとサラは、アイスクリームを食べるという口実で、モーテルから数ブロック離れたところで待ち合わせた。食べ終わると、サラが言った。「モーテルに忘れ物しちゃった。いっしょに来てくれる?」

道路を離れてふたりきりになると、サラはアニーの手を取った。「プレゼントを開ける準備はできてる?」

アニーは頰を赤く染めた。

サラはあらかじめ、モリーンから部屋の鍵は受け取っていたので、部屋までアニーを連れていき、ドアを開けた。キャンドルをともし、音楽を流す。小型冷蔵庫には、滞在客カップルが半分飲み残したピンク色のワインが入っている。サラがその朝に見つけて、隠しておいたのだ。サラは備品のプラスチック製のシャンパングラスにワインを注ぎ、アニーに向き直った。アニーはずっとサラを見つめていた。アニーの輝く瞳に、サラは胸がいっぱいになった。こんなふうにだれかに見つめられるなんて。こんなに美しい女性に、こんなふうに愛してもらえるなんて。あまりに強い感情に、サラは叫びだしたかった。けれどその寸前でアニーがサラに近づき、両手でサラの髪に触れ、キスをした。

完璧な夜だった。いや、ほぼ完璧な夜だったというべきだろう。サラがアニーの肘の内側にキスしようとしたとき、そこに痕を見つけたのだ。サラは頭がぐらりとして涙が込み上げたけれど、きっと考えすぎだと自分に言い聞かせた。あの痕は、父や父の友人たちのものとはちがう。母のとはちがう。きっとかすり傷だ。きっとそうだ。なんでもないはずだ。そうサラは信じ込もうとした。

アニー、どこにいるの？　サラは掃除機をかけ始めた。デイブから電話があってもいいはずだ。ゴミ捨てのついでに、モリーンに聞いてみよう。滞在客対応で忙しいときに電話が鳴ったのかもしれないし、そんなに重要ではないとモリーンは思ったのかもしれない。モーテルの建物の外にある大きなゴミ捨て場への角を曲がったとき、サラは驚いて心臓が止まりそうになった。男が、そこにいたのだ。サラよりもいくつか年上だろう。ひざ上までゴミにうもれて、大型金属製ゴミ箱《ダンプスター》の中に立っている。

その男は凍ったように動きを止め、疲れた目でサラを見つめた。脂ぎった髪で目が少し隠れている。くたびれた服装だけれど、こういうのが流行《はや》っているような気もする。サラには男の素性がまるで分からなかった。

「やあ」と男が言う。

「げえ」とサラが答える。

男はにっこり笑い、いくらかリラックスしたようだった。右下の前歯が少し欠けている。

「この雑誌、まだちゃんと読めるじゃん」と男が言い、サラに拾得物を差し出す。

サラは目をむき、ゴミ箱の中身を捨てた。新たに投入されたゴミの山に男が進んでいく。

「このゴミ箱には、いいものは入ってないよ」とサラが忠告し、ゴミ箱を引いて建物の中に戻ろうとした。

「ちょっと待って」と男が言った。サラはふり返ったけれど、内心ではイライラしていた。男がダンプスターの壁を乗り越えて出てきた。「あのさ、シャワーとか使わせてもらえないかな。まだ掃除してない部屋のシャワーでいいんだ。ささっと終わらせるから」

サラは反射的に断ろうとしたけれど、男の顔が期待に満ちあふれていて、その希望にすがりたくなった。男をシャワー室に案内し、ドアの外で待とう。いい行いをするんだ、助けが必要な人に親切に接するんだ。そうすればきっと、デイブから電話がかかってくるはずだ。アニーが無事だと知らせが入るはずだ。

サラはいいことをした。ちゃんと男に感謝された。彼の髪は濡《ぬ》れ、顔は清潔になった。それなのに、デイブからの電話はなかった。その一時間後にモリーンに尋ねたときも、連絡はなかった。シーツが乾いたことを口実にサラがもう一度事務室に向かったときは、モリーンがわざわざカウンターの外に出て、こう言った。

「あのね、あんたのこと、わたしはよーく分かってるつもりだよ。あんたは本当に大事なときにしか、大事だと言わない子だ。だから電話があったら大声であんたを呼ぶよ。電話かけてきた人がハローって言い終わらないうちに、あんたを呼ぶ。分かったかい？」

「はい」

「話、聞こうか？」

「大丈夫」とサラ。「でも、ありがと」

サラは言葉にすることを恐れていた。まだ、伝えたくない。モリーンにはいつも通りにしていてほしい。黒く染めた髪にローカットのシャツ姿で、事務的だけどすごくやさしい。何の質問もせずに〈12号室〉の鍵を渡してくれた上司のままでいてほしい。モリーンの見解も聞きたくないし、彼女が表情を曇らせるのも見たくない。待っている時間が耐えられない。サラは体の中に渦巻く恐怖を、一刻も早く追い出してほしかった。

〈20号室〉の窓から、先ほどシャワーを使わせた男が見えた。のんきな顔をして、白いパラソルの下のガーデンチェアでくつろぎ、雑誌をぺらぺらとめくっている。ベッドメイキングを終えてもまだあの男があそこにいるなら、並んでいっしょに座ろうとサラは思った。

サラが近づくと、男は片手をふった。

「何やってんの」とサラ。

男は肩をすくめた。「ここって、こういうことする場所でしょ？」

「金払って泊まってんならね」

「俺、追い出される感じ?」

サラは首を横にふった。

「じゃあここに座って」

サラは男のとなりのイスに座った。でもその前に、男とのイスの距離を離すのを忘れなかった。サラはブロンドで容姿もいい。父親に似て長身だ。男性にまちがった考えを持たれないように、慎重に行動する癖がついている。でもなぜかサラは、この男は大丈夫だという気がした。

「いいとこだよね」と男が言う。「ここに住んでる人、うらやましいよ。本当にパラダイスみたいだ」

「そんなことないよ」

「本気で言ってる? マジでほら、ちゃんと見てみなよ」

「うん、分かるよ」とサラ。「素晴らしい景色です」。なぜたくさんの人がモーテルを訪れ、サラとこの男みたいにこうしてイスに座るのか、サラにも理解はできる。川もレッドウッドの森も、素晴らしい。「で、あんたはここで何してんの?」とサラが尋ねた。

「ロサンゼルスに行く途中なんだけど、新しいスパークプラグが必要でさ」

「車の修理工場、数ブロック先にあるけど?」

「知ってる。修理自体は簡単らしい。だけど金がなくてさ。日雇いの仕事とか知らない? ホンダ・シビックだからそんなに修理代かからないと思うんだよね」

サラは肩をすくめた。「知らない」

「じゃあ、これ」そう言って男は雑誌のページの隅に何か書き、ページを破って折りたたんだ。

「何かいい仕事あったらさ、電話して」

「了解」サラはあきれた表情で、紙切れをポケットに入れた。


サラが帰宅したとき、家の前に車が何台も止まっていた。ということは、ふたつのパターンが考えられる。スペンサーとふたりきりで夕食を食べるのか、それとも父親とその友達の騒ぎ声に怯《おび》える夜になるのか。

サラが家に入ると、男たちはリビングルームにいた。だけどなんだか静かだ。テレビにはローカルのニュース番組がついていたが、音量はかなり下げられていた。

ふたりの男が窓際に座り、トランプゲームをしていた。サラはふたりが兄弟であることは知っていたけれど、名前までは思い出せなかった。その兄弟は、リビングに入ってきたサラを一瞥《いちべつ》し、すぐにカードに目を落とした。サラに何も言わなかった。だけどソファに座っていたユージーンはちがった。

「おい」とユージーンはサラを呼んだ。「おい、サラ、ここに座れ」

ユージーンは自分の横にあるクッションをたたいた。サラが腰をかけると、ソファが沈んだ。

捜索と清掃で、彼女の体は疲れ切っていた。サラは前かがみになり、両手で自分の頭を支えた。

「最近お前、あんま顔見せないな。大人になったから、おじちゃんとはもう遊んでくれないのか」

サラはユージーンを、物心つく前から知っている。ユージーンの妻とサラの母親は親友だった。サラの母親が死んですぐに、ユージーンの妻は彼と離婚した。

「友達が行方不明なんだ」とサラは言い、両手に頭をうずめたまま瞳を閉じた。

「行方不明」ユージーンが言う。「そうか」

部屋がまた静まり返っている。空気が張りつめているような気もするけれど、サラには関係ない。あまりの疲労感に、そんなことは気にしていられない。「さがし回ったんだけどね」

ソファにかかる重心が変化した。サラが目を開けると、ユージーンが新しいビール瓶を手に戻ってくる。「まあ」とユージーンはビールをすすった。「見つかるさ」それからユージーンはしばらく黙って、ふたたび口を開いた。「いつでもおじちゃんのとこにおいでな。困ったことがあったときは」

サラはユージーンの顔を見て、うなずいた。

「いい子だ」そうユージーンは言って、サラの背中を軽くたたいた。

そのとき、警察車両の光がリビングルームの壁を照らした。

「ラリーが来やがった」窓際の男がトランプを片手にののしった。サラが耳を澄ませると、パトカーのドアが閉まる音がして、ラリーが歩道を進みこちらに来ているのが分かる。ラリーが来るといつも、男たちの間に緊張が走る。男たちとラリーは幼なじみのはずだけれど、ラリーの制服は彼と周りの男たちを隔てる境界線のようだ。

サラの父親が玄関を開けて応えたけれど、ラリーを招き入れたりはしない。「今日はどんなご用で？」と尋ねただけだった。

「やあ、ジャック。君のお嬢さんの友達をさがしている。お嬢さんと話をさせてくれないか」

「サラと？」

「ご在宅ですか」

サラの父親は脇によけ、サラを玄関から外に出した。

サラは警察官の質問に答えた。アニーを最後に見たのはいつか、どんな服装だったか覚えていたら教えてほしい、と言われた。もちろんサラはすべて覚えていた。アニーからはひとときも目を離したくなかった。二年間いっしょに時間を過ごしても、彼女を見飽きることはなかった。ラリーがもしふたりの関係を尋ねたなら、サラは正直に答えただろう。そもそもどうして、ふたりの関係を隠してきたのか分からなかった。学校ではオープンにしている子だっていたし、彼女たちの状況はそんなに悪くなかった。だけどアニーとサラにとって、秘密は習慣だった。神聖な約束のようなもので、肌身離さずしっかりと大事に隠しておきたかったのだ。

「アニーが、危険な行動をしていた可能性はありますか」

キャンドルの光の中で、アニーの腕に浮かんだあの痕は？　伝えたほうがいいのかもしれない。だけどあれはなんでもないのかもしれない。サラには確かめようがなかった。「いいえ」ラリーが信じてくれますように。そう願いながらサラは言葉を絞り出した。

「ドラッグは？」

きっと、なんでもないはずだ。サラは首を横にふった。

ラリーはジャックに向かって尋ねる。「お嬢さんの答えに異論はないですか」

サラの父親は無表情のまま、平たんな声で答えた。いつも通りだ。「なんで俺に聞くんだよ、お前ふざけてんのか」

「念のためです」

ラリーが去り、サラの父親とユージーンと男たちはビールをまた飲み始めた。サラは廊下に出てスペンサーの様子を見に行った。弟はベッドでぐっすり眠っている。サラはキッチンの引き出しからスペアキーを取り、リビングに入った。

「トラック、ちょっと借りるね」

父親が一度うなずいて「気をつけろよ」と言った。

サラは、暗闇を二キロほどドライブして〈ピンク・エレファント〉に向かった。未成年なので入れないけれど、サラたちは建物の前にあるネオンライトの看板に照らされた駐車場で、いつも待ち合わせた。サラは、友人たちがいい知らせとともに現れて、もう全部大丈夫だと教えてくれるのを待つつもりでいた。

目的地の少し手前の歩道に、デイブが座っているのが見えた。ひざに突っ伏して、リリーに肩を抱かれている。ジミーはまくし立てるように何かを話している。不安になっている証拠だ。

「川を捜索するって」デイブが、歩み寄るサラにそう言った。

その瞬間サラの頭は、デイブの目が腫れていて、すごく具合が悪そうで、あと数時間で死んでしまうんじゃないかという考えでいっぱいになった。それからデイブの唇がアニーの唇にそっくりで、すごくやわらかそうだから目を閉じてキスをしようかと思った。そして目を開けたら、デイブが双子の姉アニーに変身しているんだ。

それからサラは口を開く。「なんて？」

デイブが同じ言葉を繰り返す。「川を捜索するって」

サラは両手で目を覆い、痛くて我慢できなくなるまで強く押した。みんないっしょにいる。ネオンライトの下にみんなでいる。「ちょっとよく理解できないんだけど」とサラは言った。

「早すぎんだよ」とジミー。ジミーは両手をポケットに突っ込んでいる。「行方不明になってからそんなに時間たってないじゃん。なんでこんなに早く川を捜索するんだよ。何かのまちがいだろ？　なんで最悪の事態を想定するんだよ。病院がミスしたんじゃないの？」

「川を捜索する」とサラが繰り返す。

リリーは涙をぬぐい、サラを見つめ、うなずいた。硬い表情だ。

「おかしいじゃん、絶対。病院にいるかもしれないじゃん。いないってなんで分かるんだよ」とジミー。

「全部の病院に電話したんだよ。ありとあらゆる病院に電話したんだ。さがし尽くした。だからアニーは百パーセント病院にいないって分かるんだよ」とデイブが答えた。

「ごめん」とジミーが言った。「そうだよな。ごめんな」

リリーは手を合わせ、首を垂れ祈っていた。


サラの母親が亡くなったあと、サラと父親、弟の三人だけで家に戻った。小さな男の子は、まだよちよち歩きで、どんなに些細《ささい》な悲しみにも盛大な癇癪を起こした。熱しすぎて膜を張ったミルク、靴下に開いた小さな穴、見当たらないおもちゃ。なんであれ、その子は泣きじゃくった。父親は、友達を招いては冗談を言って笑っていたけれど、夜になるとひとり寝室でむせび泣いた。あまりに大きな泣き声に、子供たちは目を覚ました。十二歳の女の子は全身が腫れて、傷だらけになったように感じた。食べても痛いし、空腹でも痛い。朝起きることは悲しみの中に息をすることを意味し、無気力に耐えかねた筋肉が震えだすような気がした。

するとある夜、スペンサーがサラのベッドに入ってきて、サラをぎゅっと抱きしめた。それまでもふたりは仲のいいきょうだいだった。スペンサーが泣けば、サラは髪をなでたり、額《ひたい》にキスをしたりして慰めた。だが、あの夜は何かちがった。スペンサーは、サラの肩甲骨の間に彼の顔をうずめた。スペンサーの腹が上下するのを、サラは背中に感じた。ふたつの心臓の鼓動が重なるのを感じた。

弟にはわたしが必要。わたしが必要。わたしが必要なんだ。

わたしにはこの子が必要。この子が必要。この子が必要なんだ。

スペンサーがサラを、闇から引っ張り上げた。

サラが〈ピンク・エレファント〉から帰宅すると、父親の友人たちはもういなかった。サラはスペンサーの部屋に行き、彼のベッドに這《は》い上がった。

「姉ちゃん」とスペンサーが眠たげな声を出した。

「ここで寝てもいい?」とサラは尋ねた。川。サラの頭にその言葉がこびりついていた。

スペンサーがうなずき、サラは体を横たえた。サラは自分の背中に、スペンサーの上下する腹部が感じられるまで、体をくっつけた。そして彼の心臓の鼓動を感じようとした。また癒やしてほしかった。だけどサラの恐怖は荒れ狂い、すべてを破壊してしまいそうだった。サラの体が震えだす。スペンサーは気づいていない。スペンサーが眠ると、サラは自室に戻った。

病院着のダイヤモンド模様の刺繍。フラミンゴ色のネイル。ナメクジにレッドウッドの木々。抱き合うときと、抱き合ったあと。希望が、虚無に変わる。

サラはパニックに襲われ、卒倒しそうだった。体がばらばらになりそうだ。部屋が広すぎる。

息苦しい。どこか狭いところに逃げ込むんだ。サラはクローゼットにしまってあった箱を手当たりしだい取り出すと、ブランケットを抱えてクローゼットに入り、スライドドアを閉め、枕を口に当てて叫んだ。サラは暗闇に体を横たえ、顔の上にぶら下がるもう小さくなったシャツやワンピースを見つめた。ずっとここにいたい。ここなら安全だ。それなのに、だれかが寝室のドアをノックしている。

ドアを開けると、サラの父親が立っていた。父親はサラの背後に目をやり、彼女の空のベッドと、クローゼットからブランケットがはみ出ているのに気づいたようだった。

「あそこで寝てんのか」と父親が尋ねた。

サラはあまりの痛みにこらえ切れず、目の前にいる父親に真実を打ち明けた。

「怖い」とサラは言った。父親がサラの肩に手を置く。父親がサラに触れるのはいつ以来だろう？　記憶がうずいた。遠い日々の記憶にうずもれた感覚だ。スペンサーが生まれる前、母の死の前、サラが小さな女の子だったときに知っていた感覚だ。両親といっしょに、川辺で笑っている。日の光に包まれている。

川が、人間を丸のみにすることを知る前の記憶だ。

サラは言う。「明日の朝、川を捜索するんだって」

サラが父親を見ると、彼の頬は濡れ、目は閉じられていた。

「パパ」とサラは言う。「アニーをさがそう？　車でいっしょに行こうよ」

サラは父親の手の温かさに集中する。父親なら助けてくれるはずだ。だけど父親はサラの肩をぎゅっと握り、そして手を離した。「あのな」と父親が口を開いた。「お前の年ごろの女の子は、ただ行方不明になったりしない。いなくなったということは、永遠にいなくなったんだ。それしか考えられない」

「アニーはちがうよ」

父親は浅く息を吸い、薄暗い廊下に目を落とした。わたしの顔を見て、とサラは言いたかった。父親に見られていないと、自分が消えてしまうような気がした。いっしょにいてよ、とサラは叫びたかった。わたしが生きられるように、ねえパパ、助けて。

「パパもな、この町に長年暮らしてきた」と父親が言う。「パパも友達を亡くしたことがある。それでも人生は続く。お前も学ぶ」

だけどアニーのあの唇。アニーのキス。あのキス。サラの首の曲線に休むアニーの頭。全部、なくなるはずがない。

「わたしたち、友達じゃない。それ以上なんだよ」とサラは言う。父親は驚きに満ちた瞳でサラを見つめた。

「さがすのを、手伝って」サラはもう一度言った。

父親は踵《きびす》を返し、玄関のほうへ向かった。きっと鍵をさがしているんだ。そうサラは自分に言い聞かせた。きっと捜索に持っていくコーヒーを作ってるんだ。きっと靴を取りに行ったんだ。すぐに戻ってきて、よし行くぞって言ってくれるはずだ。サラは待った。そう信じて待った。ひとりぼっちじゃないってそういうことでしょう？　そう自分に言い聞かせて、待った。サラはトイレで用を足してから、自室に戻った。きっと父親が準備万全で待っている、その姿を想像する。だけど父親はいない。リビングにもいない。

家にいない。

サラがキッチンの電気をつけると、テーブルの上に見覚えのあるものが置いてあった。スペンサーが指でぼかした雲に、サラが描いたレッドウッドの木。そこに川が描き入れてある。それから女の子の絵――アニーだ――川に浮いている。うつぶせで浮いている。サラは息をのみ、絵から手を離し、目をそむけた。けれどそのイメージは、サラの瞳に焼きついている。アニーの巻き毛、アニーのデニムジャケット。全部、父親の慎重で繊細な線で描かれていた。

サラはクローゼットに戻り、自分自身を隠した。

翌朝早く、アニーの家のデッキに集合がかかった。サラ、デイブ、クリスタル、ジミー、リリーがいた。船はモンティ・リオを出て、ゆっくりと下流へと進む。みんな一睡もできなかった様子で、黙っている。

見覚えのある光景だ。この町には、毎年夏になると観光客が押し寄せる。ほとんどが学生で、筏《いかだ》や浮輪、大量の酒などを持ってきた。五人が住む通りも観光客であふれ返り、夏の終わりの川辺はゴミだらけだった。数年に一度、溺死者が出た。サラも、濁った水から、溺死体がフックでつり上げられるのを一度だけ見たことがある。だけど知っている人の体がつり上げられるのを見たことはない。

リリーとデイブが並んで座り、手を握っている。クリスタルとジミーはブランケットにいっしょにくるまっている。サラはみんなの後ろにひとりで立っていた。爪をかみすぎて、血が出ている。遠くに船が現れた。フックを川の中に入れ、引き揚げるための船だ。デイブとアニーの両親は船上だ。どちらがもっと辛《つら》いのだろう、とサラはふと考える。目を細めてどうにか見ようとするのと、すぐ近くからすべてを見るのは、どちらが辛いだろう。

船はそのまま五人の前を通り過ぎるかのように見えたけれど、家数軒分くらい手前で停止した。船の片側に人が集まり、身を乗り出して下を見ている。

巨大なフックが下ろされ、デイブがうめき声を上げる。デイブが前後に体を揺らしている。リリーが言う。落ち着こう、落ち着こう。船から泣き声が聞こえる。五人と船の間の空気を伝って、悲しみの声が聞こえてくる。次の瞬間、アニーの体が水中からつり上げられた。

友人たちの顔が紅潮し腫れ、涙に濡れている。デイブは狼狽《ろうばい》し視線が定まらない。クリスタルの瞳はうつろだ。ジミーとリリーは精いっぱいみんなを慰めようとしたけれど、ジミーはデッキの向こうに直行して嘔吐《おうと》し、リリーは自宅に電話をかけたいのに電話番号が思い出せずにいた。サラはただ立ち尽くしている。すべてが彼女の周りで動いている。川の向こうからむせび泣きが聞こえる。アニーの体が曲がっている。彼女の衣服と髪から大量の水が流れ落ちる。

サラは血の味に気づいた。爪をかみ続けていたんだ。ポケットに手を突っ込んだ。

するとポケットの中で、サラの指先に何かが触れた。紙だ。ふたつ折りの紙だ。サラは取り出して開いた。あの男の名前なのだろう。「グラント」と書いてある。

ロサンゼルスに行くのに車の修理が必要な、あの男だ。あの車があれば、サラもここから遠く離れたところに行ける。今聞こえるリリーの父親の声も、教会での祈りの声も届かないところへ行ける。デイブの息をのむ音も聞こえないところへ。だってこれ以上耳にすれば、サラの心臓が壊れてしまう。母親を亡くしたときと同じように、サラを丸ごとのみ込んでしまいそうな空虚の闇から早く逃げなければ。

サラの瞳の奥で父親の姿が揺れる。暗い廊下に目を落とした父親の姿だ。父親がテーブルの上に置いたあの絵、あれはなんだったんだろう。彼はあの絵を、サラの目につくところにわざわざ置いたのだ。それが何を意味するのか、サラは恐ろしすぎて考えたくもなかった。

ここにはもういられない。この町は、人を盗み、連れ去ってしまう。

サラはなんとか家のドアまで帰り着いた。

まだ朝早い。サラはバスでモーテルに向かった。路肩にホンダ・シビックが止まっている。

サラが窓からのぞくと、あの男が見えた。まだ眠っている。紙でできた人形みたいにひざを折りたたみ、口をぽかんと開けて眠っている。

サラは窓をノックした。男ははっと目を覚まし、サラに気づくと起き上がって座った。

「ちゃんと寝ないと美容に悪いっていうだろ」

「わたしも連れてって」とサラは言った。「今日、出発しよう」

サラはリュックサックを抱え、歩道に座って待った。グラントは修理工と交渉している。

「まずは修理が終わらないとどうにもならないよ。数時間はかかるらしい」とグラントが戻ってきて言った。数時間も待てない。サラは今発《た》たなければならない。だけど修理代を払うと約束したし、車がないとどうしようもないのも確かだ。当初サラは、モリーンを頼ろうと思った。サラが必要だと言えば、モリーンは金を工面してくれただろう。だけどおそらく彼女は、サラを引きとめようともしたはずだ。リリーも教会で働いていたから、都合をつけられたかもしれないけれど、サラは親しい友人には会いたくなかった。恐怖に満ちたみんなの顔も、壊れた自分の心も忘れてしまいたかった。もしかしたらもう二度と、みんなに会うことはないかもしれない。

それならあとは、あの人しかいない。あの人を頼るしかない。

サラはグラントといっしょに大通りを歩き、細い路地で曲がった。ユージーンを訪ねるのはいつ以来だろう。ユージーンは困ったことがあったら助けてくれると言った。サラはその言葉を信じたかった。

サラが幼いころ、週末にはユージーンの家に遊びに行った。ユージーンの家には川に面するデッキがあり、サラの両親はそこでよくビールを飲んだ。サラはスペンサーの手を取り、木の階段で河原に下りた。スペンサーが生まれる前、サラは母親といっしょによくデッキに寝転がった。日光がふたりの肌を温めた。

ユージーンの家に着くまでに、サラの胸から思い出があふれた。ユージーンの元妻が用意してくれたトレーには、ポテトチップスとメロンがのっていた。サラの母親が亡くなったあと、彼女はどこに行ったのだろう。どうしてサラの人生にとどまってくれなかったのだろう。もうすぐ川だ。サラは目をそらす。木々が川をうまく隠してくれて、サラは少しほっとした。

勢いよく開いたドアから出てきたのは、ユージーンだった。サラが願った通り、ひとりきりのようだ。

「サラ」とユージーンは言い、目を細める。

「助けてほしいんだ」とサラは言う。

「まあ入りなさい」とユージーン。「あと、だれだか知らんが、君も入って」

ふたりは家に入り、ユージーンがドアを閉める。レッドウッド材の壁、シャギーカーペット、デッキに向かうガラス張りのスライドドア。サラは過去を思い出すだろうと予想はしていたけれど、圧倒された。母親の声が今にも聞こえてきそうで、サラはくらくらした。

「いったいどうした。話を聞こうじゃないか」

「この町を出たいんだ。それも今日、出発したくて。お金が必要なんだ」

「どこに行く気だ」

「それは重要じゃない。でもお金を貸してほしい。いくらでもいいから助けてほしい。働いてちゃんと返すから」

ユージーンは閉まったドアに寄りかかり、サラとグラントをながめていた。

その瞬間、何が起こったのだろう？　その静けさ、その光加減、異様な空気に包まれた。これは何？　サラが重心を動かすとカーペットから埃《ほこり》が舞い上がり、きらめいて消えた。ユージーンの瞳がサラの体をなぞり、グラントの体に着地する。部屋の隅が部屋の中央に向かって傾斜する。変化している。

何が変わったのか、すぐに分かった。

「金っていうのは、稼ぐもんだよ、サラ」

ユージーンはふたたび、サラの体を見ている。隠そうともせず、舐《な》めるようなまなざしだ。サラは何度もそういうふうに見られた経験があるけれど、ユージーンがそんなことをするなんて、想像もしていなかった。ユージーンはサラを見つめたまま、自分のベルトに手をかけた。

そしてグラントのほうを向き、ベルトをゆっくりと外した。

「ユージーン、ふざけてんの？」

「おいおい、お前たちが来たんだろ。サラ、お父さんに電話してもいいんだぞ。どうしたいか自分で決めなさい。俺はちょっと横になってるから」そう言ってユージーンはベルトをイスの上に投げ、廊下に出た。「寝室のドアは開けておくよ、念のため」

サラとグラントは、ふたりきりになった。リビングの床板は斜めにゆがみ、薄暗く折れ曲がった日よけから光が漏れ入る。日中の強い日光はふせぎようがない。目が休まる場所はどこにもない。

サラはグラントに向き直った。

「わたしはやる。金のため」

グラントはつばを飲み込み、うなずいた。「いいよ」

「いいよって、あんたもやんの？」

「うん」グラントの瞳は恐怖で揺れていた。だけどそれだけじゃない、ほかの何かもそこにある。サラには分からない何かが、ある。

「ユージーンの……どの体の一部もわたしの体の中に入ってきてほしくない」とサラはグラントに言った。

「制限みたいなものを設けたらいいのかな。やれることを決めて伝える」

「いいよ」

ふたりは廊下を見つめた。寝室のドアが開け放たれている。どういうわけか、床は平らに戻っている。ブラインドのすき間から漏れているのは、弱い光だ。サラが歩き、その後ろをグラントがついてくる。ユージーンはベッドに座っていた。服を着たままだ。ユージーンはふたりがやるのかどうか、見当がつかなかったのだろう。もしやらないと決めたとき、素っ裸で恥をかきたくなかったのだ。

「いかせてあげるけど」とサラが言う。「最後まではやらないって約束して」

「大事な人でもいるのかな?」とユージーンが言った。

サラは背後でグラントが震えているのが分かった。彼の恐怖を感じ、サラは覚悟を決めた。

「やるの、やんないの?」

「お前はどうすんだ?」とユージーンがグラントに尋ねた。

「どうするって……」とグラントが言う。「なんでもいいよ」

「じゃあ決まりだ」とユージーン。「三百ドルある」

「見せて」

「ここで待ってな」

ユージーンは金を手に戻り、サラに渡した。サラは金を数えた。

「いいか?」とユージーンが尋ねる。

「うん」とサラは答えた。「いいよ」

サラは考えることを拒絶する。絶対に考えない。あの夜の父親も、父親が残したおぞましい絵も、フックも川も、友達も、ユージーンの家で起こったことも、絶対に考えない。

大事なのは、サラのポケットに金があるということと、車が走るということ、そしてグラントが急ぎその車を走らせ、スペンサーに追いつこうとしていることだ。スペンサーは今ごろ、友人ヘンリーの家に向かって自転車をこいでいるはずだ。毎日放課後、ヘンリーの家に世話になっている。遠くにふたりの姿が見えた。少年たちは自転車をこいでいる。

「止めて」とサラはグラントに言い、窓から身を乗り出してスペンサーを呼んだ。スペンサーは姉の声を聞いて自転車を止めた。サラは車のドアを開けて外に出るつもりだったけれど、体が動かない。手汗をかき、のどがつまり、言葉が出ない。スペンサーは自転車を押して車に近づきながら、グラントがだれなのか、さぐるような目をしている。ヘンリーはその場で待っている。

「話したいことがある」とサラ。

「なぁに?」とスペンサー。

サラが何も言わずにいると、スペンサーが車のドアを開けた。サラは車の外に出た。

「行かなくちゃいけないんだ」

「どこに?」

「ロサンゼルス」

スペンサーがほほ笑んだので、サラはほっとしたけれど、スペンサーの次のひとことで彼女の胸が沈んだ。「へへ、姉ちゃん、面白いこと言うね」

「本気で言ってるんだよ」とサラは言った。言いたくないけれど、スペンサーに伝えなければならない。「アニーが見つかった」

サラは息を吸い込もうとする。スペンサーがすべてを理解したのだと、彼の表情から分かる。

「家には帰れない」

スペンサーがうなずく。「けどさ、お金がないよ」

「少しなら用意できた。しばらくはこれで大丈夫だと思う」

「どこに住むの？」

「どこか見つけるよ」

「パパはどうするの？」

「パパなんて知るもんか」

「姉ちゃん」

「スペンサー、ここには何もない。ねえ、行こう」

サラの手が震えていた。なんとか震えないように抑えようとするけれど無理だ。だから後ろに手を回して隠した。

「スペンサー、お願い。車に乗って」

スペンサーは自転車のハンドルを見つめ、親指でベルにやさしく触れた。ベルがかすかに音を立てる。あまりに小さくて聞き逃してしまいそうな音だ。スペンサーは同じ動作を繰り返す。時間が引き延ばされたみたいに、のっそりと動く。

これはいったい、どういうこと？　何度も食事の用意をしたのはサラなのに？　寝かしつけて額にキスをして愛していると何度も伝えたのもサラなのに？

それなのにスペンサーは、イエスと言わない。サラとはいっしょに行かない。

「もういい」とサラは言った。嗚咽《おえつ》が込み上げる。だけど踵を返し、言葉を絞り出した。「向こうに着いたら電話するね。電話番号が決まったらすぐに伝えるから。ヘンリーのママに頼んで夕食はお世話になりなさい。いいね？　それから何か困ったことがあったらヘンリーのママのとこに行くんだよ」

スペンサーがうなずく。だけど彼にはまったく状況がのみ込めていないのが、サラには分かる。

「ユージーンには近づいちゃだめ」とサラは言った。「分かった？　絶対にだめだよ」

「どうして？」

「いいから約束して」

「分かった」

「約束して」

「うん、約束する」

だけどスペンサーは、全然分かっていない。そう思うサラだって、何も分かっていない。サラが分かっていることは、この町にはもういられないということだけだ。サラは泣き顔をスペンサーに見られたくなかった。だけど、どうして泣かずにいられるだろう？　スペンサーなら絶対についてきてくれると思っていた。スペンサーを絶対にひとりにしないと誓ったのに、今、まさに自分がそれをしようとしている。サラはスペンサーをきつく抱きしめ、泣き声を漏らし、息を吸い込んだあと、車に乗った。そしてなんとかドアを閉めた。グラントがエンジンをかけ、歩道を離れる。スペンサーはぼうっと突っ立ってサラを見つめている。しかめっ面のスペンサーの横を車が通り過ぎる。

「ちっちゃい子がいっしょだと、いろいろ大変だよ」とグラントが言った。「たぶん、これでよかったんだ」

サラはふり返り、リアウインドウを見つめた。サラが別れを告げたその場所に、弟が立っている。小さくなる車をじっと見つめている。サラのなじみの店を横目に、リバーロードを進んだ。酒店を通り過ぎ、リリーの父親が運営する教会の先まで来たところで、グラントがハンドルを切り、車は橋に入った。

サラは両手で目を覆った。橋を渡り切るまで、ずっとそうしていた。

道が変わった。平らで滑らかな道を走っているのが、サラには見なくても分かる。

「さて」とグラントが言った。「さよなら、パラダイス」

あっという間だ。三百ドルなんてすぐになくなってしまう。百ドルは車の修理に消えた。フォレストビルのガソリンスタンドで給油するとき、上がっていくメーターに、ふたりは息を止めて目を凝《こ》らした。

「わたしが運転するよ」とサラが言った。もうすぐ日が暮れる。ロサンゼルスまでは、八百キロの道のりだ。サラはそんなに遠く旅したことは一度もなかった。サラはグラントの持つ鍵に触れた。お願いだから、イエスと言って。サラは何かにしがみついていたかった。走り続ける責任を負いたかった。州間高速道路《ハイウェー》を示す標識に従い、曲がるべき場所でただハンドルを切りたかった。

グラントはほっとしたような表情でサラに鍵を渡し、助手席にぐったりと沈み込んだ。サラとグラントは相性がいい。これはいい兆候だ。そうサラは自分に言い聞かせる。だけどシートベルトを着けた途端、ユージーンの寝室でのことがよみがえる。乳首に触れるユージーンの歯。胸もとに押しつけられるユージーンの顔。サラはユージーンを満足させようと手を動かした。舐めるようなユージーンの視線には気づかないふりをした。「もういい」とユージーンに言われた瞬間、サラは寝室を飛び出しバスルームに走った。ユージーンとグラントの声がくぐもって漏れ聞こえ、サラは急いでデッキに走った。ふたりの声は聞こえなくなった。だけどいちばん辛いのは、スペンサーのあの戸惑った表情と、自転車のベルと、彼を手放したあのときの痛みだ。なんてことをしたんだろう？

吐き気が込み上げる。サラはエンジンをかけた。

ハイウェー5号線に乗った瞬間、がらりと景色が変わった。サラはふるさとを捨てたときに、自分の体も捨ててきたような気がした。それがいったいどういうことなのかは分からないけれど、きっとロサンゼルスに着いたら、生まれ変わったような気持ちになるだろう。グラントは数十キロのドライブ中、ずっと黙っていた。夜になると、サラは疲労感に襲われ、眠気を追い払おうとたくさんまばたきをした。そろそろグラントが運転を代わってくれないと困る。サラはグラントが熟睡しているのだと思っていたけれど、暗闇で彼が顔を両手で覆っているのが見えた。体が震えている。

グラントは泣いている。ということは、起きている。

「ねえ」とサラは呼びかけた。「運転代わってくれない？」

グラントは答えない。だから、サラは運転し続けた。背筋をピンと伸ばし、目をできるだけ見開こうとした。気に入るラジオ番組をさがすけれど、ノイズばかりだ。辺りは何もない。

サラが次のハイウエーの出口を出るころにはグラントが号泣していて、サラが減速しようが、道を曲がろうが、砂利道を走ろうが、運転席のドアを開けようが閉めようが、彼の耳には届きそうになかった。

モーテルのフロントスタッフが、サラの身分証明書を求めた。

「財布、盗まれたんです」

これからしばらく、こういうことが続くのだ。十八歳になるまではずっと。サラはそれ以上何も言わず、フロントスタッフの瞳をじっと見つめ、待った。

フロントスタッフがサラを値踏みするように見返した。

「身分証明書をお持ちでない方は宿泊できません」

「部屋代いくらですか?」とサラは尋ねた。まるで彼の答えは聞こえなかったみたいに。

「七十九ドルです」

サラはポケットからユージーンの金を出して数え、カウンターに置いた。

フロントスタッフは、ため息をついて「確かに」と言った。

楽勝だ。

グラントはまだ泣いていた。サラは助手席のドアを開け、身を乗り出してグラントのシートベルトの金具を外した。慰めの言葉などかけない。そんなことをしたら、自分が真っぷたつに割れてしまいそうだった。だけどサラはせめてモーテルの部屋を、グラントのために取りたかった。路肩に車を止めて、後部座席で身を丸めて寝ることも可能だっただろう。運転を再開できると思えるまで仮眠を取ればよかったけれど、そうはしなかった。

「行こう」とサラ。「シャワーを浴びよう」

サラは、グラントに先をゆずった。グラントはとても長い時間、シャワーを浴びていた。彼がバスルームから出るころには、サラは体じゅうをかきむしりたくなっていた。ユージーンの唾液がべっとりと、そこかしこについているような気がした。触れられていないはずの皮膚にも、感触が残っているみたいだ。動く影に、サラは体をびくりと震わせた。部屋の外を歩く人たちの影だった。くぐもった笑い声に身を硬くした。となり部屋のテレビの音だった。

サラはシャワーを浴びながら、体を洗いに洗った。熱い湯を浴び、肌はピンク色になった。体の隅々まで洗い尽くした。

サラはバスタオルに身を包み、バスルームから出た。

「今夜はここに泊まるの？」とグラントが尋ねた。

「お金、払ったから」とサラはいら立って答える。「そうなんじゃない？」そしてベッドに座った。

「了解」とグラント。

ブランケットの糸がほつれている。サラは糸の先端をつまみ、引っ張った。「シャワーで服を洗ったんだ。変な気があるわけじゃないから」

グラントは部屋の向こうに歩いていき、ダッフルバッグの中から清潔なシャツを取り出し、サラに渡した。

「ありがと」サラはシャツを頭からかぶった。下を見ると、胸もとにミッキーマウスのイラストがある。背中に花束を隠し持っているミッキーだ。「あんたさ、どんな趣味してんの?」

「いとこからのディズニーランド土産だよ」とグラントが言った。「もらい物だよ」

サラは目を大きく見開き、笑いをこらえる。電気を消し、ふたりは眠った。

モーテルに宿泊するべきではなかった。朝食のときはまだ、ふたりはそのことに気づいていなかった。朝起きて四ドル支払ってエッグ・マックマフィンとコーヒーを買い、分け合って朝食にした。しかし、正午過ぎにまたガソリンを入れなければならなくなった。

「もう?」とサラは言い、計算しようとする。もうガソリンがなくなるなんて、どう考えても早すぎる。

「だね。けど余裕だよ。フォレストビルで入れたガソリン代が三十ドルで、あとは朝食に四ドル使っただけだろ」

「ちがうよ」とサラ。

「ああ、そっか」ふたりは無言のままガソリンスタンドに車を入れた。「モーテルの部屋代、いくらだった?」

「八十ドル」

グラントは奥歯をかみしめる。

「だってあんた、疲れ切ってたからさ。運転代わってって言ったけど、動かなかったし」サラはそう言ったけれど、本当はサラもぼろぼろだった。グラントだけじゃなく、サラもモーテルのベッドで休む必要があったのだ。

「了解」とグラント。「エアコンつけなきゃ大丈夫かな。なるべくニュートラルギアを使いながら走ろうぜ」

「どうかな」とサラが答えた。

ガソリン代に三十五ドルもかかった。次の三百キロの道のりは、ガソリンメーターが異様に早く下がっていく気がして、ふたりは気が気ではなかった。ガソリンが尽きたのは、ロサンゼルスとセントラルバレーを隔てる山脈のふもとだった。そのときサラは気づいた。ロサンゼルスに着こうが着くまいが、何も変わらないのだということに。ロサンゼルスに到着できたとしても頼る当てもなければ、暮らしを始める金もない。

グラントはハイウエーから外れ、路肩に停車した。「すごい腹減った。一週間くらい、まともな食事してないよ。ガソリンと食べ物、どっちが大事かな。ロサンゼルスまでの金はどうしたって足りないんだしさ……」

サラは窓の外に目をやった。大きな道、ふたつのガソリンスタンド、モーテル、ダイナー、そして長いセミトレーラーの車列が見えた。

「なんか食べよう」とサラは言った。「がっつり系が食べたいよね」

サラはダイナーの駐車場に車を入れ、食事に出ている間、グラントの荷物は車に残していくことにした。窓際のブース席に座り、メニューを受け取り、コーヒーを注文する。ほっと息をつく。日常を取り戻したような気がした。どうやって金を払うか、次に何が起こるか、山を越えられるか、山を越えられたとして何が待っているのか、全部分からない。だけど目玉焼きにハッシュドポテト、バターとシロップがたっぷりかかったパンケーキは確実に食べられる。コーヒーを飲み干せば、お代わりをついでもらえる。

アニーがいないのに、この世界がどうしてこの世界のままなのか、サラにはまったく理解できなかった。皿の上の食べ物を見つめられるのはどうして？　両足が床に着くのはどうして？　ナプキンを広げると中からナイフやフォークが出てくるのはどうして？

しかしサラは前にも同じような衝撃を生き抜いたことがあった。食べ物を口に入れてそれがいい味だったからといって、なんの意味もない世界のことを、サラはよく知っていた。食べ物の味などどうでもいい。アニーはもういないのだから。

食事が終わっても、サラとグラントは席を立たず、無言のままじっと座っていた。ウエートレスが伝票を持ってくると、ふたりは代金とチップ代を払える金があることに胸をなで下ろした。支払えば所持金はゼロになる。ふたりがあまりにも長居するので、日が暮れてからもう一度、ウエートレスが様子を見に来た。

「ピーカンパイがちょうど焼けたけど」とウエートレスが言う。

グラントは首を横にふった。「パイはいらないけど、皿洗いさせてもらえる?」

ウエートレスが不安げに伝票に目を落とす。サラたちに支払う用意があると分かるとウエートレスの表情が和らいだ。

「ここは人手が足りてるけど〈クオリティー・イン〉のブルースが、バイトがどうのって言ってた気がする。そこに行ってみなよ」

サラは礼を言った。

〈クオリティー・イン〉は〈ビスタ〉ほど素敵《すてき》ではなかったけれど、よく似ていた。ブルースは、バイトはひとりでじゅうぶんだと言い、モーテル清掃業務経験者のサラを選んだ。長期雇用をさがしているのか急場しのぎなのか聞かれたので、サラは正直に事情を説明した。

「毎朝九時からだ」とブルースが言った。「長期で働いてくれる子が見つかったら、すぐにやめてもらう」

サラはうなずいた。「空き部屋はありませんか? きちんと掃除して、きれいにしますから」

「そりゃあ空き部屋はあるよ」とブルースが言った。そして礼を言いかけたサラに、「一泊六十五ドルだ」と言い放った。

サラはブルースの嘲笑を無視し、車中泊でもなんてことないと自分に言い聞かせる。「じゃあ明日九時に」

「じゃあな」

翌朝、サラはモーテルのドアをノックして耳をそばだてた。応答はない。いちばん近くにあった空き部屋の鍵を開け、中に入った。ベッド、サイドテーブル二台、洋服ダンス、浴槽つきのバスルームがある。〈ビスタ〉のスイートルームよりもずいぶんと狭い。掃除するのに時間はかからないだろう。サラは三室の清掃を終えてから、次の客室に入り、後ろ手でドアを閉めた。掃除用具のキャディーを置き、ため息をつく。あと九室あるが、思ったよりも早く進んでいる。

「おはよう、かわいこちゃん」サラはそう呼ばれ、身じろいだ。声の主《ぬし》を確かめようとふり向くと、ベッドにやせっぽちの女性が座っていた。黒色のTシャツに銀色のチャームがついたネックレス、髪はぼさぼさで目の下にはマスカラがにじんでいる。

「うわ、ごめんなさい。すみません」

「いいんだよ。死んだみたいに寝てたからね。ノックが聞こえなかった」

「出直します」

「ちょっと待って。この辺りじゃ見ない顔だね。わたしはビビアン」彼女はそう言うと、ベッドのヘッドボードに寄りかかってサラの頭のてっぺんから足の爪先までじろじろと見た。「きれいな子なのに、もったいない。あんた、こんなところで何してんの?」

サラはなんと答えればいいのか分からなかった。さっさと次の客室に行って、この部屋とおさらばしたかった。だけど都合のいいうそが、とっさに出てこない。「友達とロサンゼルスに行くんです」

「だけど金がない」

サラはうなずいた。

「ブルースにいくらもらってんの？」

給金を決めていなかったことに、そのときサラは気づいた。

「まあ、あいつはけちくさいからね」とビビアン。「もっと手っ取り早く稼ぐ方法があるよ。お友達も、あんたと同じくらいきれいなの？」

サラは、興味がないと言って突っぱねたかったけれど、ゴミ箱にゴム手袋に掃除道具、それからシンクやシャワーに張りついた他人の頭髪が頭をよぎる。なじみがありすぎる世界だ。サラはそれがとても怖い。もしこの世界から永遠に抜け出せなかったら？　時間に閉じ込められ、テハチャピ山地の山脈のまちがったほうから永遠に出られず、永続的に客室を掃除する。朝も昼も晩も客室を掃除する。ロサンゼルスに行かねばならない。そこで何が待ち受けていようとも、絶対に行かなければならないのだ。もし方法がそれしかないなら、やってやる。どうせもう、一度はやったじゃないか。

サラは掃除のシフトのあと、オフィスで金を受け取った。グラントは車に寄りかかって油じみのついた〈ピープル〉誌に目を落としていた。サラはグラントにビビアンのことを報告した。

「全部ちゃんと手配してくれるんだって。けっこう慣れてる感じだった。深刻に考える人はいないから、捕まる心配はないって。一週間くらいやれば、ロサンゼルスに発てる」

「サラ、やりたいの？」グラントが尋ねた。

サラはグラントをじっと見つめる。「あんた、マジで言ってる？」

「俺はただ――」

「わたしはここを出たいだけ」とサラ。「ロサンゼルスに行きたいだけだよ」

「だけどさ」とグラント。「サラの言ってること、分かるけどさ、いや、分っかんないな。だってさ、金はもう稼いでるじゃん」

「十五ドルね」

「四時間働いて十五ドル？」

「あんたはいくら稼いだの？　それとも雑誌のページめくりで忙しかったですか？」

「俺だって、しらみつぶしにこの辺りにある店は全部回ったんだ。ガソリンスタンドもファストフード店もほかのモーテルにも行った。だけど雇ってもらえなかった。でもさ、明日も掃除して今日食べるのを我慢すれば、三十ドルになるじゃん。それでロサンゼルスまで行ける」

「で？」

「でって、俺たちロサンゼルスに行くんだろ？」

「着いたところで、わたしたちはまた一文なしだよ？　ねえ、一週間だけだし、コンドームを使えばいいじゃん。ビビアンがあとのことは全部やってくれる」。トラック停車場がふたりの先にあり、トラックと孤独な運転士たちが数本の長い列をなしていた。サラは、今回は制限を設けない覚悟をしていた。ビビアンの指示通り、グラントといっしょになんでもやる。仕事だと割り切ればいいんだ。行為のあとで車に戻ってきてむせび泣いたり、皮膚が赤くなるまでこすり洗ったりする人間でいるのをやめればいいんだ。「数日間だけ我慢してさ」とサラは言う。

「で、何もなかったことにして生きていこう」

「ごめん。サラがやりたいならやればいい。だけど俺はやらない」

サラは瞳を閉じる。「三十ドルじゃ足りないんだって」とサラが言う。「食べなきゃいけない。ロサンゼルスに着いたら、少なくともモーテルに一晩は泊まらなきゃいけない。シャワーを浴びなきゃ雇ってくれる人なんていないよ？」

「ほかにも方法はあるはずだよ」とグラントが言った。

サラは自分の頭の中を、トラックの車列を、地平線を、空っぽの空をさがした。「一個でもいい方法を思いついたら教えて」

グラントは黙っている。

「じゃあわたしが、ふたり分やる」

駐車場で過ごす二夜目が過ぎ、朝日が昇る。サラは車から静かに抜け出した。空腹で体に力が入らないことには気づかないふりをして、ポケットに手を突っ込む。二十五セント《クオーター》コインが二枚ある。公衆電話ボックスに入り、ドアを閉めて家に電話をかけた。

「姉ちゃんだよ」と電話に出たスペンサーにサラは言った。

「うん」。サラは弟の声ににじむ感情を聞き取ろうとした。悲しみ、怒り、姉から連絡が来たことへの安堵《あんど》？　だけどサラには、自分の耳に届いた声が何を運んでいるのか、分からなかった。「大丈夫？」とスペンサーが聞いた。

「大丈夫。あんたは？」

「うん。もうロサンゼルスに着いた？」

「まだ」サラはそう言ったけれど、スペンサーを心配させたくなくてすぐに言葉を継いだ。「でも、あとちょっとなんだ」。ふたりは受話器を持ったまま黙っていた。呼吸音が重なる。辺りには人っ子ひとりいない。トラックが駐車場に入ってきた。サラは運転士の姿を見て、これから自分を待ち受けていることを思い出した。丘の上にある岩に腰かけた女性が、地面から何かを引き抜き、紙コップに入れるのが見えた。ビビアンだ。

「もう学校に行かなきゃ」とスペンサーが言った。

「そっか。また近いうちに電話する」

電話ボックスは静かで、聞こえるのはサラの呼吸音だけだ。そうだった。サラはまだ、この世界の一部だ。

サラは電話ボックスのガラスの壁に寄りかかる。ビビアンはカップを口もとに運び、何かをすすっている。どんな一日になるんだろう？　ビビアンは何人の男を見つけたんだろう？　いくら稼げるだろう？　山脈の向こう側に行くのにじゅうぶんな金額であることはまちがいない。山を越えたら保護施設《シェルター》でも見つけて少し眠ってから、清掃の仕事をさがそう。新しい人生を始めるんだ。

サラは電話ボックスを出て、駐車場に向かい、丘の端まで歩いていった。アスファルトが草の色に変わるところだ。

「おはよう、サンシャイン」とビビアンが丘の上のほうから言った。

「電話ボックスから見たけどさ、紙コップに何入れてたの？」

「おいで。見せてあげる」

サラは慎重に足を踏み出し、丘を登った。地面の砂が滑らないかどうか確かめながら。キャンバスシューズの靴底は薄く、石や枝を踏んでいるのが分かった。サラは岩の上に、ビビアンと並んで座った。

「これだよ」とビビアンが差し出したカップには、からみ合う緑色の葉が入っている。「薬草さ。よい葉っぱ《イエルバブエナ》。癒やしの効能がある。この草を摘んで、コップに入れてお湯を注げば、でき上がりだ。ミニマートでスーから紙コップとお湯をもらえばいい」

「何を癒やすの?」

〝記憶を消すんだよ〟とサラは、ビビアンに言ってほしかった。〝愛するのをやめさせてくれるんだよ。未来を見せてくれる。そこに行き着くまでの痛みを和らげられるようにね〟と。

「なんだっていいさ。気持ちの問題なんだから」とビビアンは言った。

「そっか……そうだよね」地面から生えているただの雑草だ。サラは痛みを感じる。下腹部が痛む。

「信じるも信じないも、あんたしだいだよ。だけど前向きに考えたほうが、人生先に行くだろうね。心はうんと開いておいたほうがいい。あたしからのアドバイスだよ。で、準備はできた? モーテルの仕事は何時から?」

「九時」

「十一時ごろに最初の客を連れてくる。超特急で客室の清掃を終わらせるんだ。掃除する部屋でシャワーを浴びて、いいにおいになっておくんだよ。まあすべて首尾よくいくさ。あたしは人を見る目には自信があってね。性根のいいやつらを選んでおくからさ。でも少しでも違和感があったらすぐに部屋から出るんだ。客のほとんどはただ寂しいだけさ。ただたまに、本当にやばいのも交じってる」

サラはうなずいた。恐怖でぺしゃんこになりそうだ。サラは立ち上がり、イエルバブエナを手に、ミニマートに向かった。ビビアンが言った通り、スーが無料で紙コップをくれ、店を出るサラを手をふって見送った。

サラが車に戻ると、グラントは後部座席で眠っていた。サラが運転席に入り、ドアを閉めた音で彼は目を開けた。

「おはよう」とグラントが言い、座ってほほ笑んだ。サラの顔が見られてうれしいみたいに、にっこりしている。グラントの笑顔を見ていると、サラは自分の新しい人生はすでに始まっているような気がした。今日のことさえなければいいのに。昨晩サラはなるべく考えないように努めた。どんな男たちが来て、どんなことを要求するのだろう。早朝、やっと眠りについたとき、夢にアニーが現れ、サラの耳もとでささやいた。けれどサラは、彼女の言葉がどうしても聞き取れなかった。

サラはアニーの言葉を思い出そうとする。しっかりと目が覚めているときのほうが思い出せるはずだ。だけど代わりに、ビビアンの言葉が響く。〝やばいのも交じってる〟。ほかの言葉が、サラには必要だった。

「なんで泣いてたの?」

「いつ?」

「ユージーンとのことのあと。車の中で」

グラントは座席でもぞもぞと体を動かし、首をさすった。「あんまり話したくないんだ」

「そっか。じゃあさ、これ、あんたのために作ったんだ。丘に生えているのを摘んできた」

グラントはサラの手から紙コップを取った。コップの熱が手を離れるとき、サラはその温かさにずっと触れていたいと願った。だけど紙コップは今、グラントの手を温めている。サラはそれもうれしかった。サラの知りたいことを教えてくれる気になるかもしれない。

「これで俺を殺そうとしているの?」

「イエルバブエナっていうんだよ」とサラが答えた。「癒やしてくれる薬草なんだって」

グラントはコップの中身をすすり、「悪くないね」と言った。「こんなお茶、初めて飲んだ」

「じゃあ、教えて?」

「サラってさ、無神経なとこあるよな。俺、起きたばっかりなんだよ? 分かったよ。実はロシアン川には、人に会いに行ったんだ」

「だれに?」

「だれっていうか、あのエリアにはゲイが集まるって聞いたからさ」

「ああ」とサラ。「それはほんとだよ。でも普通は夏だね」

「集まりがこぢんまりしてるって聞いたから、相手を見つけるのもそんなに難しくないかなって思ったんだよね。サンフランシスコに行くよりさ。プレッシャーが低い感じするじゃん」

グラントは顔をピンク色に染めて、サラと目を合わせようとしない。サラはどうにかグラントが話しやすくなるように質問をした。「ちょっと待って。あんた、ロシアン川にやりに来たのに、ミッキーのシャツを持参したってこと?」

グラントはほほ笑んだ。「ミッキーの何が悪いんだよ」

「おっしゃる通りでございます」とサラがちゃかす。「勝負服はミッキーのシャツにすべし、というのは世界の常識ですから」

「そっか、あれが敗因か」グラントはそう言ってサラにウインクしたけれど、どこか悲しげだ。グラントはもう一度、コップに口をつける。サラはじっと待った。

「結局、だれにも会わなかった。いや、正確には会ったんだ……バーに行ったとき、話しかけてくれた人がいてさ。だけど、俺は逃げた。できなかった。なんでなのかは自分でもよく分からない」

「そのときわたしが、あんたをユージーンのとこに連れていったんだね」

「そう。なんかさ、変だよな。だってさ、俺が欲しかったのはあんなものじゃないんだ。だけど俺があの場所で車を止めた理由は、ロサンゼルスに到着する前に未経験の自分を捨て去りたかったからなんだ。つき合いたいくらい好きになる人と出会えたときに、全部が初めてなんて恥ずかしいと思った。だけどサラ、最後までさせないって条件出したのはマジで利口だったと思うよ。あいつ、俺には最後までしたんだ。俺、何されてんのか、何してんのか、全然分からなかった。俺マジで、ただの気色悪いやつじゃん」

「あんたは気色悪くなんかないよ」

「あんな男のこと、なんで知ってたんだよ」

サラはグラントの手から紙コップを取り、口をつけた。熱が体じゅうに広がる。強い香りがありがたい。狭い場所に閉じ込められてだるくなった体を、包み込んでくれる。

「パパの友達なんだ」とサラは答えた。「小さいころからずっと知ってる」

「マジか。そりゃ辛いね」

「まあ……てゆうかさ、どうでもいいよ」。そのときサラは、スペンサーの手を思い出さないようにすることで必死だった。川への階段を下りるときに握ったスペンサーの手。シャギーカーペットに座って握ったスペンサーの手。母親に髪をなでられながら握ったスペンサーの手。全部、思い出しちゃだめだ。「あいつらみんな、ろくでなしだって知ってたはずなのにさ」。太陽の光が窓から射《さ》し込んだ。まぶしい朝だ。サラはもうモーテルに戻らなければならない。

「でもさ、あんただけじゃないよ。自分が本当に何をやっているか分かっている人なんて、滅多にいないと思う」

「そうかな」とグラントが言った。

「それに次はさ、すごく素敵で特別になる。あんたなら大丈夫」。サラはドアに寄りかかり、グラントを見つめた。グラントの目にかかった前髪の間から、こちらをうかがう瞳が見える。首をかしげている。高い頬骨《きょうこつ》に形のいいあご。歯に少し欠けたところがあるのが意外で、なんだかかわいらしい。芝の上のイスで見せたあの虚勢も、いずれきっと戻るだろう。グラントはあ好きになる男は、たくさんいるはずだ。ヤシの木が並ぶ海辺の街に行けばまた、グラントをの笑顔を取り戻すはず。

「なんでロサンゼルス？」サラはそう尋ねながら、誤解していたのかもしれないと思った。知り合いがいるのかもしれない。ソファで眠らせてくれたり温かい食べ物を与えてくれたりする人を知っているのかもしれない。

「俳優になりたいんだ」とグラントが答えた。

サラはうなずいた。がっかりしたことは悟られないようにする。

「そっか」とサラ。「そろそろ仕事に行かなきゃ」そう言ったあとも、サラはじっとしていた。

「サラ、分かってるよね？　やらなくていいんだ。ちがうやり方があるはずなんだ。部屋を掃除したらいいんだし、その女の人に言いにくいなら俺が言うよ。やらないって言って、この町を出よう。十五ドルでも行けるかもしれない」

サラは窓の外を見つめた。山脈がどこまでも続き、永遠に延びているような気がした。

「いいんだ」とサラ。「大丈夫。やるよ」

サラは事務所で鍵を受け取った。

「戻ってきたんだな」とブルースが言った。

「まあね」サラは掃除道具を準備して、シーツの入ったプラスチック製の箱を引きずって階段を上った。それが終わると、同じようにしてゴミ箱も運んだ。最初の部屋のドアをノックした。少し待っても返事はない。サラは素早く中に入り、なるべく早く掃除をすませた。ビビアンの指示通りだ。〈ビスタ〉みたいにきれいにしなかったし、昨日と比べてもかなり手を抜いた。この一週間が終わるまで首にならない程度にやればいいだけだ。一部屋の掃除が終わるたびにサラを襲う恐怖は大きくなり、手が震え、トイレ掃除中に便器に嘔吐したくなった。〝ただ人間が寝てるってだけでしょ〟とアニーは言った。〝ただの人間の体だよ〟。サラは心を落ち着かせようとアニーの言葉を思い出したのに、サラの頭に浮かんだのはアニーの体だった。森の地面に横たわるアニーの体。〈ビスタ〉のベッドの上でキャンドルライトに照らされたアニーの体。川からつり上げられたアニーの体。その瞬間サラは、体には〝ただの人間の体〟以上の意味があるのだと知った。

午前十時半までにサラは、一部屋を残しすべての客室の清掃を終えていた。息切れしている。かなりの重労働だ。階段を上り下りして、汚れたシーツを抱え洗濯室に運び、ダンプスターでゴミ箱を空にした。一時間半前は十一時がすごく遠く感じられたのに、今のサラは時計を凝視している。見ていないと時計の針が突然大幅に進んで、心臓が縮むような気がした。そして、アニーのことが頭から離れなかった。アニーがサラに触れ、アニーが指を入れ、アニーが両乳房の下の半月に舌を這わせた。あの感覚が、まちがっていたはずがない。サラはアニーを思い出すほど、目の前のすべてが、すさまじくまちがっているとしか思えなかった。

サラは、清潔なベッドシーツをベッドにしっかりセットした。モーテルは静けさに包まれている。ビビアンと最初の客が現れるまで、あと三十分だ。

時間をかけてシャワーを浴びよう。掃除したばかりのバスルームでシャワーを浴びられるんだ。増殖する恐怖に打ち勝つための、小さな慰めだ。

サラは服を脱ぎながら、アニーが山脈のふもとから訪ねてきて、このさびれたモーテルの部屋の前に立っているのを想像した。デニムジャケット姿のアニーがこう言う。あたし以外のだれかに触らせるなんてだめだよ。ね、ほら、行こう。そう言ってアニーはサラの腕をつかみ、ふたりは階段を駆け降りてグラントの車に乗り込み、この町をあとにする。

サラは蛇口を回して湯を出し、シャワーの下に入った。目を閉じて熱を感じる。髪を洗い、すすぐ。目をもう一度開け、下を見る。流水に赤色が混じっている。

サラは股の間に触れた。

ああ。

リュックサックからタンポンを取り出し、包みを外した。おかえりって言われたみたいな、懐かしい感じがした。サラの体は動いている。すべてがこんがらがっても、サラの体はここにあり、しっかりと動いている。答えが見えた。ずっとさがしていた答えは、空から降ってこないし、トラックにも隠されていないし、地平線から浮き上がったりしない。自分の声に、耳を澄ますしかないんだ。

サラは素早く服を着て、バスルームをきれいにしてから掃除道具をもとの場所に戻す。ビビアンは部屋に到着して、ドアをノックしているころだろう。サラが応えることを期待してノックしているだろう。そのころサラは、ブルースに三十ドルを要求していた。前日のように十五ドルでは引き下がらない。結局二十五ドルで交渉が成功し、サラは現金を手に、車までの数ブロックを走った。トラックの車列のそばを、一生赤の他人であり続けるであろう人たちを横目に、走った。グラントはフライドポテトの箱を見つけたらしい。冷めているけれど、ほぼ手がつけられていない。ケチャップの袋も見つけたようだ。サラが車に戻ったとき、ポテトは車のダッシュボードに置かれていた。

サラは窓をノックした。予定よりずっと早い。グラントは身を硬くして背筋を伸ばし、ガラス窓の外に目を凝らしている。サラだと分かるとおどけた表情で、自分の胸に両手を当てた。まるで心臓を包み込むように。

フラワーショップとワンルームアパート

ロサンゼルスの夏空の下、エミリーは切りっぱなしショートパンツ姿で、トヨタ・ターセルを運転していた。太ももの皮膚に座席のレザーがべたつく。実家で両親とコレットと、ブランチの約束があるのだ。車を止めると、ミセス・サントスが庭仕事の手を止めて手をふるのが見えた。

「お久しぶりです」とエミリーは大きな声であいさつした。道を渡り、ミセス・サントスに会いに行く。

エミリーは一カ月前まで、サントス家の不動産事業所の事務バイトとして働いていた。退職の日もエミリーは通常通り、事務所のデスク上のボールペンやクリップの補充をしていた。作業を終えたとき、辺りが急に静かになった。エミリーがふり向くと、サントス夫妻とサントス家の長男ランディが、ケーキを抱えて立っていた。

「五年間ありがとう！」ミスター・サントスが言い、ほかのみんなが歓声を上げ、エミリーに近づいた。

ランディがデスクにケーキを置いた。鮮やかな紫色のベニイモ《ダイジョ》と真っ白なココナッツのケーキだ。ミセス・サントスが子供のころから食べているフィリピン料理でウベというらしい。「わたしの大好物なの」とミセス・サントスが言った。けれどエミリーは言葉がなかった。五年？夏休みだけのバイトだったはずなのに。大学二年から三年の家賃の足しになればと始めただけだったのに。エミリーはケーキの上に揺れる小さなキャンドルの火を見つめて、泣きだした。ミセス・サントスが「よしよし」と言って慰めてくれ、ミスター・サントスは電話を受けるふりをしてオフィスに行ってドアを閉めた。

「父さんは感情の表出の場に立ち会うのが苦手なんだ」とランディが言った。「でも、みんなエミリーの味方だよ」

「失礼なことしてごめんなさい。ケーキまで作ってくれて、すごくよくしてもらったのに」

実際、サントス家の人たちはエミリーにやさしかった。エミリーの仕事は電話の応対とコーヒーをいれること、それからミスター・サントスとレシピや野鳥観察についておしゃべりをすること（エミリーは鳥を見るのも食べるのも好まなかったが）だった。ときどきパブロが立ち寄ってランディのオフィスチェアに座ってぐるぐる回転し、エミリーもいっしょになって自分のイスを回し、ふらふらしながら黄色の天井がまるで空だと言わんばかりに見つめて、お気に入りの曲や映画について夢心地で話し合える最高な日もあった。パブロがオフィスのパソコンを使って、彼が大学で制作した最新のコラージュ作品や絵を見せてくれることもあった。エミリーのエッセーをパブロが朗読し、オフィスのみんなが課題はここで印刷しなさいと許可を出し、ダブルスペースで文字が並ぶ紙が何枚も何枚も印刷される午後もあった。「税控除対象だから」ミスター・サントスは決まってそう言った。プリンターの前で両手を広げ、小さなインクと紙の王国をエミリーに授けるみたいに。

居心地がよくて、数年があっという間に過ぎた。楽しかったけれど、もう終わりにしないといけない。そのとき、ミセス・サントスが言った。「ケーキを食べながら、次に何をしたらいいか考えましょう」。エミリーは泣きやんだ。自分の気持ちを分かってもらえたことがありがたかった。

そして今、エミリーは、ミセス・サントスと久しぶりに顔を合わせる。「コレットもちょっと前に着いたよ。ブランチの日なの？」

エミリーは答える代わりに、持ってくるように言われていたオレンジジュースの瓶を見せた。

「あの子の調子はどう？」ミセス・サントスはいつもこの質問をする。ここ数年で、もう何度目だろう？

エミリーは肩をすくめた。「姉は予想不可能なので」

「かわいそうな子だね」

「もう子供じゃないです」とエミリー。「二十八歳ですから」

「まだ若いじゃないの。だけどそうだね、大人の女性だね。ご両親も大変だろうね。そしてエミリー、あなたも。休むことも大事だよ。大学は早く卒業しなさい。必要だったらときどきオフィスで働いてもらってもいいんだよ。ランディはね、不動産業が気に入って……」

「書類仕事が多くてわたしには向いていないかもしれません。あの花はなんですか？　カリフォルニアポピーみたいだけど、色がピンクの」

「交配種だよ。きれいでしょう？」

実家に入ると、エミリーはまずオレンジジュースの瓶をキッチンのカウンターに置き、母親のローレンと父親のバスの頬にキスをした。ふたりともストライプ柄のエプロン姿で、ローレンの髪は顔にかからないようにきちんとまとめられている。バスはネヴィル・ブラザーズの曲に合わせて体を揺らしている。ワッフルメーカーが温められ、ベーコンがパチパチと音を立て、コーヒーメーカーからは、コーヒーがしたたり落ちている。

「あたしたちも、あんなふうになっちゃうのかな」コレットがエミリーの後ろから現れ、エミリーの耳もとでささやいた。「青春時代の音楽に、永遠に捕らわれの身」

エミリーは首をかしげてコレットに近づいた。コレットが自分を見てくれていることがうれしかった。「それは別にかまわないけど、パートナーとおそろいのエプロンはいやかも」

コレットは、体をのけぞらせて笑った。エミリーの胸は愛《いと》おしさと後悔でいっぱいになる。姉とふたりで過ごす時間の楽しさを、どうしていつも忘れてしまうんだろう？

ここ数年、エミリーとコレットの行動範囲は重なるところはあっても、よそよそしく互いを避け合う距離感で落ち着いていた。カフェやレストランで偶然会っても「ここに来てるなんて知らなかった」とどちらかが言い、「うちから三分しかかからないから」ともう一方が答えるといった具合だ。

ふたりが出くわすときに友達がいっしょだと、気まずさも長引かない。だけどふたりだけになるとエミリーは、もっと姉に電話すべきだったとか、姉がどうしているのか尋ねたり何かできることはないか聞いたりすべきだったとか、罪悪感にさいなまれる。カフェでレジ待ちの列に並んだとき、テーブル席でひとり読書しているコレットを見かけて、急ぎカフェを出たこともあった。どうするのが適切なのか、エミリーには分からなかった。コレットと別の席に着けば、ふたりの距離を証明しているようだし、だからといって相席していっしょに読書するというのも、取り繕っているようでいやだった。ふたりはそういう姉妹ではない。沈黙していても居心地がいい関係性ではない。ふたりは必要があれば電話で話したし、頼みごとをし合ったりもしたし、家族での集まりでは顔を合わせたけれど、ふたりきりでいるとなんだか落ち着かなかった。

十代後半から、ずっとそうだ。

「食器を並べるの、手伝ってくれる?」とコレットがエミリーを呼んだ。

ふたりは青色のランチョンマットとそろいのナプキン、フォークとナイフとスプーン、ガラスのコップをデッキにあるテーブルに運んだ。十年くらい前にふたりが建設を手伝ったデッキだ。コレットは家の中に戻り、エミリーはその場で目を閉じて、海から聞こえる音に耳を澄ませた。海から四ブロックしか離れていなかったけれど、車と人の往来で波の音は迷子になって、エミリーのところまでたどり着けないようだ。コレットは炭酸水とオレンジジュース、鳥の形をした銀色のソルト&ペッパーシェーカーを持って戻ってきた。

「みんなそろったね」とローレンが言った。エプロンはもう着けていない。フルーツの盛り合わせを手にしている。

「かわいい娘たち」とバスが言い、ローレンの背後から顔を出した。ベーコンとワッフルがのった皿を持っている。「さて、最近のことを全部教えてくれよ」

コレットが最初に口を開いた。コレットは親友が働く団体で個人指導員《チューター》のボランティアを始めたそうだ。サンフランシスコで設立されたＮＰＯでロサンゼルスにも支部がある。「店に入ると、タイムトラベルした気分になるよ。そういうテーマで集められた品物ばかりだからね」

「どういうこと？」とローレンがコーヒーをつぎながら尋ねた。

「冗談みたいな感じの店なんだけどさ、けっこうクールなものが売ってるんだよ。まあ、あたしにはあんまり関係ないんだけどさ。あたしがいるのは店の奥だから。週に二、三度、学校帰りの子たちの宿題を見るんだ」

「お姉ちゃんは小さい子の扱いがうまかったよな、そういえば」とバスが言った。

「そうだったね」とローレン。「あなたにぴったりの仕事ね」

コレットが小さい子の世話したことなんてあった？　エミリーにはまるで覚えがない。だけど、エミリーが知らないだけかもしれない。きっとそうだ。エミリーは今でも実家の近くに住んでいるし、遠出してもエコーパークまでしか足を延ばしたことはないけれど、それでも家族と大きな距離が開いているように感じることがしばしばあった。数週間ぶりに実家に戻ると、バスとローレンとコレットの間には新しい物語が生まれている。三人だけの夕食だったり、美術館に行っていたり。エミリーの知らないことが増えている。新しい物語を三人が隠そうとしているわけではないことは、エミリーにも分かっていた。

だけどあるとき、ローレンたちがジョシュアツリー国立公園への週末旅行の話を始め、エミリーが席を立ったことがあった。エミリーはトイレに行くと言って、トイレでスマートフォンの画面をスクロールしながら家族のグループチャットで誘われていないことを確認した。

「ジョシュアツリー、ずっと行ってみたかったのに」とエミリーは席に戻ると言った。

「来ればよかったのに」とローレン。

「でもだれにも教えてもらってない」

「パパ、ちゃんとメールしてくれたんでしょ？」

「ママが連絡するんだと思ってたよ。エミリーはてっきり知ってるものだと……。来なかったのは、ただ忙しいんだろうなって」

「今度は確認してほしいな」そう言ってエミリーは、皿をじっと見つめた。

　そして今ふたたび、みんなでテーブルを囲んでいる。エミリーが近況報告をする番だ。最近、何があっただろう。「不動産事務所のバイトをやめたんだ」

「まあ、潮時だったよね」とローレン。「サントスさんたちはすごくいい人たちだけど、でもずっとあそこでっていうのもね」

「次に何しようか考えてて、いい考えが浮かんだんだ。前学期に受けた女性学の講義で主に文学についての話があったんだけど、素晴らしい劇や小説に出合ったんだよ。わたし、これが勉強したいって思った。文学だって。だからちょっといろいろ変更して学科を――」

「だめよ」とローレンが言った。「エミリー、それはやめなさい」

　エミリーは顔がかっと熱くなるのを感じた。「分かってる。変なことしてるって思うよね。だけど、ちゃんと考えたんだよ。講義登録もしたし、全部すごく面白そうなんだ」

「もう覚えらんないな」とコレットが口を開く。「エミリーの最初の学科は、エスニック・スタディーズだったでしょ。で、次は女性学だったたっけ？」

「デザインのときもあったよな」とバス。「パパの記憶ちがいでなければ」

　エミリーがうなずいた。「エスニック・スタディーズの次が、デザインだった」

「じゃあ、学科を変えるのは、四回目ってこと？」そう言ってローレンがため息をつき、皿を押しやった。「だいたいあなたは、大学生になってもう何年目？　学部七年生？」

実を言うと、エミリーが転科するのは五回目だった。エミリーは植物学の存在をみんなが忘れていることに内心ほっとしていた。エミリーは水をつぎ足し、話題を変えた。みんなの顔が和らいだ。

ブランチが終わると、エミリーはまた車を走らせた。彼女が暮らすワンルームアパートから数ブロック離れたところで、ひとりの女性が店の外に出ているのが見えた。「店員募集」と書いた紙をフラワーショップの窓に貼りつけている。運命かもしれない。そう思ったエミリーは、車を路肩に止めた。

家族との大学についての会話が、ずっとエミリーの頭から離れなかった。ふり払おうとしても無駄だった。みんな心配しているだけだから深刻に考えなくていいと自分に言い聞かせると、ますます沼にはまる。ほとんどの人が大学に行く目的は、学位取得だ。だけどエミリーの目的は、学ぶこと自体なのだ。時間がかかったからといって、だれに咎《とが》められる筋合いもないはずだ。そう考えて、みんなの言葉を頭から追い出そうとした。夏の午後の光に暖められ、熱くなった歩道をフラワーショップへと向かって進んだ。棘《とげ》の痛みを、しばらくの間だけでも、忘れさせてくれるかもしれないと思ったのだ。

フラワーショップは、サントス夫妻の事務所とはまったくちがって、すべてのものが息をのむほど美しかった。歩道に出してある深緑の植物がみずみずしく輝き、店構えのイメージカラーの藍色とよく合っている。日光を反射するメタルプランターのとなりに、素材の温かみを感じさせる陶器の植木鉢が並んでいる。店内には、新鮮な土とキャンドルのにおいが漂っていた。

先ほど外で貼り紙をしていた女性が、カウンターの後ろに見えた。

「こんにちは」とエミリーは片手を差し出した。

そのままエミリーの面接が始まった。エミリーは、生花店《フローリスト》で働いたことはなかったけれど、フラワーデザインの週末集中コースは取ったことがある。リースを作ったり、友人のカジュアルな結婚式のためのアレンジメントをしたこともある。そしてもちろん、長年にわたるミセス・サントスの教えの蓄積もある。エミリーは敬愛を込めて彼女のレッスンを思い出した。

店長はメラディスと名乗り、エミリーにサンプルのアレンジメントをいくつか作るよう指示した。

エミリーはどうしても、ここで働きたかった。この仕事が自分にぴったりだという気がした。彼女の中で静かに眠る何かが、美しいものと触れ合うことで急に目を覚ますような、そんな気がしたのだ。

「今まで働いてくれていたフローリストが担当していたレストランがいくつかあるんだけど」とメラディスが言った。「〈オリーブ〉でしょ、〈グラント・クラブ〉に〈イエルバブエナ〉〈シルバー・アド……」

「〈イエルバブエナ〉、大好きです」とエミリーが言った。「成人して、最初に飲んだお酒は、あそこのカクテルだったんです」

「二十一歳にしてはやけに洗練されたチョイスだね」

「両親の行きつけのレストランなんです。両親は、いろんなことにかこつけて、とにかく行こうとします。そういえば、あそこのフラワーアレンジメント、覚えてます。枝と葉をふんだんに使ったアレンジメントでしたよね？　大きな花。そう、あれはプロテア、リューカデンドロン。少し奇抜な雰囲気の植物が使われていた覚えがあります」

「そう。だけどあなたにはあなたのビジョンを持ってほしいんだよね。あなたにセンスがあって、空間を補完するアレンジメントができるならそれがいい。オーナーたちもそれを望んでいると思うんだ」

わたしのビジョン、とエミリーは心の中で繰り返す。エミリーが花の虜《とりこ》だったのはずっと昔だったけれど、あのころの感覚が急に戻ってくる。茎を切ったときの木っぽいにおい。指腹に刺さる棘とちくりとする痛み。

メラディスは首を伸ばしてエミリーの様子をうかがっている。「急がなくていいからね。終わったら教えて」

手直ししたりちがう花を加えたり、エミリーは何時間でも作業できる気がした。しかし、メラディスは効率も考慮するはずだ。そう考えエミリーは、数分間で作業を終え、数歩下がり、微調整をしたあと、メラディスに声をかけた。メラディスはアレンジメントをじっと見つめ、感心しているようだった。

「花の名前には詳しい？」とメラディスは尋ねた。エミリーは壁際に並んだ銀色のバケツに入った植物に目を落とし、知っているだけの名前を挙げ、分からない種類は勉強してきます、とつけ加えた。エミリーはこの場で、この仕事が欲しかった。おそらく時給はかなり低いだろうけれど、どうにかやりくりしようと腹をくくっていた。

「ここに連絡先を書いて」とメラディスが言い、ノートと鉛筆をエミリーに渡した。「結果を連絡するね」

エミリーは作り笑いをして、心からの笑顔に見えますようにと願いながら「もちろんです」と答えた。店を出るとき、ドア口でふり返り「ここで働きたいです。あなたのお店、すごく素敵だから」と言った。

店のドアを閉めた途端、エミリーはその日の重みに押しつぶされそうになった。

エコーパーク湖までエミリーはドライブし、湖の周りを歩いた。まだ家に帰りたくない。スワンボートが湖面を滑り、ダウンタウンのスカイラインが遠くに見える。エミリーは、目と耳の感覚、足裏の感触、日光の当たる肌に感じる熱に集中しようとした。

だけどどうしても、家族のことを考えてしまう。失望されるのは辛い。オリビアのことまで思い出してしまう。オリビアはエミリーの教授であり、内緒の元恋人だった。半年前に、エミリーは家族に責められたことと同じ理由でふられた。エミリーがまだ学部生だったからだ。ふたりの年齢は近いけれど、ふたりの関係がばれれば、オリビアは解雇されかねない。そう別れを切り出され、エミリーはうなずくしかなかった。悪いのは自分なのだと、納得するしかなかった。

湖を半周し、お気に入りの場所に着いたエミリーは、アシの葉と、水面にちらつく魚たちに目を凝らした。

みんなの言っていることは、正しいのかもしれない。辛く当たられるのも、仕方ないのかもしれない。結局、だらだらと学校に残っているエミリーが悪いのかもしれない。だけどもう転科のための講義登録はすませてしまった。今更、取り消しなどできない。

エミリーは魚になりたかった。アシの林を出入りする魚のように生きたかった。魚たちの鮮やかな色も、その動きも、空虚さもすべてが欲しかった。

湖から家までは、寄り道せずに車を飛ばした。ワンルームアパートの階段を上り、ペンキで開閉部がぬり固められていない唯一の窓を開け、涼しい風を待つ。エミリーはベッドに座って窓の外を見た。ゴミだらけの歩道沿いにさびれたモーテルが立ち、数軒の家と、ヤシの木が揺れる丘がある。その後ろには青空が広がり、雲がぽつんと浮いていた。

夕飯、食べなきゃ。

エミリーは冷蔵庫を開けた。紙容器《カートン》半分だけ残っている卵液、ケチャップの瓶、ジャムの瓶、賞味期限が昨日で切れたジュースに、アイスコーヒーがひとパックだけある。数ブロック先の店まで歩いていき、ブリトーを注文しようとエミリーがカバンをつかんだとき、スマホにメッセージが届いた。メラディスだ。

うれしい知らせは早めに伝えておこうと思って。

エミリーは、すぐにアリスに電話をかけた。アリスはカメラマンや映画監督をクライアントに持つスタイリストで、ほとんどの電話は無視するけれどエミリーの電話には即答する。

「いい知らせがあるんだ」とエミリー。

「またオリビアのことじゃないよね？」アリスの声の後ろには音楽が流れ、だれかの声が聞こえる。たぶんアリスは、半ば無理やり連れていかれたパーティー会場にいるか、ハッピーアワーだからいっしょに飲みに行こうとかいう誘いに乗ったかのどちらかだろう。

「ちがうよ」エミリーはそう言うと、いったんスマホを耳から離しブリトーを注文した。そして、ヤシの木が揺れる店の裏手に行き、カラフルな日よけつきのパティオに席を取った。それからアリスとの通話を再開した。「サンセット大通りとノース・バーモント・アベニューの交差点にあるフラワーショップでのバイトが決まったよ」エミリーがアリスにこの店のことを話すのは初めてだったけれど、アリスなら絶対に知っているとエミリーは確信していた。アリスはこの世界の美しいものを、決して見逃さないからだ。

「あの店、すっごいゴージャスだよね。それにエミリーのアレンジメントの腕もいかせるじゃん！　わたし、エミリーのアレンジメント、大好きなんだ」

「ありがとう」エミリーは、アリスからの褒め言葉を素直に受け取ろうと努めた。額面通り受け止めて、喜べばいいんだ。二十五歳のときの最低賃金で働いていた自分に逆戻りしているとか、無目的にただ移ろっているとか、そんな可能性は考えなければいい。

「楽しいと思うんだよね」とエミリーは言った。「少なくとも、しばらくの間は」

二週間の試用期間をへて、エミリーはレストランのアレンジメント担当として朝の仕事を任されることになった。エミリーは、あふれんばかりの花、葉っぱ、そして大きな木物を車に積んで運転した。火曜日朝はダウンタウンにある真っ白で塵《ちり》ひとつ落ちていないすしレストラン、木曜日朝は青いタイルが印象的で八十二歳のオーナーシェフがいるギリシャ料理店の客席のテーブルを任されていた。そして週二回、〈イエルバブエナ〉でもアレンジメントをした。

サンセット大通りとセルマ・アベニューの交差点にそびえ立つロサンゼルスの名所だった建物を、十数年前にジェイコブ・ローウェルが改装し〈イエルバブエナ〉にした。彼は〈フレンチ・ランドリー〉に十年間勤めてシェフとしての名を上げ、ロサンゼルスに移ってからは小さなレストラン事業をいくつも成功させ一躍ときの人となっていた。

〈イエルバブエナ〉の前にも、この建物にはレストランが入っており、ステーキとカモ料理の有名店だった。格式高いサービスと豪勢な内装が売りで、何十年も通い続ける常連にも行きずりの観光客にも、高い評価を受けていた。折り上げ天井に、革張りの個室、ダイニングルームは複数室あった。ミシュランの星もひとつ獲得していた。ただ毎年、審査の時期になると、星を失いそうだといううわさが、まことしやかにささやかれた。

そんな折、ジェイコブ・ローウェルが投資家たちの力を借りてこの建物を買い取った。半年後にふたたびドアが開いたとき、壁のほとんどは取り除かれ、残された数少ない壁には白と薄ピンク色のしっくいが施されていた。ドアにかけられた新しい看板にはこう彫り文字があった。

〈YERBA BUENA《イエルバブエナ》〉

古典的な作品が飾ってあった場所には、色鮮やかなモダンな絵画がかけられ、折り上げ天井と個室のブースはそのままに、バーカウンターが二台設《しつら》えられた。ダイニングルームは二室だけになり、メニューも一新された。古い常連客の中には、他の客がうるさすぎて食事ができないと文句を言う人もいた。大きなコミュニティーテーブルに見知らぬ人と相席するスタイルだったのだ。しかし新しい客たちは、よりカジュアルなメニューを歓迎した。手ごねのパスタにやわらかな肉、繊細な味の魚に近隣地域の素材をふんだんに使用したサラダ。それに、レストランの雰囲気も古めかしさが消え、親しみやすくなったと好評だった。ウエートレスたちは、まるで自分たちが食事に来たかのような夏らしいワンピース姿で、ソムリエはまるで昔なじみの友達のようにテーブルを訪ね、飲み物について尋ねた。身もだえするくらい魅力的なバーテンダーたちは、客と会話しながら誠実そうな笑みを浮かべた……つまり、すべてが完璧だったのだ。

エミリーは〈イエルバブエナ〉に午前九時前には到着し、アレンジメントを始めた。その時間帯にレストランにいるのは、エミリーとふたりのシェフだけだ。キッチンのドアが開くたびに、調理器具の金属が奏でるメロディーが聞こえる。エミリーは、家族の誕生日祝いや両親の結婚記念日などで何度もこのレストランを訪れていたので、その場所を隅々まで知っている気でいた。彼女の家族がいつも座るブースがすぐそこにある。ダイニングルームのいちばん奥にある壁際だ。ブース番号が〈48〉だと知ってからエミリーの両親は、ブースを指定して予約した。だけど、朝の〈イエルバブエナ〉はまったくちがって見えた。窓から降り注ぐ朝の光の中、動くものはひとつもなく、しんとしている。エミリーは前回のアレンジメントの花を回収して、新聞紙で包み、花瓶と植木鉢を洗い、新しい切り花をコミュニティーテーブルの上に並べた。それからどの植物をまず手に取り、どんなふうにアレンジをするか、頭に浮かぶまでじっと待った。枝、花、全体的な色の雰囲気。目の前の花材の質感をながめていると、自然とエミリーの手が動き始める。エミリーは複数のアレンジメントを同時に作るのが好きだ。ときどきヘッドホンを着けるときもあるけれど、静かなところで作業するのを好む。キッチンから聞こえてくる小さな音、葉が風に揺れる音、テーブルの周りを歩く自分の足音。耳を澄ませながら、次の茎を選んだ。

十時半ごろ、ジェイコブの足音が聞こえてくる。花瓶と植木鉢にアレンジメントがほぼ完成し、テーブル上に植物はほとんど残っていない。

「おはようございます」とジェイコブが言う。

「おはようございます」とエミリーが返す。

ジェイコブはアレンジメントを惜しみなく褒めてくれる。だからエミリーはジェイコブが無類の花好きなのだと思い始めていた。ジェイコブはアレンジメントをじっくりとながめ、身をかがめてエミリーに近づき、花の色や名前について尋ねる。エミリーは、ジェイコブの興味は、あくまで花なのだと自分に言い聞かせた。ジェイコブは質問をすることが尽きると、キッチンに姿を消すか、ダイニングルームに戻ってきて奥の壁前のブースに座る。ジェイコブの特等席だ。そこで書類の山を目の前にして、朝食を食べる。エミリーはジェイコブがいることを意識しながら、できたてのアレンジメントを指定の場所へと運ぶ。そしてコミュニティーテーブルに散らばった切り花やハサミを片づけ、テーブルをきれいにふき上げる。退勤時にジェイコブにあいさつするべきか、エミリーはいつも迷う。彼が熱中しているのなら、声をかけて邪魔をしたくない。だけどエミリーがドアまで行ってふり返るといつも、彼が片手を上げる。エミリーも手をふって応える。

ジェイコブがエミリーに植物について質問する朝が一カ月ほど続いたある日、彼はエミリーのそばを通ってキッチンに消えた。

八月だったから、テーブルの上にはダリアとピオニーのアレンジメントがあふれ、香り立つたおやかな花々を見ているだけでエミリーは浮き立つようだった。それなのに、ジェイコブはアレンジメントをちらっと見ただけだった。

エミリーは植木鉢に赤いピオニーを三本入れ、高さを出すために枝ものを加えた。それから数歩下がり、全体を確認した。そのとき、キッチンのドアが勢いよく開き、ジェイコブが現れた。二枚の皿を手に、エミリーのほうに向かってくる。

「おなか、すいてる?」とジェイコブが尋ねた。

オーブンから出したばかりの厚切りパンと、オレンジ色の黄身の真ん中でカットされたゆで卵に、ベリーとジャムが皿にはのっていた。

「はい」とエミリーは答えた。「ぺこぺこです」うそではなかった。

ジェイコブは、ティーポットとティーカップをふたつ持ってきた。

朝食をどこで取るかジェイコブが決め、エミリーが切った植物の茎や葉で散らかっているコミュニティーテーブルのすぐそばのテーブルに皿を下ろした。最近ジェイコブは、エミリーがアレンジメントを作るときそこに座るようになっていた。

その日から、アレンジメントのあと、ジェイコブとエミリーはいっしょに朝食を取るようになった。ジェイコブはいつも書類の束を持ってきた。肉や野菜を仕入れている農場からのレシートや、ジェイコブの承認を待っているシフト表などだった。エミリーはカバンから本を取り出し、午前中の講義のために復習した。

いっしょに座っているふたりを見た人は、こんな想像をしたかもしれない。朝起きるとふたりはキスをして、エミリーがシャワーを浴びながら昨夜見た夢の話をするのを、シンクで髭《ひげ》をそっているジェイコブが聞いている。それからいっしょに出勤する。ふたりからは、そんな空気が漂っていた。一日の計画を話し合い、同じ車で通勤し、もうすでにどちらが夕飯の買い出しに行って、どちらが夕飯を作るのかまで決めてきたカップルのようだ。車が〈イエルバブエナ〉の駐車場に止まったときは、ひと通り互いの言葉を咀嚼《そしゃく》したあとだから、沈黙が心地いい。別々のことをしながら、いっしょの空間にいることが苦ではないのだ。

そんなふたりの関係は数週間続き、エミリーはそれで満足だった。エミリーは、あるウエートレスのようにドア口でジェイコブとすれちがうたびに、彼の手が腰に触れてくれたらと期待してそわそわしなくていいし、ベッドでジェイコブがどんなふうか、女友達としゃべる必要だってない。彼が既婚者なのは周知の事実だ。ジェイコブとその妻は外食産業では名の知れたカップルで、雑誌にもよく取り上げられ、著名人の結婚式や誕生日パーティーにも招待された。エミリーの記憶が正しければ、子供もひとりいたはずだ。いや、ふたりだったかもしれない。

エミリーがレストランに滞在する時間はしだいに延び、正午近くまでいるようになった。講義に間に合うぎりぎりの時間だ。ジェイコブの向かい側でノート型パソコンを開き、課題のエッセーに取り組む。ジェイコブといっしょのほうが、課題がはかどるような気がした。詩の考察が深まり、キーボードの上で指が躍り、一段落書いてから背筋を伸ばすと、ほほ笑むジェイコブの顔が見えた。

レストランの従業員たちの出勤時間はばらばらだ。マネジャーのメーガンがまず来て、それからケンが予約状況を確認しに来る。ケンは一度帰宅して、夕方に再出勤した。ウエーターたちは新しいワインや常に変わるメニューを試食した。ある日、バーのスタッフが打ち合わせのためにいつもより早く出勤した。スタッフのひとりが、エミリーとジェイコブの特等席にオートバイのヘルメットを置こうとした。

「そこはジェイコブとエミリーが毎朝使ってるから」とメーガンが言った。「奥でミーティングにしよう」

そう聞いたとき、エミリーはぞくぞくした。自分の存在を知ってもらっているばかりか、名前まで覚えてもらっているなんて。エミリーという女性がフラワーアレンジメントをしに来ていると分かってもらえていないとしても、エミリーはうれしかった。

そのとき、エミリーには聞き覚えのない声がした。「いや、バーで打ち合わせしよう。全部見せられるから手っ取り早い」

　エミリーがふり返ると、声の主は大きなダイニングルームに向かっていた。エミリーはしばらくしてから生け花の切れ端を捨てに行く途中、バーテンダーたちの横を通った。声の主は長身ですらっとした女性だ。金色の髪は短く切りそろえてある。彼女の魅力的な姿に、エミリーは頬を染めた。その人はバーの後ろで、カクテルを作っている。ほかのバーテンダーたちに何かを教えているように見えた。メモを取っている人もいる。

　バーテンダーたちがダイニングルームに戻ってきたとき、先ほどの女性がエミリーのとなりで立ち止まった。

「あんなふうにシダを使うの、初めて見た」とその人は言った。「ピオニーと合わせると不思議な感じだね。あ、不思議な美しさって意味ね。あんな組み合わせ、思いつかないよ。触ってみてもいい？」

「どうぞ」とエミリーは言った。

「この葉っぱさ、わたしのふるさとのいたるところに生えてたんだよね」

　その女性は指先で葉の輪郭をなぞった。エミリーは彼女の姿に、言いようもない親密さを感じた。まるで彼女が、シダではなくエミリーに触れているような感覚になった。近すぎて震えてしまいそう。エミリーは目の前の女性を見据える。丸みを帯びた頬骨。もっと近づいて。金色のまつげの先端。鼻筋に橋をかけるように散るそばかすは、まるで仕事のあとにエミリーの服に落ちている花粉みたいだ。

その女性がエミリーのほうを向き、名乗った。「わたしはサラ」

エミリーは頬が紅潮するのを感じ、自分の気持ちがばれてしまうと思いながらも、なんとか片手を差し出した。「エミリーです」。サラの手は力強くて、やわらかい。だけどそれ以上に、なんだろう、この握手は特別な感じがする。手のひら同士が吸いつくようにぴったりと合わさるような。エミリーは思わず、手を離さないで、と声に出しそうになる。

「ああ君が」とサラが言った。「ジェイコブといっしょにあのテーブルに座るエミリーなんだね」。ふたりは手を離した。

エミリーは否定したかったけれど、うそはつけない。そんな関係じゃないの、そんなつもりじゃない、と言いたかったけれど、ではふたりは、どんな関係なんだろう？

「そっか、なるほど」とサラは言った。

サラはほかの従業員に別れを告げ、メーガンと談笑し、ジェイコブから封筒を受け取った。そしてエミリーの横を通り過ぎてドアまで行くと立ち止まり「エミリー、会えてうれしかったよ」と言って、手をふった。エミリーはまた顔が赤らむのを感じ、サラの手をもう一度握りたいと願った。そのときふと、サラの腕の内側にタトゥーがあるのにエミリーは気づいた――文字が彫ってある。その文字列の意味が、知りたくてたまらなくなった。

「あの人、新入社員ですか？」しばらくしてからエミリーはジェイコブに尋ねた。いつも通り、卵とジャムとトーストの皿を前にしたときだ。

「だといいんだけどね。ちょっとアドバイスをお願いしたんだ。彼女は〈オデーサ〉で働いてる。ずっと引き抜こうとしてるんだけどね。やっとカクテルメニューのデザインを引き受けてくれたよ。そうだ、君にも試してほしいな。講義に行く前だから、量は少しにするからさ。意見を聞かせてよ。このレストランを表現するような唯一無二のカクテルをさがし求めていたんだ。これこそ〈イエルバブエナ〉だって言えるようなね。その課題に彼女が応えてくれたんだよ」

エミリーは、ジェイコブについてバーへと向かった。ジェイコブは紙に書かれた分量通り、正確に計量してシェーカーに入れる。エミリーはジェイコブが何ごとも自信満々にこなすものだと思っていたけれど、バーテンダーたちに比べると彼の動きはぎこちない。涼しい顔でカクテルを作るバーテンダーたちとちがって、ジェイコブは正確を期すために必死の表情だ。そうしてやっとできたカクテルが注がれたクープグラスを、エミリーは受け取り、ひとくち、口をつけた。口に広がったのは苦みだ。力が湧くような苦みのあとに、かすかな甘さが残った。

「君には苦すぎたかな？」ジェイコブが尋ねた。

「苦いけど、でも、苦すぎることはないです。全然」そう言ってエミリーはもうひとくち飲んだ。

「初めての味なのに、なぜだろう。懐かしい感じがします」

「ね、それがサラの天才たる所以《ゆえん》だよ」とジェイコブが言った。

それからも、エミリーとジェイコブは朝食をともにした。トーストとコーヒーと静かな会話を繰り返すうちに、エミリーはジェイコブとは永遠にこういう関係なのだろうと思い始めていた。しかし数週間後、書類仕事を終わらせたジェイコブが背もたれに寄りかかりながらこう言った。

「君の住んでるところを見たいな」

エミリーはなんと答えるべきか分からなかった。もしかしたらジェイコブは、人の住むところを見るのが好きなだけかもしれない。そうエミリーは思った。自由研究みたいに、自然居住環境で人間がどう過ごすか観察するのが好きなのだ。実際、エミリーにはそういうところがあった。他人の家に足を踏み入れると、壁紙の色や、本棚の飾り、そういうところに目がいった。だけどジェイコブの瞳に映っていた欲望は、見誤りようがなかった。

「はい」とエミリーは返した。「住所を書きますね」

「じゃあまた、あとでね」レストランをあとにするエミリーに、ジェイコブが声をかけた。

講義が終わると、エミリーは一目散に家に帰った。ジェイコブが言ったあとでねが、今日の午後なのか後日なのかエミリーには分かりかねたが、万が一、今日ジェイコブが来るならばそれなりに準備をしなければならない。エミリーは手紙の山とカタログとゴミを片づけ、シンクに長いこと居座っていた汚れた皿を洗い、奇跡的に掃除機を引っ張り出すことに成功したので、アパート内をひと通り押して回った。掃除機をかけたのなんて、いつ以来だろう？　エミリーにとって、彼女のワンルームアパートは人を招くための場所ではなかった。引っ越した当初はそう思っていたけれど、またたく間にただ勉強し眠るだけの場所と化した。食事も友達と会うのも、自分のアパートではやらなかった。エミリーが気を張る必要のない友人は招き入れることもあった。冷蔵庫にはパブロのためのＩＰＡ《インディアペールエール》、戸棚にはアリスのためのレモンバーベナの茶葉が常備されている。ふたりはそれで満足してくれた。

エミリーは、アパートのドア口に立ち、ジェイコブの目に自分の部屋がどう映るか想像してみた。今日であれ、遠い未来であれ、もし彼が本当に現れるならばこの部屋を見てどんなふうに思うだろう？　アパートは狭くて、ごくごく普通だ。壁なんて、白色の下ぬり用塗料《プライマー》のままだ。エミリーは急に大家へのいら立ちを感じた。コストを下げるために下ぬりのままにしたのだろうか。それとも塗装を途中で投げ出したのだろうか。まるで統一感のない皿の半数以上には欠けたところがあるし、ベッドのシーツとカバーはそろいじゃないし、キッチンの窓はペンキでぬられて開けられないから、紅茶をいれるために湯を沸かすだけで窓が曇る。ときどきエミリーは夜九時にベッドにもぐり込む。どの照明も暗すぎて、夜遅くまで起きていると気が滅《め》入《い》るのだ。

それに東側の窓にはカーテンがないから、服を着ていないときはかがんで移動しなければならなかった。日が暮れると一挙一動が丸見えになると思い、エミリーはカーテンをつけようとしたけれど、壁の石膏《せっこう》が砕けてカーテンレールが取りつけられなかった。

エミリーは、自分のアパートがだれかを感心させる可能性はゼロだと悟り、自分自身に集中すべきだと気持ちを切り替えた。

エミリーはシャワーを浴び、足の毛をそった。歯を磨き、ココナッツオイルを肌にぬり込んだ。自然乾燥させた髪は結ばずに、背中の中ほどまでゆるやかに流した。レストランに行くとき、髪は結ぶようにしていた。少なくとも仕事で朝に出勤するときは必ず。エミリーはゆったりとしたラウンジパンツに足を通した。アリスからのモロッコ土産で、錫《スズ》の飾りが裾にぐるりとついている。黒色のタンクトップを頭からかぶるとき、鏡に映る自分の姿を見て、心に浮かぶある問いに気づいた。わたしは本当に、これを望んでいるの？

望んでいる。だってジェイコブに見つめられると、自分が特別だと思えるではないか。

望んでいる。だってジェイコブとの朝の時間が好きではないか。

実のところエミリーは、朝の時間に執着しすぎていた。ジェイコブとの時間を渇望しているのだと思っていたけれど、そうではないことにそのとき気づく。ジェイコブとの夜の現実感が増すにつれて、怖くなる。男性とセックスをしたいのかすら、分からない。エミリーはもうずっと、女性としか交際していない。

オリビアとの関係の始まりを思い出しながら、エミリーはアクセサリー入れの中からゴールドのピアスをさがした。エミリーはいつも最前列に座った。最初の講義でオリビアにひとめぼれしたときから、ずっとだ。オリビアは思慮深く、黙り込むとなんだかかわいらしく、専門用語を自由自在に使いこなす姿はかっこよかった。ボタンシャツとジーンズを好み、無造作な髪には白髪が交じっていた。毎回ちがう鼻ピアスを着けていた。ダイヤモンドのスタッドピアスの日もあれば、ループピアスの日もあった。エミリーはオリビアを観察し、憧れの気持ちをふくらませた。たくさん質問をしてオリビアの言葉でノートをうめ尽くし、ベル・フックスやアンジェラ・デイビスの教科書にアンダーラインを引き、ミシェル・フーコーを精読した。

だけどふたりの間に何かが芽生えたのは、エミリーがオフィスアワーにオリビアの研究室を訪ね、課題のエッセーについて質問したときだった。「クレオール〔ルイジアナ州におけるクレオールは、フランス領ルイジアナ時代の移住者の子孫で、黒人、ネイティブアメリカンなどのミックスルーツの人およびグループを指す〕としてのアイデンティティーの敷居《リミナリティー》について書いているんです」とエミリーは言い、オリビアのデスク前のイスに座るなり、自分の計画をまくし立てた。教授の時間を無駄にすまいと考えたからだ。「グレーゾーンにわたしたちは存在すると思うんです。その点を考えるときに、インターセクショナリティについてどう考えるべきか、先生からアドバイスをいただきたくて。白人としてなりすます《パスする》ことやストレートとしてパスすることと合わせて考えられる気がするし、それか、人種だけに絞って論を組むべきのような気もして、迷っているんです」そう言いながらエミリーはカバンから取り出したメモ帳を開いてペンを手に構え、背もたれに背をつけて、オリビアの答えを待った。

「あなた、女性と交際するんですか？」とオリビアが尋ねた。

「はい」

「そうですか」とオリビアが言った。声色に今までとはちがった響きが加わったような気がした。「ではもちろん、そのことについて書いていいですよ」

オリビアとエミリーは、学期が終わるまで待った。

オリビアを訪ねていくのは、いつもエミリーだった。エミリーは当時、2DKのアパートにルームメートと暮らしていて、一方のオリビアは二棟密接住宅《デュープレックス》のひと棟を所有していた。玄関を開けるオリビアはヨガパンツ姿で、その後ろでは公共ラジオがかすかに聞こえた。ふたりはセックスをしたりディナーを食べたりしてから、いっしょにテレビ番組を一気見して、それについて批評し合った。学術研究者《アカデミア》たちはすごいとエミリーは感心していた。どんなくだらないテレビ番組だって、適切なレンズを選べば重要な意味を見つけることができるのだ。

エミリーはふたりの出会い方を問題にする必要はないと思っていた。オリビアとの年齢差はたったの五つだ。だけどオリビアは、仕事の心配をした。「わたしだってこんなのいやだけどね、正直あなたが何をしているのか分からないのよ」とオリビアは別れ話をしながらエミリーに言った。「どうしてまだ学生をしているの？」。自分のせいだとエミリーにも分かっていた。だって、結局エミリーは何をしているのだろう？　どうしてずっと大学に通い続けているのだろう？

オリビアと別れたあと、エミリーはひとり暮らしを始めた。ワンルームアパートにひとりで暮らせば、大人になれるような気がしたのだ。だけどそのアパートも、エッセーを書き、手紙を山積みにし、人生について思い悩むだけの空間になり下がった。

そしてその空間に今、ジェイコブが訪ねてくるかもしれないのだ。ふたりの間の緊張感をエミリーが楽しんだのは事実だけれど、実際にジェイコブがあのドアから入ってくるところは想像できなかった。数時間がたったころエミリーは、ジェイコブが姿を現さないことを願っていた。勉強しようとしたけれど、集中できず、しだいに気分が悪くなり、時間がたつにつれて吐き気がひどくなった。もし今夜ジェイコブが来なかったら、フラワーショップの仕事はやめて〈イエルバブエナ〉には二度と足を踏み入れない。そう決めた。そうしたらふたりの朝の時間、あの夢のような朝の時間は消えて、そういう未来もあったかもしれないというただの可能性になる。夜八時を回るころエミリーは、ジェイコブはもう来ないと自分に言い聞かせて、肩の力を抜いた。やかんを火にかけ、マグカップにバーベナの葉を二枚落とす。熱される水の音に耳を傾け、湯気が立つのをじっと見つめる。やかんが甲高い音を立て、エミリーがやかんを火から下ろしたそのとき、ドアがノックされる音が聞こえた。

ドア口に、彼が立っていた。ジェイコブはエミリーが想像したよりも大きく見え、玄関が狭くなったように感じた。ヘーゼル色の瞳は不安げに揺れ、こめかみの髪は薄暗い照明の下で銀色というより灰色に見えた。声さえ、ちがって聞こえた。エミリーのアパートは、レストランみたいに音が響かない。ジェイコブはアパートに入ると部屋を歩き回り、エミリーの持ち物を手に取っては質問をした。エミリーの収集している石や貝、緑色の背表紙の本について尋ねた。

「これ、全部読んだの？」

「もちろんです」

ジェイコブは声を上げて笑った。「本って緑のほうが面白いの？」

「緑のほうが面白いんじゃなくて、きれいなんです」とエミリーは答えた。「本はたくさん読むけれど、手もとに置いておくのは緑色の本だけです」

本棚の真ん中の列からジェイコブは一冊手に取り、また棚に戻す。それから額入りの家族写真に目をとめた。エミリー、コレット、バスにローレンが正装でほほ笑んでいる。「これ、ぼくのレストランの前だ」

「高校生のときから家族で通っています」

「うわ、そうなの？　ぼくも年を取ったな。じゃあこちらが君のご両親と、お姉さん？」

「そうです」

「仲いいの？」

エミリーは肩をすくめた。ジェイコブにじっと見つめられている。「お姉ちゃんはドラッグ依存に苦しんでいて、リハビリ施設を出たり入ったりしているんです。十代のときからずっとそうで、だから……」

「それはいろいろ複雑になるよね。最初に分かったとき、君は何歳だったの？」

「十五歳でした。よくなって帰ってきても、すぐにまたリハビリに戻らなきゃいけなくなるから。わたしにとっては楽なんです、なんていうか……つながっていないほうが」エミリーは、これまで何度も伝えた昔話をまた繰り返している。お姉ちゃんは薬物依存者で複雑な思春期で……。自分の声を聞きながら、自分は複雑な思春期を抜け出たのだろうかと自問する。滅多に会いもしない人に人生をがっちり握られている。なんて哀れなんだろう。

ジェイコブが来てから数分間で、エミリーは彼の質問に疲れ果てていた。答えを見つけるのは労力を要する。ジェイコブが彼自身の話を始めたとき、エミリーは肩の力が抜けるのを感じた。緊張していた胃もほっとしたみたいだ。穏やかに彼の言葉に耳を傾け、うなずいた。いつものエミリーだ。彼の話に興味があることをアピールするみたいにうなずいている。

「君は大学が好きなんだね」とジェイコブが言った。

「好きです。だけどそろそろ卒業しなくちゃ。学科を五回も変えたんです。同級生はみんな子供で。子供というか、すごく頭がいい子供で、とにかくすごく若いんです」

「ぼくも大学、好きだったよ。しばらくの間はね。だけどタパスのレストランでバイトしてみたら、料理に恋してしまってね。そのあとは講義室にいる時間がもったいないと思った。同じ時間、キッチンに立っていられるじゃないかって思ったんだ」自分の話をするジェイコブの後ろの空が暗くなっていく。モーテルの〈空室アリ〉というネオンサインがともった。エミリーはジェイコブに飲み物か食べ物を出すべきか悩んだけれど、彼はどちらにしろ、エミリーの部屋にはいないような表情で話し続けていた。ジェイコブはスペインにいるのだ。スペインの農場で働いたことがあるらしかったけれど、エミリーはそのいきさつを丸ごと聞き逃した。それでもジェイコブは瞳に涙を浮かべ、頭を左右にふりながら話し続けた。

「スペインで土に触れたときのことを考えると……あの土の感触。あんな気持ちになったのは、あとにも先にもあのときだけだ。〈イエルバブエナ〉と提携している牧場や農家のことはすごく好きだけど、みんな歴史が浅いんだ。都会暮らしで燃え尽き症候群になった若者が何か高貴なことをしたいと模索した結果の農家であることが多くてね。サンタバーバラの近郊で数エーカーの土地を手に入れ、種をまくだけさ。だけどマルタやシャビの土壌はちがう。育てるのに時間がかかる」

「素晴らしかったんでしょうね」

「それはもう素晴らしかったよ」

そのころには空は真っ黒で、エミリーは空腹で、これから何が待っているのだろうと心配になっていた。

「ディナーを作るよ」ジェイコブが急にエミリーのもとに戻ってきて、そう言った。ジェイコブは立ち上がり、伸びをした。「メキシコ食材店が下にあるのを見たんだ」

エミリーは時計に目をやる。「あと五分で閉まります」

「それは大変だ。急ごう」

エミリーはアパートを出て、夜風に当たれるのがうれしかった。部屋に戻ったら寝室の窓を開け、勉強机と化したテーブルにキャンドルをともして、普通は使わないナプキンを出そう。エミリーはスパイス棚からチリペーストを手に取り、ジェイコブは新鮮な野菜が入ったプラスチックの入れ物が並ぶ列を通って、いちばん熟れたアボカドと明るい色の柑橘《かんきつ》系の果物を選んだ。エミリーはジェイコブのもとに向かう前に、彼の姿にじっと目を凝らした。ジェイコブはオレンジやアボカドを手に取り、トウモロコシの皮を少しめくって実を確認し、パクチーやミントの葉のにおいをかいでいる。店の外の、営業中の看板の明かりが消えても、ジェイコブはそこにいて、エミリーに体を向けているけれどエミリーのことは見ていなくて、赤パプリカをバスケットに入れている。

ジェイコブはオレンジとアボカドを手際よくスライスし、サラダドレッシングを作った。エミリーのアパートにある、唯一のキャストアイロンのフライパンでトウモロコシとパプリカを炒め、エビを投入する。でき上がった料理は、エミリーの人生で一、二を争うくらいにおいしかった。

エミリーはふと思う。これで終わりなのかもしれない。ジェイコブの昔話を聞いて、買い物をしてキャンドルとナプキンを用意して、ディナーを食べるだけで今日はさよならかもしれない。

だけどもちろん、そんなはずはなかった。

キスをし始めて数分しかたっていないのに、ジェイコブはシャツを脱ぎ、ぎこちない手つきでエミリーのブラホックを外そうとしている。これから何をするのか、ふたりの関係はいったいなんなのか、エミリーは尋ねたかった。ジェイコブのキスは知らない味だ。しかも妻帯者じゃないか。エミリーは急にジェイコブの妻のことが気になった。そして子供もふたりいる。エミリーは子供の性別まで知っていた。男の子がふたり。

ジェイコブはパンツを脱ぎ、エミリーのワイドパンツの腰ひもをほどき、耳もとで君は美しいとささやいた。ずっとこれを待ち望んでいたのだと言い、彼の手にはコンドームが握られていて、ジェイコブがその袋を開けているとき、エミリーは数時間前の一瞬のことを思い出していた。やかんが音を立ててからドアのノックが聞こえるまでのあの瞬間だ。いったいどれくらいの間、ジェイコブは今夜のことを計画していたのだろう？　いつエミリーは計画から置いてきぼりになった？　ちょっと待って、とエミリーは言いたかった。わたしたちは何をしているの？　そう尋ねたかった。エミリーはジェイコブにキスしながら、下着を脱ぎながら、それでも自分がいったい何をしているのか分からなかった。

ジェイコブがエミリーのアパートをあとにしたのは、深夜一時少し前だった。

ローレンの六十歳の誕生日祝いに、バスが例年通り〈イエルバブエナ〉に土曜日の夜の予約を入れた。その日の朝、エミリーのスマホが鳴った。コレットからのメッセージだ。

迎えに来られる？

ロングビーチに寄っていくけどいい？

バスとローレンはディナーの前に〈イエルバブエナ〉近くで友人たちと会う約束があったので、エミリーは祖母を迎えに行くことになっていた。

もちろん。

なので午後六時にエミリーはエコーパークにある彼女のアパートから、シルバーレイクのコレットが暮らすアパートまで約二キロ、車を走らせた。コレットは親友といっしょに住んでいる。もうすぐ冬だというのに太陽は高い空に輝き、暖かい。アパート到着を知らせるメッセージは送らず、路上駐車している車のすぐ横に停車し、アパートまで行ってドアをノックした。ドアを開けて出てきたコレットに、エミリーはサングラス越しににっこり笑いかけた。

コレットは、はだしでドア口に立っていた。ウエストを細く絞った赤いロングドレスで、彼女の華奢《きゃしゃ》さが際立っている。

「ヘイ、シスター」とエミリー。

「早かったね」とコレットが言い、踵を返してアパートの中に消え、すぐにバッグを持ってきて、エミリーに笑いかけた。「今日のメニューに、ラグー〔主菜の煮込み料理〕はあるかな？」

「うわー、どうだろう？」とエミリー。「わたしも食べたい」

エミリーは車に乗り込み、窓ガラスを下げた。ロングビーチにある祖母の家まで運転しながら、エミリーは自分と姉の姿をとなりの車から見ているような感覚に襲われた。正真正銘の姉妹だ。互いのことをどう思っていたとしても。黒い巻き髪に分厚い唇はそっくりだし、サングラスもワンピースも、姉妹らしく似ている。エミリーは、コレットと並ぶと自分が見劣りすると分かっていた。だけど、今夜のエミリーには秘密があった。秘密が血管を駆けめぐり、エミリーは大胆になれるような気がした。

エミリーは輝いていた。

ふたりがロングビーチに到着したとき、クレアは玄関のテラスに出ていた。八十九歳のクレアはスーツを着て、黒いストッキングをはき、ラインストーンが光るスタッズのミニバッグを持ち、期待に瞳を輝かせていた。クレアを見ただけでエミリーは泣きだしたくなった。エミリーとコレットは車から飛び降り、クレアが車に乗るのを手伝った。

「ワンピース、よく似合ってるじゃない」とクレアが言った。「口紅の色も素敵」クレアはコレットの髪を触り、それからエミリーの髪にも触れた。「ふたりがいっしょにいるのを見ると、うれしいよ」

エミリーは祖母のことが大好きだ。祖母の強いニューオリンズアクセントもやわらかな茶色の肌も、小さなことにくよくよする繊細さも、美しいものを惜しみなく愛《め》でる性格も、大好きだ。金縁のステムグラスも、巨大なクローゼットも、全部の部屋の壁紙が花柄なのも大好きだ。学校の課題のために、エミリーはクレアにしょっちゅうインタビューをした。十回を越えていたはずだ。祖父母は戦後のクレオールによる出ルイジアナ《エクソドス》、また、アフリカ系アメリカ人の大移動《グレート・マイグレーション》〔一九一四年から一九五〇年まで南部での人種差別を逃れるため百万人以上のアフリカ系アメリカ人が北部に移動した動きの呼称〕の小さなかけらとして、西部に移動した。ルイジアナ州から西へ進んだのだ。移住後はみんなが力を合わせて、南ロサンゼルスにふるさとをふたたび築こうとした。理髪店やパン屋、レストランをオープンし、夕食会やダンスパーティーを開き、カトリック教を熱心に信じた。セカンド・ライン〔ニューオリンズの伝統的なブラスバンドを伴ったパレードの総称〕を踊り、ガンボ〔米国ルイジアナ州発祥の煮込み料理〕やジャンバラヤのレシピをきわめた。子供たちは親たちの勝利と後悔、ふるさとから遠く離れて文化を培い続けることへの誇りに浸って大きくなったけれど、しだいにクレオールのビジネスは閉店し、その歴史が忘れられようとしていた。

クレアは三姉妹の長女だった。クレア、アデル、そしてオデットの三姉妹は、美人姉妹として有名だった。彼女たちは常に、悲しみとは無縁のようにふるまった。三人はウエストがとても細く、アデルは巻き尺を常時携帯し、自分よりウエストが細そうな人を見つけては計測しようとした。三姉妹は、互いから五マイル以上離れて暮らしたことが一度もない。エミリーとコレットも、一見すれば三姉妹と同じように見えたかもしれない。細いウエストに筋肉質な足、黒髪に、幼いころの姉妹ゲンカ。頻繁に電話をかけるところも似ていたけれど、その後ろにひそむ感情は三姉妹とまったく異なっていた。近くに住んでいることも三姉妹と似ているけれど、隠している秘密はまるでちがった。

この秘密だってそうだ。

エミリーはコレットとクレアを〈イエルバブエナ〉に送る車内で、秘密を握ったままでいた。車を止めているとき、ふたりに全部見せたい衝動に駆られた。

助手席から出ようとするクレアに、コレットが手を貸す。エミリーもクレアの反対の手を取った。ふたりでクレアを引っ張った。ブレザーとブラウスの上からつかんだクレアの肘が、あまりにもか細かった。

クレアに手首を強くつかまれたとき、エミリーは自分のハチドリみたいに震える脈動がばれて、「エミリー、何かあったの?」と尋ねられるのではないかとひやひやした。エミリーの緊張に、祖母なら気づくかもしれない。だけど三人はそのままレストランの入り口のドアまで進んだ。エミリーの秘密はばれていない。

バスはバーで、ローレンはレストランの前で待っていた。

「フラワーアレンジメント、あなたがやったの、エミリー?」とローレンが店内に入りながら尋ねた。

エミリーがうなずいた。

「クレア、ここのお花、エミリーがアレンジしているんですよ」

「あら、そうだったの。素敵だね」とクレア。「この花はなんていう名前?」

「コーラルリーフ・ポピーだよ」とエミリー。

入り口にはケンがいて、エミリーを見ると目を白黒させてから、予約リストに目を落とした。

「デュボイスさまですね」とケンが言った。「ようこそ」

「わたしたちのこと、覚えているの?」とローレンが尋ねる。

「もちろんです」そうケンは言って、エミリーをちらりと見た。「テーブルまでご案内しましょう」

テーブルに着くと、コレットが「本日のメニュー」が書かれた小さな紙を持ち上げた。

「ラグーがある!」とコレットが言う。

「やったー!」とエミリー。

「わたしもそれにしようかな」

「最高だよね」

「うん。それに量も少ないし」

みんなに見られていることにエミリーは気づいていた。エミリーとコレットが、今夜はよりいっそう姉妹らしく見えるのだろう。だからエミリーもそれに乗った。緊張も相まって演技に拍車がかかる。ケンの驚いた顔に、なぜかドキドキしたし、マネジャーのメーガンがこっそりとエミリーの背後に回り、あいさつ代わりにかすかに彼女の肩に触れてくれたこともうれしかった。なんの事情も知らない人が見たら、メーガンがエミリーの後ろを通ったようにしか見えなかったはずだ。

「三つ注文してシェアしようよ。そしたら全部味わえるよ」とエミリー。

「シェアね」とコレット。「なんかかわいいから、そうしよう」

メーガンがプロセッコのボトルを手に、テーブルに現れた。横でグラスを持っている給仕助手《バスパーソン》は、朝の時間帯には見ない顔だ。

「メニューをご覧になっている間に、何かお飲み物でもと思いまして」とメーガンがグラスに注ぎながら言った。

ローレンはにっこりとバスに笑いかけた。

「わたしの誕生日祝いって伝えてくれたの?」とローレンが尋ね、メーガンのほうを向いた。

「お気遣い、ありがとうございます」

バスは首を横にふった。「パパじゃないよ、だからこれは……」

バスはコレットを見つめた。それに気づいたエミリーはいら立った。いつだってコレットだ。エミリーがこのレストランのフラワーアレンジメントを担当しているというのに、バスは、コレットに期待している。コレットはひとりではこのレストランまで来ることもできないのに。事前に電話して準備したとでもいうのだろうか。

コレットは首を横にふった。

「あたしじゃないよ」

「小鳥が教えくれたんです」とメーガンはグラスをエミリーの前に置きながら言った。グスタフがオリーブと自家製のパンを運んできた。レストランの顔なじみだけにふるまわれるメニューだ。

「ジェイコブからです」とグスタフが言った。

「ジェ、イ、コブから？」ローレンが感嘆の声を上げる。「ここに通い始めてからどのくらいになるっけ？　もう十年くらい？」とローレンがバスに尋ねた。

「それ以上だと思うよ」

「ジェイコブがここを買ったのが十二年前だよ」とエミリーは、頬を赤らめながら言ったけれど、だれにも聞こえなかったようだ。

ローレンがバスを見つめる。「今夜、〈イエルバブエナ〉の内輪として認められたんだ！」

「乾杯してお祝いしなきゃ」とバス。

「あのさ」とコレットが口をはさむ。「エミリーはここの社員みたいなもんでしょ？　エミリーのおかげでこういう無料の食べ物にありつけてるだけだよ」

「だけどエミリー、あなたは朝しか来ないんでしょ？」とローレン。「夜の人たちと顔を合わせたりしないよね？」

エミリーは頬が熱くなるのを感じた。

「知ってる人もちょっといるよ」エミリーはワイングラスをかかげ「ハッピーバースデー、ママ」と言った。

グラス同士が触れかちんと音を立てた。コレットがグラスを唇につける。みんなが目を丸くしているのを見て、彼女は笑った。

「あたしの分、飲んでくれる人？」コレットは、ワインには口をつけずに言った。

「エミリーのところに置いておきなさい。だれかが飲むよ。トニックを注文しようか？」

「うん、お願い。パパ」

バスが手を上げてウエーターを呼ぶ。

「自家製のトニックを娘に」とバスが注文した。「ライムをひと切れ、加えてもらえますか」

「ねえ、ほんとにラグーを三つとも頼むの？」コレットが尋ねた。「絶対に三種類全部注文します」とエミリー。そして三種類を注文するとウエーターが眉を上げ、「さすがですね」と言った。

注文したあと、エミリーは席を立ち、お手洗いに向かった。ひとりきりになれたことにほっとしながらキッチンを横切り、廊下を通って奥へと進む。ドアが開いてジェイコブが出てきたかと思うと、彼はエミリーをオフィスに引っ張り込んだ。そして壁にエミリーを押しつけ、キスをして、耳もとでささやいた。「君がここにいるのに知らないふりをしなきゃいけないなんて頭がどうにかなりそうだよ」

「だけど、わたしのこと知ってるじゃないですか」とエミリーがほほ笑みながら言った。「フラワーアレンジメントをするエミリーです」

「そうだ」とジェイコブは言い、親指でエミリーの唇をなぞる。そしてもう一度キスをする。「フラワーアレンジメントをしてくれるエミリー」ジェイコブの声色に悲しみがにじんでいるような気がしたけれど、エミリーは悲しみなんて欲しくなかった。今はやめて。テーブルに贈り物をしてくれたのに。強烈でまぶしくてエミリー自身が光るような秘密を与えてくれたのに、悲しくなんてならないで。だからエミリーは彼女の体を彼に押しつけ、彼が硬くなっているのを感じた。「今夜、うちに来てくれますか?」

「もちろん」とジェイコブ。

「わたしはそろそろ、席に戻ります」

「もう?」

「怪しまれちゃいますから」

「君のせいで死にそうだよ」とジェイコブ。「ぼくは死んでしまいそうだ」

エミリーはトイレで口紅をぬり直した。口もとがどうしてもゆるんでしまい、難しい。なるべく平然とした顔を作ってテーブルに戻る。

「トイレ待ちの列が長かったの？」とコレットが尋ねた。

「まあね」とエミリー。

「店からのサービスだって、すんごい量の食べ物が運ばれてくるんだけど」

　バスが高級コンドミニアムの改装物件を競り落とした話をし、ローレンは最近の契約での、彼女と事務所のパートナーの失態について話した。バスはワインをもう一本注文した。エミリーはイエルバブエナを注文したかったけれどやめておいた。ワインももう飲まなかった。なぜ両親が、コレットには飲ませまいと目を光らせながら、彼女の前で平然と飲めるのかがエミリーには理解できなかった。エミリーは一、二杯飲んでも、そのあとは炭酸水に切り替えた。気を使わないでとコレットから言われたあとも、エミリーはそうした。

　バスは、スマホにコンドミニアムの見取り図を映していたけれど、クレアはその見取り図自体に興味を示さず、どうやってその見取り図が画面内にあるのかを知りたがった。どうやって見取り図をスマホのスクリーンで見せられるのか。だれかお願いだからもう一度、インターネットについて説明してはくれないか。そうクレアは言った。エミリーは声を上げて笑い、同調した。インターネットを説明できる人なんているかな？　そう言っている間もエミリーの頭は、ジェイコブのオフィスのことでいっぱいだった。欲望、それなのに空っぽ、なんにもない。その瞬間感じた絶望に、エミリーはたじろいだ。なんとか押しやって、欲望にだけしがみつこうとした。欲望だけ感じていればいい。デザートが到着し、一同は唸り声を上げながら贅沢《ぜいたく》な甘みに舌鼓《したつづみ》を打ち、ひとかけらも残さず平らげた。

「おばあちゃん、意外としっかりしてたよね?」両親と祖母にさよならのキスをして、エミリーの車に乗り込んだコレットが言った。

「そうだね」エミリーは答えたけれど、内心本当か決めかねていた。クレアはここ数年ずっと、がん治療のための化学療法を続けていた。祖母が脆《もろ》く見えるのが治療のせいなのか、老年によるものなのかエミリーには判断がつかない。「少なくとも、ハッピーに見えるよね」

コレットがうなずき、窓ガラスを下げて席に背中をもたせかけてエミリーに尋ねた。「それで……」コレットがいびつな笑みを浮かべている。「あれはなんだったの?」

「あれ?」

「シャンパンにオリーブにポレンタにデザートまでおまけしてくれてさ」

エミリーは肩をすくめた。

「ついでに、あそこで働いている人みーんな、あんたのこと知ってるんでしょ。知らないふりしてたみたいだけど」

「わたしはお花係だから。お姉ちゃんもそう言ってたでしょ」

「あたしはごまかされないよ。みんな、こそこそしてたじゃん」

「なんの話かさっぱり分かんないよ」そう言いながらエミリーは顔がほころぶのを感じた。

「だれかと寝てるのは、ばればれなんだからね」

「また突拍子もないこと言って」

「あたしが知りたいのは、なんで秘密なのかっていうこと。あんたは二十五歳でしょ。自由にだれと関係を持ったっていいはず」

「そんなに簡単じゃないよ」とエミリーは答えた瞬間に、言葉をまちがえたと思った。

コレットは眉を上げたけれど、それ以上は何も尋ねなかった。エミリーは音楽を大音量でかけて、残りの道を運転し切った。


家族の〈イエルバブエナ〉での会食は、十月の初旬のことだった。その数週間後、エミリーが毎日チェックしているデザインについてのブログに、ジェイコブの家が取り上げられた。エミリーは、家を見るのが大好きだ。キッチンのむき出しの棚に重ねられた皿とか、壁紙の模様とか、家主の奇妙な収集物とか、そういうものに強く惹《ひ》かれた。そのブログでは、ワイン醸造地のファームハウスや、都会にあるロフト、サーフボードが日焼けした屋根板に並ぶ海辺の小屋などが紹介されていた。

だけどその日の午後、エミリーが『家族思いのシェフのロサンゼルス・クラフツマン住宅』という見出しをクリックすると、ジェイコブの名前と彼の妻の名前が目に飛び込んできた。エミリーの視界が暗くなる……一時停止《スタンドバイ》モードになったスマホのスクリーンをもう一度明るくし、エミリーは気を取り直して、記事に目を走らせた。

ふたりはその家を十年前に購入し、改装を重ねてきたらしい。壁にかけてあるアートのほとんどは、友達が手がけたもので、大型の絵画やスケッチを額に入れたものもあった。

エミリーは、スライドショーの最後の写真まで目を通した。ジェイコブとその妻のキッチン、本棚、ベッド。メインバスルームは、ペニータイルの壁でクローフット浴槽。玄関ポーチのブランコ。玄関に並んだ四足の靴。ジェイコブの妻のメッセージがある。〝わが家を愛する人とシェアできることが、最高の幸せ〟

そしてスライドショーの最後は、ジェイコブの家族四人とペットの犬の写真だ。みんな笑顔で、みんな素敵。ジェイコブが妻の腰に腕を回している。

エミリーは、スライドショーの頭からもう一度見た。素早くスクロールダウンしてから、今度はゆっくり細部まで注意を払いながら見つめた。本当にこんな部屋に住んでいるのだろうか。こんなにきれいで、こんなに完璧であるなんてこと可能なんだろうか。ほころびのヒントを見つけようとする。彼らの顔を拡大し不安や絶望の影をさがす。山登り用の靴は、使用されている？　エミリーはなんとか立ち上がり、キッチンに行って紅茶をいれたけれど、紅茶の入ったコップを手にまたテーブルに戻り、写真に目を落とした。

夜が来た。エミリーは何も口にしていない。頭痛にさえ、注意を払わなかった。

それからも本を読み、課題のレポートを書く。花をアレンジしジェイコブと朝食を取る。ジェイコブの電話には必ず出て、彼が来たいと言うときは必ず家にいる。その繰り返しの日常の中でときどき、スライドショーをスクロールダウンする。絶対に見つかるはずだと確信に満ちているときもある。どこかにほころびがあるはずだ。だけどただ痛みを求めて、写真を見つめるときもある。

そして十一月。ロサンゼルスでは人々が日光を惜しみ、Tシャツ姿で空元気を出す季節だ。エミリーは赤とオレンジ、白を基調にしたフラワーアレンジメントを作った。レストランの外でジェイコブに会う機会は減った。ホリデーパーティーと家族との時間を作るためだとエミリーは知っていた。ジェイコブは気を使って、決して口に出して伝えることはなかったけれど。

あのブログがなかったら、ジェイコブが頻繁にエミリーのアパートに来て、朝になる前に帰って、それだけなら普通のつき合いだと自分を思い込ませることもできたかもしれない。ジェイコブには、パブロとアリスにも会ってもらった。エミリーが勇気をふり絞ってジェイコブに頼んだのだ。

「ふたりはロングビーチ出身で」とエミリーは説明した。「パブロは幼なじみなんです。アリスは大学一年生のときから親しくて。レストランや料理とは全然関係のない人たちだから」

エミリーはジーンズの裂け目のほつれた糸を引っ張っていた。身のほど知らずかもしれないと不安になった。元恋人のオリビアに家族に会ってほしいと頼んだことが、エミリーとオリビアの別れのきっかけになったからだ。「ご家族にわたしのことを、あなたのなんだと言って紹介するつもりなの？」とオリビアは聞いた。「元教授ですとでも言うつもり？　わたしはそんなの絶対にいや」

エミリーはこの招待のリスクを、承知していた。だけどジェイコブがいる世界とジェイコブがいない世界をきっぱりと分けて生き続けることが不可能なことも分かっていた。そしてエミリーは切望していた。世界はひとつだけでいい。ひとつだけの完璧な世界が欲しかった。

ジーンズのひざの穴からエミリーが顔を上げると、ジェイコブがほほ笑んでいた。「ぜひ会わせてほしいな。ぼくがここで料理をふるまうっていうのはどう？」

エミリーのアパートには、小さな丸テーブルとイスがふたつしかなかったので、エミリーはホームセンターに行った。毎月郵便受けに届くこのホームセンターのカタログを一ページ、一ページじっくりながめながら、どんな家をどう飾りつけようか空想するのが、エミリーは好きだった。エミリーはクルミ材のイスを二脚選んだ。使っていないときは折りたたむことができる。それから〈キッチン&ダイニング〉のセクションに行き、ランチョンマットやナプキンで気に入るものがないかチェックし、見つけた。それからサラダとメインディッシュ用の皿をそれぞれと、シルバーウエアのナイフとフォークセットを六人分、ボウルがたっぷりとしてステムが華奢なワイングラスを選んだ。エミリーがこんな買い物をするのは初めてだった。いつか本物のアパートに住むようになったら、素敵なものをそろえる口実になるかもしれない。そうエミリーは思っていた。だけど、これでいいのかもしれない、とふと思う。好きなものを買う口実としては、じゅうぶんなのかもしれない。本物の暮らしを、もうしているのかもしれない。ただ気づいていないだけなのかもしれない。

その午後、エミリーは七百ドル以上使った。テーブルは完璧だ。アパートのほかの部分には目をやらないようにしながら、エミリーはそう思った。テーブル以外は、いつもと変わらない。古ぼけて、疲れ切っている。本物の人生が始まるまでのかりそめの住まいだ。

ジェイコブがやってきた。大きなトラウトと野菜をふた袋分、自家製の生パスタ、ワインを三本と焼きたてのサワードウブレッドを抱えている。パブロとアリスが到着したときには、白ワインで炒めたニンニクの香りが、部屋じゅうに漂っていた。温かで幸せで、エミリーはパブロとアリスに彼女の欠点をばらされやしないだろうかとひやひやしていた。恥ずかしい思いはしたくない。エミリーがこんなパーティーを開いたのは初めてだった。そろいのナプキンや食器など、用意したことはなかった。

だけどアリスとパブロはやさしく、行儀よくしていた。パブロはビッグニュースを披露した。カルバーシティーのアートギャラリーが彼の作品を気に入り、二月に展示会が開催されることが決まったのだ。アリスは災難だったデートの話をした。彼女が悲惨な詳細を面白おかしく話すので、みんな夢中で耳を傾けた。

夜の終わりには、みんなでベッドに寝転がった。ティーキャンドルの炎が揺れ、満腹で、唇はワインで紫色に染まっている。居心地がよくてまったりしている。エミリーの粗末なワンルームアパートが、三人のおかげで美しい空間になったような気がした。ワイングラスや食器がどんなものであっても、この三人なら気にしなかっただろうことはエミリーにも分かっていた。エミリーの空間で靴を脱ぎ、ベッドに寝そべり、顔をしかめたくなるような話も頬がほころぶような話もして、ほろ酔いになる。そんな時間を過ごすために集まってくれたのだ。エミリーは三人が永遠に帰らずにいてくれたらいいのにと思った。

ときは変わり、現在のエミリーはひとりぼっちの部屋で、毎年恒例の両親主催クリスマスイブ・パーティーに行くために着替えながら、あの完璧な夜はもう二度と訪れないのではないかと心を痛めていた。また四人で会おうと約束したのに、数週間たっても計画すら立てられずにいる。ジェイコブがエミリーの世界に入るときはいつも直前にしか連絡が来ないからだ。じゃあふたりだけでも遊びに来てよ、とエミリーはスマホでメッセージを送る。いいよと返事が来たけれど、それから二カ月たっても具体的な計画はない。エミリーはドレスの背中のボタンをとめようと手を伸ばしながら、去年のパーティーにも同じドレスを着ていったような気がして不安になった。その前の年も同じドレスじゃなかった？　そのとき、ドアをノックする音が聞こえた。

ジェイコブだ。連絡なしで訪ねてくるなんて。プレゼントを手に、ドアの前に立っている。

彼はうれしそうに瞳をキラキラさせ、玄関口でエミリーにキスをした。「おいで」そうジェイコブは言い、エミリーに後ろを向かせると背中のボタンをふたつとめた。「開けてみて」

エミリーは贈り物のリボンを引き、箱を開けた。マフラーだ。「レストランから一ブロック離れたところに移転した布地販売店で見つけたんだ」エミリーはうなずいた。その店に行ったことがある。毛糸に触れて、編み物ができたらよかったのにと思った店だ。「エルダーベリーで染色されているんだよ。すごいだろう？」

エミリーはマフラーを箱から取り出す。チョウとランプシェードとステンドグラスが頭に浮かぶ。光を透《とお》す素晴らしいものたち。こんなに美しいものを、エミリーは今まで手にしたことがなかった。

「エルダーベリーだよ！」マフラーを巻くエミリーにジェイコブが尋ねた。「どう思う？」

エミリーはジェイコブが欲しくてたまらなくなる。「なんだか、あなたみたいです」とエミリーは答えた。つまり、脆く、奇跡のようなものだ。貴重すぎて、彼女のものであり続けるわけがないもの。だけどできる限り、ずっとずっと、抱きしめていたいものだ。

そのマフラーを着けて両親の家に入るとき、エミリーは空を歩いているような気分だった。アリスとパブロしか、エミリーが恋していることを知らないけれど、彼女の輝きはだれの目にも明らかなはずだ。マフラーを見た人はだれしも、エミリーを愛してやまないだれかからの贈り物だと確信したはずだ。そうエミリーは信じた。けれど家にはたくさんの人がいて、みんな華やかで、エミリーはすぐに不安になり、熱くなり、マフラーを外した。そして折りたたみ、バッグにしまった。

バス特製のガンボの、スパイスとソーセージとエビの香ばしいにおいがする。コレットはクリスマスストッキングが飾られたまきストーブのそばにいた。ヨガポーズのように片方の足をもう一方の足に乗せて立っていた。アップルサイダーを、シナモンスティックでかき混ぜている。

「ヘイ、シスター」とエミリーがコレットに声をかけた。

「ヘイ、シスター」とコレットが応じた。「ママとパパが一日じゅうマジでうるさくてさ。なるべくあの人たちをあたしから遠ざけてくれない？」

「最善を尽くすよ」

コレットがほほ笑み、エミリーは彼女の前歯に口紅がついているのに気づく。「ねえ、ちょっとそこ」エミリーはそう言って、指で歯の口紅をぬぐった。

「恋人はいっしょじゃないの？」

「ううん。お姉ちゃんは？」

「だれともつき合ってないもん」とコレット。「でもあんたはちがうじゃん」

「ガンボを取り分けるの、手伝ってくる」

「さすがですね」とコレットが言った。まるであの夜の〈イエルバブエナ〉のウエーターが言ったみたいに。エミリーは、この穏やかさが長く続いてほしかった。この普通の状態が少しでも長く続いてほしかった。そう思うと、泣きだしそうになり、コレットの顔が見られなかった。だってエミリーは知っていた。彼女の姉に限って、普通の状態は長くは続かないということを。

エミリーはバスのとなりで米をよそう。エミリーが差し出す器《ボウル》に、バスが木製のレードルでソースとシーフードを注ぎ分ける。エミリーはずっとそのままでいたいと思った。一晩じゅうそこで明確な役割を与えられたまま、息をし続けられたら……。けれど役割は終わる。トレーに器をのせて、配膳する。親戚と、家族と近しい友人たちだ。浴びせられる数々の質問にエミリーは恥じ入り、彼女の世界がどんどん小さくなるように感じた。本当は小さくないのに。小さくないはずなのに。

エミリーのいとこ、マージーと彼女の夫ジョージは食事の間じゅう、双子を追いかけ回しオムツを替えていた。パーティーも終わりに近づいたころ、エミリーはジャスパーの姿を目にとめた。双子のふっくらとした体形の子だ。ジャスパーは暖炉に近づき、炎に向かって手を伸ばしていた。

「ねえ、気をつけて」エミリーは自分がそう言うのを聞いた。その瞬間、ジャスパーが叫び声を上げ、泣きわめいた。マージーがすぐに駆けつけてなだめ、ジョージが氷を布巾にくるんで持ってきた。エミリーはあとずさりし、自分の声が小さかったことを悔いた。なんでちゃんと叫ばなかったんだろう。あぶない！って。

エミリーはいつだって物静かで礼儀正しい。緊急事態やパニック状態とはほど遠い。どうしてなんだろう？

マージーは心配そうに眉をひそめ、泣きわめく息子を抱いてあやしている。ジョージが氷を指に固定させようとしているのに、ジャスパーは体をねじって指先のやけどを見ようとしている。

エミリーは部屋の隅で三人を見つめながら、マージーとジョージの結婚式でのふたりを思い出していた。ふたりが飲んだくれていたのは、ついこの間のことじゃなかった？ ジョージがバーボンをマージーのドレスにこぼし、マージーがのけぞって大笑いし、夜闇に上弦の月が溶けていた。だけど今、エミリーの目の前にいるふたりは、すごく深刻な顔をしてとても大人に見える。エミリーのほうを見もしない。エミリーが事件の最初の目撃者で、止める責任があった大人なのに。

「大丈夫そうね」とマージーが唇をきつく結んだままのジョージに言う。ジョージが氷を息子の指先から一瞬離すと、燃えるように赤い水ぶくれが見えた。エミリーはさっと目をそらした。


その夜遅く、エミリーはワンルームアパートでやけどのことを考えていた。かわいそうなジャスパーが小さな手を前に出した。ねえ、気をつけて。臆病者よりも、たちが悪い。エミリーは半端者なのだ。危険が実際に存在しないかのように、人生はただ通り抜ければいいものであるかのように、生きている。まるで俳優がセリフを暗記しようとしているみたいに。リビングルームは、壁三枚と照明のある舞台。いつだって無観客公演だ。食べ物はプラスチックで、ワインはグレープジュース。そして炎は、扇風機からの風で揺らめくだいだい色のセロハンだ。エミリーは自分の人生の外側を生きている。そしてそのことに自分でも気づいていた。危険に面しても叫ぶことすらできない。人々が話す言葉は耳に入らない。だって自分の表情を作って聞いているふりをするのに忙しいから。うなずき、あいづちを打つのだ。「わあ、面白いですね」と。

年が明けてまだ日が浅いある日、エミリーはエコーパークにあるサンドイッチ店でコレットと遭遇した。コレットが友達といっしょだと気づいて、がっかりした。ふたりだけで話せると期待していたのだ。コレットはまだサンドイッチに口をつけていなかったから、いっしょに座ればいいのかもしれない。エミリーは本を持ってきていた。店の端っこの席に座ってビールをすすってサンドイッチを食べながら、本を読もうと思っていた。だからランチタイムにしては遅すぎて、ディナータイムには早すぎるすいている時間帯を狙って来たのだった。だけどコレットといっしょに座るのもいいのかもしれない。

エミリーはコレットの背中にそっと手を置いた。コレットはびくっと体を震わせ、それからエミリーだと気づいた。

「ああ、エミリーか」そう言ったコレットの髪は脂ぎっていて目が疲れている。コレットははなをすすり、指で鼻をこすった。エミリーにはそれが何を意味するのかすぐに分かった。

「テイクアウトするんだ」とエミリー。

「ここに座んなよ。こっちの子はカイル」

「こんにちは」とエミリー。急に立ちくらみがする。「行かなきゃいけないとこがあるから」

エミリーはジェイコブの料理が食べたくなった。ジェイコブの鎖骨のくぼみに頭をうずめたくなった。

「そもそもわたし、なんでここにいるんだっけ。もうこんな時間だ」

コレットは目をむいた。「怖がらせちゃったかな」

何げなさを装うのに、コレットはどれだけの労力を費やすのだろうか。何も心配することはないと、そう偽るために。

エミリーはコレットに合わせようとする。もしかしたらコレットは何も摂取していないのかもしれない。エミリーは必死でそう思おうとする。もしかしたら風邪をひいているだけかもしれない。

「ちがうよ、わたしのせい。いつもほら……ぼーっとしているから」

カイルが口をはさむ。「いつか遊ぼうよ」

あんたはどっか行ってよ！　エミリーはその男を怒鳴りつけたかった。

店の端のブース席にエミリーは視線をやる。あの席に座ってビールとサンドイッチを楽しむはずだったのに。「そうだね」とエミリーは言った。「いつかね」


エミリーは十九歳のある夜のことを思い出していた。初めて借りたアパートでアリスと暮らしたときのことだ。アリスとエミリーは電気代と水道代を折半し、買い物リストを作り、毎週日曜日は大量のチリを調理し、同じ建物に住む学生たちにふるまった。気が利いて自信たっぷりのエミリー。あのころのエミリーは、大人としての責任感に突き動かされていた。そのとき、コレットが三回目のリハビリから帰ってきた。

アリスとエミリーは、コレットをアパートに招待した。くたびれたソファに座って紅茶をすすり、ただだらだらする予定だった。だけどコレットとエミリーはもう何年間もいっしょに時間を過ごしていない。エミリーがドアを開けてコレットをアパートに招き入れた瞬間から、エミリーは何かがうまくいっていないと感じた。実家に戻り、ひとりぼっちで自室に閉じこもっているコレットの姿が脳裏に浮かび、離れなくなった。となりの部屋にはもう、エミリーはいない。

アリスがクッキーを運んできて、水跡のついたコーヒーテーブルに置いた。このテーブルは、道端に捨ててあったのを拾ってきたものだ。エミリーはふたりのアパートが完璧からはほど遠く、地味で、拾い集めた家具のせいでみすぼらしく見えるのも知っていた。だけどその瞬間、エミリーはそのことに心から感謝していた。壁の釘痕も、壁のペンキの色むらも、ソファのくたびれた布地も、エミリーが姉のコレットを追い越したという恐ろしい気持ちを和らげてくれたからだ。

コレットは美しかった。あまり気温は低くないのにセーターを着て、ソファでくつろいでいた。エミリーの目に映る姉はいつも美しかった。悲惨な状態のときも美しかったけれど、リハビリ明けのコレットは服のサイズもきちんと合っていたし、白目が透《す》き通り、肌は滑らかな薄い茶色で、頬には色が戻り、なおさら美しく見えた。

引っ越しの熱に浮かされていたときに、エミリーはキッチンの窓辺に長方形のプランターを設置し、ハーブを植えた。エミリーはコレットにレモンバーベナかスペアミントか、ふたつをミックスしたハーブティーがいいか尋ねた。

「すごくおいしいよ。はちみつを入れると最高」とアリスが言った。

「そうなんだ」とコレット。「じゃあ、もらおうかな」

エミリーは誇らしかった。エミリーの名前で借りたアパートで、濃い青色のマグカップにハーブティーを注いで、コレットに渡す。だけど罪悪感もある。エミリーの暮らし自体が裏切りであるように感じられた。このふたつをどうして同時に感じているのか、エミリーには分からなかった。

これからのことに集中するんだ。そうしたらきっと気持ちが晴れる。エミリーはそう自分に言い聞かせた。

「これからどうするの?」とエミリーはコレットに尋ねた。「仕事、さがしてる?」

コレットはセーターを強く握りしめる。「〈ポートフォリオ〉がバリスタを募集しててさ。研修もあるらしいから、応募してみた」

「いいね」とアリスが言った。「わたしたちも、ときどきあそこで勉強するんだ。今度、ラテを作ってもらおうっと」

「まだ面接も受けてないから」とコレットが答えた。「でもまあ、受かったらね」

「コミュニティカレッジの単位を、ロングビーチ校と単位互換して編入できないの? すごくいい学校だよ。うちらはすごく好き。ね、エミリー?」

エミリーはうなずいた。エミリーもこの大学が好きだ。何者でもない存在でいられることが好きだ。大勢の生徒がいて、みんな気ぜわしく移動している。日本庭園のユニークさが好きだ。あの静けさが好きだ。庭園のベンチに座って読書しながら、ときどき目を上げてハスの葉の下を泳ぐコイを見るのが好きだ。講義も教授たちの深淵《しんえん》な知識も。とくに教授たちが脇道にそれて家族の話や自分の研究の話をしてくれる時間が好きだ。教授たちが教科書を脇に置いて、本当に情熱を傾けるものを見せてくれる、その瞬間を待ち望んでエミリーは大学に通う。いつか自分もあんなふうに没頭できるものを見つけるのだと信じられる気がするから。

エミリーはキッチンに行き、湯を沸かした。リビングに戻ると、コレットが眉間をさすり、疲れ切って見えた。将来の話なんてすべきじゃなかった。そうエミリーは気づいた。今この瞬間に集中するべきだったのに。音楽やテレビ番組の話をすべきだったのに。

「ねえ」とエミリーはコレットに言った。「いろいろしゃべったけど、お姉ちゃんはやっと家に帰ってこられたんだから、ゆっくりしてね。学校に行ったり、仕事を見つけたりするのは、そのあとでも遅くないんだもん」

エミリーはコレットのひざに手を置こうとしたけれど、コレットはエミリーの手をはねのけた。

「子供扱いすんの、やめてもらえる?」

エミリーは息が止まるかと思った。それから数カ月間、コレットに会わなかった。次に会ったときも、口を滑らせないよう慎重に言葉を選んだ。

今だってそうだ。あれから何年もたったのに、エミリーはまだ変わらず気を使っている。

エミリーは窓の外を見る。〈空室アリ〉のネオンサインが明るく光っている。

わたしは大人になってからずっと、とエミリーは考える。お姉ちゃんがまた愛してくれるのを待っているんだ。

エミリーは、コレットにも両親にも自分が何を見たかは言わない。コレットの薬物依存はコレットの問題だ。コレットの選択はコレット自身のものだ。エミリーがかかわっていい領域ではない。

それから数週間後、アリスとエミリーはいっしょにパブロの展示会に行った。ふたりとも黒いドレス姿だ。ギャラリーのガラスドアを通るとすぐに、パブロが見えた。パブロは新調したスーツにナロータイをしめ、真っ白なナイキのスニーカーを履いていた。堂々としたパブロの横には、彼の家族がいる。ミセス・サントスはピンク色のハンカチで涙を何度もぬぐい、ミスター・サントスは、妻の大げさな感情表現に気おくれしているようだ。そして息子の作品の数々に囲まれている。巨大な素描画だ。分厚い白色のコットン紙にグラファイト鉛筆で描かれている作品がほとんどで、ところどころに桃《ピーチ》や青、緑などの色でぬりつぶされた部分がある。

エミリーたちは、パブロとはあまり話せなかった。だけど、ギャラリーがにぎわい、パブロがギャラリー長に手を引かれアートコレクターに紹介され、ギャラリーで働く若い女性が作品名の横に小さな赤丸のシールを張りつけているのを見ているだけで、ふたりともうれしかった。

しばらくしてエミリーは、ほかの作品から少し離れたところに展示されている作品に気づいた。ゲストたちの波間を縫って、絵に近づく。作品の前に立ち、じっと見つめた。

片側に、複数の人が線描されている。ぼんやりとした線で詳細は分からない。数人が重なり合っているように見える。作品の真ん中にギザギザの傷のような大きな線が引かれている。コットン紙をふたつに割るような線だ。その片側に描かれたひとりの人物は、重なり合う人たちに向かって手を伸ばしている。

中央の傷のような線からは、植物が伸びている。濃い緑色の葉が茂っている。この作品で唯一使用されている色だ。エミリーは作品の横にある白い表題カードに目をやる。

『イエルバブエナ』

エミリーは呼吸が止まりそうになった。

この作品は、パブロから見たエミリーの姿なのだろうか？

突然の秘密の暴露に、エミリーはうろたえた。みんながエミリーのレストランとの関係を知っている。エミリーが朝の時間帯に何度レストランを訪れたか、そしてエミリーがだれかと訪れるたびにウエーターたちが彼女を特別扱いし、食事代をサービスしてくれたことも、知られているのだ。

〈イエルバブエナ〉は空想世界《ファンタジー》だ。そしてそう。同時に亀裂でもある。エミリーをほかの人から隔てている。秘密を抱えずに生きる人たちとエミリーを隔てている。

アリスがエミリーの背後から近づいたとき、エミリーは震えていた。

「これ、知ってた？」

アリスはうなずいた。「先週、ギャラリーからカタログを取り寄せたんだ。あそこの絵、見た？　最高だよね。展示が終わったら家に連れて帰ることにしたんだ」そう言ってアリスは展示室の壁を指さした。だけどエミリーは目を動かさない。

「なんで教えてくれなかったの」

「なんのこと？」

「だって――パブロが自分の人生をアートにするっていうのは分かるけど、わたしの人生に手を出さないって、そんなの頼まなくても分かってくれていると思ったから。わたしのすごく個人的なことなのに」エミリーは怒りに震え、目には涙がにじんでいる。

「エミリー、マジでなんの話してんの？」

「この絵だよ」エミリーは亀裂を指さした。「これ、わたしでしょ」エミリーは指をひとりきりの人影に移す。「タイトル見なかった？『イエルバブエナ』っていうんだよ」

「ああ」とアリス。「なるほど、分かった。あんたがこの絵が自分のことかもって勘ちがいする気持ちも分かるよ」

「勘ちがい？」

「だって、全然ちがうから。この作品は、パブロのカトリック教との決別を表現しているんだよ。学校の庭にもイエルバブエナがあったんでしょ？　エミリーも植えるの手伝ったんじゃなかったっけ？」

　エミリーは絵をもう一度見つめた。

「ほら、ここ。十字架がある」アリスが作品の上辺の角を指さす。

学校の庭。草むしり。苗植え。ミセス・サントスが植物の名前を教えてくれて、ハーブのブーケを手渡してくれた。エミリーは両手に顔をうずめる。

「わたし、なんて最悪なこと言ってしまったんだろう。わたし、最低だ」。アリスがエミリーをハグした。「穴があったら入りたい」

「だれにも知られることはないから大丈夫。それに、もしだれかに聞かれたとしても、あんたが自分の信仰を失った瞬間を思い出していたんだって説明したらいい」

「わたしが今言ったこと全部、忘れてくれる？」

「もう忘れちゃった」

それから間もなくして、パブロがふたりの後ろに現れた。やっと時間ができたのだ。三人は抱き合う。

「で、どう思う？」とパブロが生き生きとした表情で尋ねる。今夜の盛況ぶりに気持ちが高ぶっているようだ。エミリーが幼いころからいっしょにいるパブロが、この展示会を成功させたのだ。もしエミリーが、パブロと赤の他人としてこのギャラリーに足を踏み入れたら？　そしてこの絵とタイトルを見たとしたら？　自分のことを理解してくれる人がいると、不思議な気持ちになったかもしれない。

「すごいよ、パブロ」とエミリーは言った。「なんていうか……芸術ってこういうことだよね。パブロがいる。だけどわたしもいるの。きっと作品を見ているすべての人が、そんなふうに感じていると思う」

「エミリー」とパブロが言い、エミリーをもう一度抱きしめた。「今夜もらった中で、いちばんうれしい褒め言葉だよ」

エミリーはきつくパブロを抱きしめ返す。自分の勘ちがいでわれを失うところだった。すべてを台無しにしかねなかった。そのことを心に刻みながら力を込めた。アリスがエミリーにウインクして、エミリーはパブロから体を離した。エミリーは安堵感に包まれる。パブロはふたたび、忙しさの波に姿を消した。

ベニス

サラとグラントは山を越え、遊園地を横目に通り過ぎ、広大な郊外を突っ切って、ロサンゼルスにたどり着いた。

サンセット大通りに入ると、背の高いヤシの木が揺れ、想像していたよりも何十倍も美しく、異国の地に迷い込んだみたいだった。一方でハリウッド大通りはあまりに人が多く、歩道にうめ込まれた星形のプレートも薄汚れていて、ふたりは少しがっかりした。路上生活をしている若者がたくさんいて、サラとグラントも仲間入りしたような気になったけれど、すぐに自分たちは合わないと判断した。ふたりはパンクでも反資本主義者でもないからだ。ふたりは仕事と住む場所を欲していた。カップの中に金を恵むことのできる人間になりたかった。シャワーと職業紹介サービスつきの若者向けシェルターがあると耳にして向かい、それから間もなくして、サラはベニスにある人気レストランでバスパーソンとして雇用され、ほどなくしてサラの可能性に目をつけたマネジャーから受付案内《ホステス》役に昇進された。

「すごいじゃん。おめでと」とグラントはサラに言った。ふたりはシェルターの共有スペースで寄付された服の入った袋を漁《あさ》っていた。

「なんか正装っぽい服、ないかな」とサラ。「ホステスは、かちっとした格好してなきゃだめなんだ」

「これは？　かっこいいじゃん」グラントが選んだのは肩ひもが背中でクロスする青色のタンクトップだ。サラは礼を言い、手に取った。


それからしばらくして、サラはウエートレスのクロエから、アパートを引き継がないかと持ちかけられた。暗くて狭いアパートだけど、アボット・キニー大通りにあり、レストランから三ブロックしか離れていない。

「家賃、払えるかな」と細長いキッチン《ギャリー》の入り口でサラが尋ねた。

クロエがキッチンカウンターのラミネート天板を爪先でコツコツたたきながら答える。「昇進したんだから大丈夫じゃない？　まあきついとは思うけど、シフト入っている日はレストランでまかないが出るし、なんとかなるっしょ」

サラはうなずいた。そうであってほしいと願いながら。

「とはいうものの、貯金がないなら心配するのも無理ないよね。敷金はわたしが工面しようか？　払えるときに返してくれたらいいよ。引っ越し先の敷金は彼氏に払わせたから、わたしのことは心配ご無用」

サラはうなずく。敷金。サラの頭には浮かびもしなかった経費だ。

「この辺りの家賃は、これから高くなる一方だよ」とクロエ。「なるべく早く、借りられるなら借りるに越したことない。だって最近、新しいレストランもぽんぽんオープンしてるじゃん」

「借りる」とサラ。

クロエは片手を上げ、ふたりはハイタッチした。「サラの最初の住《ホーム》まいだね」

「ほんとだね」サラは自分でも信じられずに笑った。やったんだ。川から離れ、セントラルバレーを抜け、山を越え、そしてもうすぐ、シェルターを出る。

「お祝いしなきゃ」クロエはそう言い、黄ばんだ冷蔵庫からボトルを取り出し、戸棚の上から小さなグラスを出した。装飾のある繊細なクリスタルグラスだ。それからバスケットからレモンと小さなナイフを手に取り、カウンターにボトルを置いた。慎重にレモンの皮にナイフの刃を入れ、薄く細長くそぎ、グラスに入れた。

サラはステムを持って、クリスタルグラスを上げる。

「乾杯《サルー》」とクロエ。

グラスをかちんと合わせ、ふたりは口をつける。クロエの安堵とサラの新しいアパートを祝って。

そのとき、何かが起こった。サラは彼女の視界が開け、心が晴れたような気がした。クリスタルグラスの美しさ。レモンスライス。黄金の液体。そしていろいろな味が広がる。少しの苦みと少しの甘み。シトラスの爽やかさ。それからはちみつ？　この一杯の意味が体じゅうに染み渡るようだ。サラの手の中にある、ホーム。彼女だけの居場所を手にするのだ。

サラはボトルを持ち上げ、ラベルに目を落とした。〈Lillet《リレ》〉

「これってワイン？」

「アペリティフだよ」

「え？　アペ？」

クロエが笑う。「サラが生まれたてのベビーだってこと、忘れてた。ア、ペ、リ、テ、ィ、フ。アペロールとかカンパリとか……つまり食前酒だね。普通はちょっとずつ飲むから小さなグラスを用意する」

「すごく好き」とサラ。「なんかこう……特別な感じがする」

「分かる？　わたしもそう思う。大好きなんだ。だから冷蔵庫に常備してるの」クロエがカウンターにもたれ、グラスの酒を飲み干した。「で、サラは何歳なの？」

「十八」とサラ。

サラは顔が熱くなるのを感じた。クロエはサラの年齢を知っていると思っていたのだ。

「うそでしょ」

「もうすぐ十八」とサラ。「シェルターの人に共同署名人になってもらえないか頼んでみようかな」とサラは言いながら、そんな事態にならないことを祈っていた。だけどサラが十八になるまでの時間稼ぎにはなるかもしれない。

「問題ないよ」とクロエ。「すごく大きな管理会社でさ、この辺りの粗末な物件なんて大して気にしてない。賃料が期日通りに支払われればそれでいいわけ。だから小切手を書くときはアパート番号と住所だけ書けばいいよ。賃貸借契約書の内容はいじらずにこのままでいい」そう言って彼女はボトルを上げる。「お代わりはいかが?」

サラは首を横にふる。まだ彼女のグラスに半分残っている。それにサラは一杯しか欲しくなかった。宝物のようなその一杯を、堪能したかった。

ある日、アパートの一室でひとり暮らしをしていた若い女性が、別の若い女性と代わったとしても、その変化に気づく隣人はほとんどいないだろう。気づいたとしても、管理会社に通報したりしないはずだ。しかし代わりに入ってきたのが、男女のカップルだとすると、話は別だ。サッカーをテレビ観戦する音が下の階に聞こえたり、壁を伝って話し声が漏れたりするかもしれない。しかもふたりがとても若い場合、怪しまれる可能性が高くなる。サラはシェルターに戻ったあと、寝返りを打ちながら考えあぐねていた。ひとりで前に進む。それって当たり前のことじゃないだろうか。自然で、そうすべきことのように思える。結局サラは、グラントと人生のほんの少しの時間をいっしょに過ごしただけなのだから。サラがグラントに力を貸した分、グラントもサラに力を貸した。それだけのことだ。

サラは二段ベッドで毛布にくるまっていた。上段からはかすかないびきが聞こえる。サラは頭の中で計算してみる。ダンプスターでゴミ漁りをさせてあげた。モーテルでシャワーを浴びさせてあげた。あの二日間モーテルの掃除をしてそれ以上のことをする心づもりもあった。だけど、グラントの車があったからここまで来られた。それにユージーンとのことは、サラが何をしたって帳消しにはできない。だけどそもそもなぜ、サラはこんな考え方をしているんだろう？　グラントはサラの友達のはずだ。サラはあの朝のグラントの顔を今でも鮮明に覚えている。ダッシュボードに置かれた冷めたフライドポテト。暖かな日光が反射するフロントガラス。グラントがサラの顔を見つけたときの、心臓を両手で包み込むようなあのジェスチャー。

アパートのことは、正直に話そう。サラはそう決意する。そしていっしょに住みたいか尋ねよう。リスクは高くなる。だけどふたりなら、慎重にやれるはずだ。

翌日、グラントは洗車の仕事のため不在で、彼が戻ってくる前にサラはレストランに出勤し、彼女が戻ってきたときにはグラントは眠っていた。次の日の夕方、サラはやっとグラントに会えた。サラがリビングルームで小説を読んでいるときに、グラントがドアから入ってくるのが見えた。

「ねえ！」とサラ。「ちょっと話したいことがあるんだ」

「よお」とグラントが答える。「いいよ。でもシャワー浴びたいからちょっと待ってて。薬も飲まないと。頭痛がやべえんだよ」

「うん、いいよ。けどあんまり待たせないでよね。いいニュースなんだから」

グラントはサラの横を通り過ぎるのを躊躇《ちゅうちょ》し、立ち止まった。「今教えて」

「いいよ。待ってるから。シャワー浴びてきなよ」

「けどなんか気になるじゃん」

「了解。あのね、クロエがね――」

「クロエってだれ？」

「レストランでいっしょに働いている人なんだけど」

グラントがため息をつく。「ああ、そうなんだ。それでそのクロエがどうしたって？」

「彼女ね、ボーイフレンドといっしょに住むんだって。引っ越したらすぐに家賃払えって、大家に言われたらしいんだけど、クロエは今住んでいるところの契約期間が終わるまであと数カ月あってさ。それで、引き継がないかって聞かれた」

「それって、どういうこと？」

「つまり、クロエのアパートに住めるってこと」

「見に行くの？」

「もう行ってきた」

「いつ？」

「何日か前」

サラはグラントがサラの答えを繰り返した。

「何日か前」グラントが疲れ切っていて、かなり日焼けしていることに気づいた。彼の肩周りは筋肉痛で、首を曲げるにも違和感があるからゆっくりと慎重にやらないといけない。グラントがサラのレストランでの仕事をうらやんでいることを、サラも知っていた。サラが正装して夜遅くまで帰ってこず、閉店前にふるまわれるまかないで満腹になる。そのすべてが、グラントにとってはうらやましかった。

「痛み止め《アスピリン》、持ってこようか？　残りの話はあとでいいし」

「いいよ。続けて」とグラントが言う。「アパートを見に行ったんなら、借りるの？」

「うん」とサラが言った。

「すごいじゃん。引っ越しはいつ？」

「クロエは明日荷物を運び出すって言ってたから――」

「敷金とかでけっこう金がいるんじゃないの？」

「クロエがいらないって言ってくれたんだ」

「やべえ」そう言ったグラントは、サラのほうを見てもいなかった。「おめでとさん。じゃあ俺、シャワー浴びてくるね」

グラントが話を終わらせたのだとサラが気づいたころには、彼は廊下の中ほどまで進んでいた。サラは追いかけていって、いっしょに住もうと言うことだってできた。もしグラントが望むなら、いっしょに住もう。だけどサラはそうせずに、グラントが角を曲がり、姿を消すのをただ見つめていた。

「バイバイ」サラは二日後、ダッフルバッグを肩にかついでそう言った。

グラントは、カウンセラーのモニカと並んで座っていた。朝食中だ。モニカは立ち上がり、サラを抱きしめた。「食べるのに困ったら、来ていいんだからね。何かあったら、助けになるから連絡して。オーケイ？　わたしの携帯電話の番号、知ってるよね？」

「はい」とサラ。

グラントも立ち上がった。サラは正直、グラントがどうするのか見当もつかなかった。彼はサラにハグすると、またすぐに座った。

「いつでも会えるし」そう言ったグラントが、その言葉をいちばん信じていないことを、サラは知っていた。グラントはシリアルが入ったボウルをじっと見つめ、サラは天井を見つめた。うめ込み照明が、涙でぼやける。

「じゃあね」サラは言い、グラントに背を向け、外に出た。

グラントとサラはそれから五年後、人通りの多いアボット・キニー大通りの歩道で再会した。多くのレストランがオープンしたてで、行列のできるバーやカフェ、高級ブティックも並んでいた。サラは遅く来た成長期で身長が三センチほど伸び、金色の髪はピクシーカットに切りそろえ、ホステスからバーテンダーに転身していた。グラントは、シェルターで最後に見たときよりも、最初にモーテルで出会ったころのように若々しかった。愛くるしい、はつらつとした表情だ。リラックスした様子で、リネンシャツ姿の日焼けした年上の男性と手をつないで歩いている。

あのときサラが驚いた表情をしなければ、グラントはサラに気づかなかったかもしれない。そしてグラントの顔に大きな動揺が走らなければ、サラはあいさつくらいしたかもしれない。グラントはいったい、どんなうそを相手の男性に教えたのだろう？　サラに会うことが不都合になるようなうそをついたのだろうか？　サラはとっさに目をそらした――グラントがそれを望んでいると感じ取ったのだ。だけど内心では、グラントを道の端に引き寄せ、耳もとでささやきたかった。「置いてきぼりにしたんじゃないよ」。そうサラは言いたかった。グラントがサラのことをでたらめな名前で呼んでくれることを、サラは願った。作り話をして、ハグをすればいいんだ。友達だったあのころみたいに。

暖かいお日さま。往来する車のエンジン音。道の先のほうからはじけるような笑い声が聞こえる。

ふたりはすれちがった。沈黙のまま、肩が触れそうな距離ですれちがった。サラは角を曲がり、自分のアパートに向かった。時間をかけて自分だけの空間へと変えたアパートだ。銀色の郵便受けが並んでいる。そのうちひとつには「サラ」と書かれたテープが貼ってある。「クロエ」の上にこのテープを貼るのにはけっこう勇気がいって、一年くらいたってやっとサラは決行できた。自分の居場所を明かすのは怖かった。ドアの鍵を開け、共同ロビーを通って階段で二階に上がった。サラが越してからずっと、明らかに深刻な病を抱えている向かいの隣人がちょうどドアから出てきていた。小さな犬を抱いている。

「こんにちは」とサラが言った。

男は手を上げて、会釈した。サラはアパートに入った。夕方近い。この時間帯だけ、アパートが自然光で満たされる。上階から、幼い子供のたどたどしい足音が聞こえる。もう慣れっこで気にならない。サラは戸棚から小さなグラスを取り出した。手が震えている。ショットグラスにウイスキーをつぎ、窓まで歩く。ウイスキーをちびちび飲みながら、窓の外をながめた。

このアパートに引っ越した夜、亡霊たちがサラに取りついた。ロシアン川から逃げてからの数カ月間は、みんな姿をくらましていたのに、アパートのドアを閉めた途端、一気に戻ってきた。ずっとサラがひとりきりになるのを辛抱強く待っていたかのように、勢いよくなだれ込んできた。

スペンサーの亡霊は、どんどん小さくなって消え、ユージーンの亡霊はベルトをいやらしいしぐさで外し、アニーの亡霊は川の水をしたたらせ、父親の亡霊がその彼女の姿を描いた。母親の亡霊は、病室のベッドの上だ。

サラはしゃがみ込み、なんとか息を吸おうとした。真っ白な壁にもたれかかりながら立ち上がる。足に集中するんだ。カーペットにしっかり立っている。サラは亡霊たちにつきまとわれるのなら、いっしょに生きていくしかないと自分に言い聞かせた。怖がる必要なんてない、と。少しずつ、亡霊たちの力は弱まっていたのに、グラントを目にした瞬間、すべてが戻ってきた。

サラはウイスキーを飲み干した。熱がのどを通っていく。そしてグラスをテーブルに置いた。

「もういい」とサラは言った。「もうじゅうぶんだよ」


その夜、サラはなかなか寝つけなかった。寝返りを打ち、ついに眠るのをあきらめてリビングに出た。本を開き、まぶたが重くなり言葉がぼやけるのを待った。午前二時ごろ、ようやく眠ったのに、その三時間後アパートの非常ベルでたたき起こされた。サラは体をもぞもぞと動かした。そのとき非常ベルがまた鳴り、ほかの階の非常ベルも鳴りだした。建物全体の非常ベルが震え、人が走る足音と大きな声が廊下から聞こえた。サラはベッドから飛び出し、上着とサンダルをつかんで部屋を急ぎ出た。

階段の踊り場に、母親と小さな子供ふたりがいた。上階の住人たちだ。「何があったんですか？」とサラが尋ねた。煙のにおいはしなかった。

「一酸化炭素だと思うんだよね」と母親が言った。「早く出たほうがよさそう」

サラは隣人のドアを強くたたいた。あの病気の人がまだ寝ているかもしれないと不安だったからだ。サラが外に出ると、その男の人は小さな犬を抱いてすでに避難していた。

歩道にアパートの住人全員が立っている。三階に住む高齢の男性はいつも通り、灰色の中折れ帽をかぶっている。ブロンドのマンバンヘアのヒップスターはタイトジーンズ姿で、ゆったりとしたローブをはおるガールフレンドといっしょだ。四十代くらいの女性は、髪をホットカーラーで巻いて青いフレームの眼鏡をかけている。公益企業の緊急車両が到着し、作業員が互いに距離を取って点検を始めた。救急車と消防車も停車し隊員が外に出てきたが、建物に残っている人がいないことと具合が悪い人がいないことを確認すると、また車両に戻り、頑丈な金属性のドアを閉め、去ってしまった。

そしてまた、住人だけになった。〈リビーラ・アベニュー〉の住人たちが歩道に出て、部屋に戻る許可が出るのを待っている。パジャマとローブ姿で、酸っぱい息とぼさぼさの髪で待っている。

マンバンヘアのヒップスターが携帯電話の画面で何かを確認し、ガールフレンドに声をかけた。ガールフレンドはあきれ顔だ。ヒップスターはどこかに走っていって、戻ってきたときにはラージサイズのコーヒーと、空の小さな紙コップいくつかをのせたトレーを抱えていた。彼は小さなカップを並べ、ラージサイズコーヒーを注ぎ分ける。ガールフレンドは壁に背をもたせかけて、恋人のことは思いきり無視している。サラは手伝いを申し出た。

「ぼくはスペンサー」とヒップスターは言い、握手を求めた。サラは噴き出しそうになった。グラントに会った日に、今度はスペンサーにも会うなんて。弟のスペンサーじゃないことくらい分かっていたけれど、名前だけでも目の前の人に親しみを抱くにはじゅうぶんだった。コーヒーを注ぎ分けると、ふたりで住人たちに配った。「ありがとう」と住人たちはサラに礼を言った。「お礼なら、スペンサーに言って」

サラは、スペンサーという名前を何度も呼びたかった。

赤ん坊が泣きだす。それを見た幼児が、赤ん坊のピンク色の靴下を引っ張り、小さな声で話しかけた。「だいじょぶだよ。おねえちゃんがいっしょだからね」

空が明るむ。朝が来た。往来の車がスピードを落とし、アパートの前に集まる住人たちをまじまじと見ている。普通ではいっしょにいることが考えられないタイプの人間たちが集まり、そろいのペーパーカップを手に、家に帰れるときを待っている。

「もうずっとここに住んでいるよ」と中折れハットの老紳士が言った。「あんたが生まれるより前から住んでいるかもしれん」そう言って彼はサラを指さす。サラはこの話には続きがあるものと期待した。何か話をしてくれるのだろうか。「それはもう長い間、ここに住んでいる」彼はそう言ってしばらく黙っていた。そしてまた口を開いた。「だけど、こんな夜は初めてだよ」

彼の沈黙にサラははっとする。サラはだれかの話が聞きたくてたまらないのだ。物語の曲線《アーク》を渇望している。〝始め〟と〝中〟と〝終わり〟を。物語のモラルと意味を。暗闇で思いをめぐらせるための物語を、サラは求めている。

上階に住む母親のパジャマズボンには、小さな穴が開いている。疲れた目をしている。スペンサーのガールフレンドのローブははだけていて、彼女の小ぶりで形のいい胸が今にも見えそうだ。向かいの隣人は、サラが思っていたよりも若く見える。サラは心を痛める。彼の骨をあんなに細くしているのは何？　彼の犬がくんくん鳴き、男の顔を舐める。青いフレームの眼鏡の女性は笑顔がとても素敵だ。コーヒーをするたびに、目を閉じている。

「スペンサー」とサラが声をかける。

「ん？」

「コーヒー、おいしいよ」

「あそこのドーナツ屋さんのだよ」

サラはうなずいた。彼の名前を、ただもう一度呼びたかったのだ。

しばらくして建物内に戻る許可が出た。住人たちは列をなして階段を上り、ドア口でさよならを言った。部屋に入ると、何もかもが出ていったときのままでサラは面食らった。何か変わっていてもいいのに。もうすぐ午前七時。仕事は正午からだ。

サラは時間をかけてシャワーを浴びた。

着替えて、ハンドドリップでコーヒーをいれた。サラの働くレストランで習ったいれ方だ。サラはベニスで新しくオープンした、エリアでもっとも高級なレストランで働いていた。サラは窓際でコーヒーを飲む。飲み終わると、部屋の向こうにある書類を収納しているメタルキャビネットに向かった。ガレージセールで買ったのだが、請求書や書類などがきちょうめんに整理され並んでいる。だからクロエから受け取った賃貸借契約書は、すぐに見つかった。ここに引っ越したのは、もう五年前のことだ。クロエ宛てに毎年届く家賃値上げ通知書類の横に、契約書はあった。その値上げ分を足した額を小切手に書き、サラは支払った。期日は必ず守った。

書類にあった電話番号に、サラは電話をかけた。そしてサラがもう何年もその部屋に住んでいることと、サラ名義で新しい契約を結びたい旨を説明した。電話の向こうの女性は、クレジット審査と家賃の値上げの可能性を説明した。

サラは、中折れハットの男性の話に何か意味を見つけたかった。だけど物語は手に入らなかった。だから、自分で作った。サラの居場所はここだ。ほかの住人と同じくらい、このアパートを自分の場所だと思う権利がある。

住人たちは働き、家賃を払った。みんな変な格好をして、朝の臭い息で立っていた。急に起こされ、外に出され、歩道に立たされる気持ちを共有した。一酸化炭素が肺を満たし眠りながら毒されるところをともに想像した。アパートの建物は、決して目を覚まさない人でいっぱいなのかもしれないとサラは思っていた。だけどそうじゃない。みんな生きようとしている。

「大丈夫です」とサラが電話の相手に答える。「必要なこと、なんでも教えてください」


数週間後、午前十時過ぎに、サラの携帯電話に見知らぬ電話番号から電話がかかってきた。サラはキッチンで、キンカンを鍋に加えていた。シンプルシロップを作っていたのだ。バーテンダー長から、夏のカクテルを作るよう指示されていたので、新しいレシピを試していた。完璧な味になるよう、もう何日もサラは試行錯誤を続けていた。

「サラ・フォスターさんの電話ですか」と女性の声が尋ねた。

「はい」とサラが鍋をかき混ぜながら答えた。

「わたくし、リア・スティーブンソンと申します。弟さんの担当になったソーシャルワーカーです」

サラは鍋の火を止めた。

「弟は無事ですか?」

「はい、無事です。彼の父親は——あなたの父親でもあるのかしら——昨日、逮捕されました。スペンサーがあなたの話をしていたのですが、あなたはもう二十一歳ですか?」

「二十二歳です」とサラ。「ひとりで暮らしています。どこに行けばいいか教えてください」

「弟さんの引き取りが可能であり、それを望んでいるということですか？」

「そうです」とサラは言った。込み上げる嗚咽をなんとか押しとどめ、もう一度言った。「そうです。まちがいありません」

「いつ引き取りが可能ですか？」

「今、弟はどこにいるんですか？」

「ガーンビルです」

「仕事のシフトをどうにか調整しないと、なんとも言えなくて」

「都合がついたら、すぐに連絡してください。短期的な措置として弟さんは里親のところにいます。何年間も里親経験のある家族で、とてもいい方たちです。心配はいりません」

「それから――ベッドも買わなくちゃ。ほかの生活用品もそろえたほうがいいですよね？」

「そうですね。しかし、引き取りが必要な期間はそこまで長くないと思います。あなたのお父さんの裁判は三週間後に予定されています。そこでもう少し状況が分かるでしょう」

ソーシャルワーカーがそう言ったときには、サラはすでに鍵をつかみ、アパートを出ようとしていた。シロップはあのまま冷やしておこう。日本雑貨店で布団とゴザを買おう。通勤中にショーウインドーに出してあったのが目についていた。サラもそこで自分の寝具を買った。スペンサーに肌触りのいいシーツとやわらかなブランケットを買ってあげよう。夏だから、それ以上は必要ないはずだ。

「明日、迎えに行きます」とサラは階段を下りながら言った。

「こちらに滞在することはできますか？」

「弟が住む地域に、ということですか？」

「状況は極力変えないことが原則ですから」

サラはアパートの前の歩道に立ち尽くした。言葉が急に重くなり、出てこない。あのときサラは、絶対に戻らないと誓った。サラのアパートは清潔で食べ物もたくさんある。ダイニングルームに、ベッドを置くスペースはある。サラはすでに長さを測って確かめていた。あまりにも寂しかったとき、スペンサーと住めたらどんなにいいだろうと考え、念のために計測したのだ。サラは戻りたくなかった。

「仕事を抜けるのが難しいのでしたら、ご無理なさらないでください」とリアが言った。「スペンサーは夏休み期間中ですから、そこまでの影響はないでしょう」

サラは息を吐いた。そして布団を買いに向かう。「レストランで働いているんです」とサラは言った。「あまり長くは空けられなくて。すみません」

「問題ありません」とリア。「どうにかなるでしょう」

翌朝四時、サラは家を出た。サーモスにたっぷりのコーヒーと、桃、レストランのパンふたつを持っていく。ひとつはサラので、もうひとつはスペンサーの分だ。どんなパンを選べばいいのか分からず、サラは頭を悩ませた。もう五年だ。今のスペンサーのことは何も知らない。結局サラは、チョコレートクロワッサンとシナモンロールを選んだ。スペンサーが好きなほうを食べてもいいし、両方とも食べたいならそれでもいい。

サラは北に向かって運転したことがない。ロサンゼルスを出て山を上り、平たんなハイウエーをおよそ六百五十キロ走り続けた。休憩所の看板を横目に、サラはグラントと過ごした数日間を思い出す。自分の車、自分の財布に入っている金、銀行口座の金。サラはその力を感じる。貯金が多いわけじゃない。だけど車の修理代も電車代も払えるし、何かトラブルがあっても切り抜けることはできる。ハイウエーの出口が見えた。

ロシアン川に近づくにつれ、サラの胃が恐怖で重くなった。エンジンをかけっぱなしでクラクションを鳴らし続ければ、里親の家からスペンサーが飛び出してきて助手席に乗ってくれるだろうか。サラはそんな空想をする。そしてサラは車から降りることなく、スペンサーと町を出るのだ。

だけど現実のサラは、ちゃんとエンジンを切り車から出て、家の門を通りドアをノックした。里親の女性がサラをリビングに迎え入れた。本棚は子供のためのおもちゃやパズル、そして十代の子のためのペーパーバック版小説でいっぱいだ。

そしてスペンサーがいた。イスに座っている。サラの弟で、サラの弟ではないスペンサーだ。彼は立ち上がり、サラを見た。

なんてことだろう。スペンサーの手足が長くなって、あごにニキビがある。輪郭までちがうみたい。

「なんか変わったね」とスペンサーが聞き覚えのない低い声で言う。そのときサラは、スペンサーもサラを同じように見ているのだと気づく。

九歳から十五歳。

十六歳から二十二歳。

最初のころは、ときどき電話で話した。電話番号が変わるたびにサラは、スペンサーに伝えた。だけど時間がたつにつれて、スペンサーからの電話は少なくなった。ある朝、サラは学校に行く前のスペンサーと話したくて電話をかけた。だけど、電話に出たのは父親だった。サラは父親の声に身を凍らせた。何も言わなかった。ただ息をした。「サラ?」と父親が尋ねた。サラは電話を切った。

それ以来、サラは電話をかけなくなった。

「スペンサーも変わったね」とサラが言った。

彼はほほ笑んだ。「そりゃそうだ」

里親の女性は姿を消し、サラとスペンサーをふたりきりにしてくれた。サラはふたりのぎこちない再会に目撃者がいないことに安堵した。彼女の空想世界では、ふたりはためらいなく駆け寄って抱きしめ合った。まるでこの五年間などなかったかのように。

サラは勇気を出し、腕を広げた。するとスペンサーがサラに近づいた。

ふたりはハグし、すぐに体を離した。

「スペンサーだ」とサラが言い、弟の頬に触れた。彼は頬を赤らめ、サラと目を合わせようとしない。

スペンサーはサラと同じことを覚えているだろうか？　サラがいっしょに来てほしいと懇願したことを覚えているだろうか？　自分がノーと言ったことは？

里親の女性が、スペンサーのダッフルバッグを手に現れた。そしてすぐにソーシャルワーカーのリアも訪ねてきた。リアはサラにいくつか質問をして、身分証明書を確認した。サラは書類にサインし、弟と里親の家をあとにした。

「おなかすいてる？」サラは車に乗り込みながら尋ねた。「セバストポルでランチにしようか？　コーヒー、飲みたいし」

サラがエンジンをかけると、スペンサーがダッシュボードの時計に目をやる。「まだ十一時だよ」

「かなり長いドライブになるから」

「もう行くの？　今着いたばかりなんだよね？」

「明日仕事だもん」

「マジか。すっげー」そう言ってスペンサーは窓の外を見る。サラは弟をじっと見つめる。薄いTシャツに透ける広い胸板。歯を食いしばっているみたいだ。小さいころはそんな癖はなかったのに。「けどさ、ちょっと家に寄ってくんない？　何も準備してないし」

川から数キロ離れたところにふたりはいた。サラは橋を渡りたくなかった。だけど弟のためなら仕方がない。

「もちろん」とサラ。

ずっと通っていない道なのに、サラはすべて覚えていた。頭で考えなくても、どこで曲がるか覚えていた。ふたりの沈黙が、どんどん重くなる。「ラジオ、聞く？」

「電波届かないよ」

「ああ」とサラ。「そうだったね」ダイヤルを回してもノイズだけが流れる。

そうこうしているうちに、見えてきた――川だ。サラはできるものなら目をつぶりたかった。その代わり、橋を渡り切るまで息を止めた。左折してリバーロードに入り「町へようこそ」と書かれたアーチ看板をくぐっても、息をするのが苦しかった。窓から目をそらし、ただ目の前の道に集中しようとした。黄色のセンターラインだけを見るんだ。すぐに反対側車線を走って、この町を出ていくんだ。

大通りを外れ、サラの実家のある通りに入った。のどがふさがり、鼓動が速くなる。サラは道の角に車を止める。家の前まで進めばいい。そうサラは自分に言い聞かせた。道の先に、実家の敷地からはみ出すように立っている郵便受けが目に入る。緑色の葉に映える真っ赤な郵便受けだ。子供のころから全然変わらない。サラは家ふたつ分離れたところで停車し、エンジンを止めた。

スペンサーが首をかしげている。

「ごめん」とサラ。「わたしやっぱり……」あまりにか細い声だったから、スペンサーには聞こえなかったかもしれない。

スペンサーは車のドアを開けた。「すぐ戻るから」サラはうなずいた。

サラは車の中で待った。レッドウッドが陰を作っている。サラは目を閉じ、拳を握りしめ、スペンサーが戻ってくるまでずっとそうしていた。


サラが提案した通り、ふたりはセバストポルに立ち寄り、ランチを食べることにした。町は変わっていた。サラが選んだレストランは雰囲気がよく、窓際の日当たりのよい席に通されたとき、サラはうれしかった。

「質問があったら聞いて」とサラがメニューを見ながら聞いた。「ここによく似たレストランで働いているんだ」

スペンサーがうなずいた。けれど、すぐにメニューをテーブルに置いた。ちらっと見ただけなのに。「姉ちゃんが選んでよ。ぼくにはさっぱり分かんない」

「教えようか？」

「いや、いいよ」そう言ってスペンサーは携帯電話をポケットから取り出した。「携帯持ってたっけ？」サラは尋ねた。スペンサーは携帯電話を手に入れたのに、サラに番号を教えなかったのだろうか？　必死で声を抑えた。だけど彼は首を横にふった。

「パパのだよ」とスペンサーが言った。「ぼくのために置いていってくれた」

「ああ、そうなんだ。家で逮捕されたの？」

「うん」

ウエートレスが来たので、サラはひよこ豆のディップ《ハムス》と生野菜の盛り合わせ《クルーディテ》、冷製肉と果物チーズ類の盛り合わせ《シャルキュトリ・ボード》、イタリア風キッシュ《フリッタータ》を注文した。ウエートレスがスペンサーに飲み物を尋ねた。

「コーラ」

「あいにくコーラはございませんが、自家製のカラントソーダ、もしくはアイスティーなどはいかがですか？」

「じゃあ、水で」とスペンサー。

「わたしにも水をお願いします」

ウエートレスはうなずき、メニューを下げた。

「どうしてあの人は携帯電話を置いてったの？」とサラ。「何か頼まれたりしてないよね？」

「ただぼくが連絡できるようにしてくれたんだよ」

サラはうなずいた。「そっか」

サラはまるで自分とスペンサーとの間に、父親が座っているような気がした。食事中サラは、過去に自分がスペンサーのために何をしてあげたかを話したい衝動に駆られていた。毎朝スクランブルエッグを作ってあげたの覚えてる？　イチゴのへたを取ってあげたの覚えてる？　聞かないでいるのは苦しかった。

サラはときどき、スペンサーの昔の面影を見た。細長い顔つきからではなく、ふとしたときの表情だ。スペンサーの大人びた顔に目がなじんできても、あのころの面影をさがしてしまう。サラはいったいこれまでに何時間、インターネットでスペンサーの写真を見てきただろう？毎晩、新しい写真を心待ちにした。成長する弟の姿を見つめた。画像をできるだけ拡大して、ピクセル化された表情に自分と似たところをさがした。

サラは、自分自身の写真は一枚も投稿しなかった。アカウント名は偽名で、プロフィル写真もつけなかった。だれにも見つけてほしくなかった。スペンサーが、それが彼女だと分かっていて、助けが必要なときに連絡ができればそれでよかった。それ以外は、サラは消え去った存在でいたかった。彼女の知る限り、グラントといっしょにあの橋を渡って以来、サラをさがし出そうとした人はだれもいない。

だけど今、スペンサーが目の前にいる。今日、サラといっしょに家に帰る。だからもう、心配しなくていい。スペンサーの顔を見て、自転車に乗っていたあのころの彼を思い出す必要なんてない。何も考えなくていいんだ。

「さて、行こうか」とふたりが食べ終えたとき、サラが言った。スペンサーがうなずき、ふたりは席を立ってレストランを出た。

ベニスに着いたとき、辺りはすでに暗かった。空気はまだ暖かい。アパートの駐車場に車を止め、スペンサーの重いほうのカバンをかついだ。スペンサーの背丈はもう、サラと同じくらいだというのに。

「夕飯はピザでも取ろうか」とサラは郵便受けの前に立って尋ねた。アパートの共用入り口の前でもう一度聞いて、鍵を開けた。「ピザでいい？」

「いーよ」

「あとでもし気が向いたら、散歩にでも行こうよ。板張りの遊歩道《ボードウォーク》が近いんだよ。すごい楽しいよ。スケーターも大道芸人《パフォーマー》もいて、いつも何かやってる」後ろでドアが閉まり、サラはスペンサーを階段へと連れていった。「疲れてるなら家にいてもいいし。スペンサーのしたいようにしていいからさ。決めたら教えて」

サラは自分のアパートのドアを開け、先にスペンサーを中に入れた。

「こっち」とサラ。「ここ、好きに使っていいからね」

サラはキッチンのとなりのダイニングアルコーブ〔壁の一部をへこませて造った独立したスペース〕にあったテーブルを、リビングの壁際に移動させ、アルコーブの空いたスペースにはスペンサーの布団を敷いていた。新しいシーツと枕も準備し、そのとなりに、自分の寝室にあったベッドサイドテーブルとランプを移動させた。ドアの代わりになるように、突っ張り棒からカーテンをつるした。青色のカーテンだ。スペンサーがいちばん好きだった色だ。

「洋服ダンスも入ると思うんだよね」とサラ。

「長くいるときは頼もうかな」

「本当に長く住むんなら、２ＬＤＫのアパートをさがすよ」

それからサラは、バスルームと自分の寝室を見せた。スペンサーが必要なものを書き出せば、サラが買ってくることも伝えた。スペンサーはリュックサックのファスナーを開け、何か取り出した。サラはそれがなんなのか知りたかったけれど、詮索《せんさく》はしたくなかった。もうスペンサーは子供じゃない。知られたくないこともあるはずだ。だけど彼は、それをサラに見せた。パレードの絵だ。額に入っている。実家のキッチンの壁に飾ってあった絵を、持ってきたんだ。

〝サラ、ママ、パパ、スペンサー〟

スペンサーはにっこりと笑い、その絵をサラに差し出した。プレゼントのつもりなのだろう。「ありがとう」サラはそう言ったけれど、危険物を手にしているような気がした。手に取ったけれど、欲しくはなかった。

「今、何時？」スペンサーが尋ねた。

「九時ちょっと前だよ」

スペンサーが携帯電話をポケットから取り出した。「パパから電話があるかも。電話が許可されている時間がもうすぐ終わるからさ」

またただ。父親が、サラとスペンサーの間に立っている。着古したジャケット姿の父親が見えるような気がする。茶色のコーデュロイのズボンをはいている。

「じゃあここにいて」とサラは言いながら、絵をコーヒーテーブルに置き、ドアに向かった。

「ディナーをテイクアウトして、戻ってくるよ」

「姉ちゃんの愛も、パパに伝えておくね」スペンサーはそう言い、首をかしげてサラを見つめた。目を細め、サラの反応を待っている。

サラは目をそらし、鍵をつかんで財布を尻ポケットに押し込んだ。スペンサーはまだ待っている。サラはドアに向かう。

「いい？」とスペンサーが尋ねた。

サラは敷居をまたぎ、ドアを閉める前にふり向いて答えた。

「なんだっていいよ」とサラ。「わたしの愛だってなんだって、あの人にあげたいなら、あげればいい」

キャニオンとガレージアパート

春の日、エミリーのスマホにメッセージが届いた。

今夜の予定空けておいて！　泊まりの準備をして待っててね。

ジェイコブは決して、エミリーのワンルームアパートで夜を明かさないし、エミリーもそれを頼んだりしない。ふたりの暗黙の了解リストにのっている項目のひとつだ。いっしょに朝を迎えるみたいにふたりは眠りに落ちるけれど、そのあとこっそりとジェイコブはアパートを出ていく。エミリーが恐れているのは、ジェイコブがベッドを抜け出し、シャワーを浴びる音に聞き耳を立てなければならない夜だ。エミリーは寝たふりをしている。シャワーの時間が長ければ長いほど、胸が苦しくなる。

エミリーのにおいを、洗い落とそうとしているのだから。

ジェイコブが服を着る。

ジェイコブがそっとドアを開け、後ろ手で閉める。

空虚が、エミリーに流れ込む。

ジェイコブが帰る間もずっと寝たままで、朝までずっと目覚めないでいたい。そんなことを考えながらエミリーは、シルクドレスと山登り用の靴、香水と日焼け止めクリーム、歯ブラシと緑色の装丁の詩集をカバンにつめた。ジェイコブと朝いっしょに目覚めるって、どんな気持ちだろう？ エミリーは、期待に胸をふくらませる。

ジェイコブは車で迎えに来た。エミリーは助手席に滑り込み、この車はジェイコブとふたりで所有しているのだと想像してみた。今日は記念日だったっけ。彼の誕生日なのかもしれない。それともいい知らせがあるのかも。ふたりは顔を見合わせ、今夜この町を出よう、と声をそろえた。そして、その言葉通りに出発した。

エミリーは数十キロのドライブの間、空想にしがみついていた。けれどロサンゼルスから海岸に出て、窓を開けようとしたとき、肘置きにシールが貼られているのに気づいた。キラキラ光るクジラのシールだ。きっと子供の仕業だ。あの一文がエミリーの頭に戻ってくる。〝わが家を愛する人とシェアできることが、最高の幸せ〟

ジェイコブは、エミリーのものじゃない。

「どこに行くんですか？」とエミリーは尋ねた。

「もうすぐだよ。サプライズにしたいんだ」

「もうじゅうぶん、わたし驚いています」そう言ってエミリーは、運転するジェイコブをじっと見つめた。なぜか大胆な気持ちになり、手を伸ばして彼の髪に触れ、その指を彼の顔に滑らせた。

「トパンガキャニオンだよ」とジェイコブがエミリーの手に頬を寄せながら答えた。「だけどそれ以上は教えられないな」

「初めてです」

「一度も行ったことないの？　日帰りでも？」

「ありません。でもちゃんと山登り用の靴は持ってきました」

そのときエミリーは、ドレスは用意すべきでなかったことに気づいた。ジェイコブがエミリーを連れて人目につくところに行くはずがない。隠れなければならないのだから。そんなことはエミリーも分かっていたはず。だけどそれでも——今夜は特別だ。ジェイコブがふたりだけのために、何かを計画してくれた。

ふたりが到着したのは、小さな山小屋風の家だった。エミリーの予想した通り、静かな場所だ。ジェイコブの後ろをエミリーは歩く。細い道を通り、門をくぐって、両側に柵のある小道に出た。緑豊かな庭が、玄関まで続いている。ドアを開けると目の前がリビングだった。家具は少ない。コーヒーテーブルとソファが、まきストーブに面するようにあるだけだ。キッチンとリビングを隔てる壁には、小さな窓がある。家の案内はあと回しにして外に出ようとジェイコブは言った。日没まであまり時間がない。

ふたりは山登り用の靴に履き替えた。ジェイコブがエミリーを山道まで案内する。何軒か民家を通り過ぎたところに、入り口があった。ジェイコブがエミリーの手を取った。エミリーはジェイコブといっしょに踏み出す足先に目を落とし、うれしくなった。一歩一歩、歩幅を合わせて先に進む。

赤い大地に青々とした木々が生い茂っている。白いワイルドフラワーが岩の間から顔をのぞかせる。ブッシュセージ、マンザニータ。

「あとちょっとだから」とジェイコブは何度も言った。「あと三分くらいで着くから」まるでこの美しさでは足りないとでもいうように彼は繰り返す。まるで特定の地点に行かなければ、エミリーにはこの美を理解できないとでもいうように。エミリーにとっては、目に映るものすべてが美しく思えた。すべてが輝いていた。異国の地に迷い込んだような気持ちだ。エミリーが都会を離れるのは久しぶりで、遠出したとしても行き先はいつも海だったから、こんなにたくさんの木々を見るのは久しぶりだった。木漏れ日も、濡れた土と雨のにおいも、懐かしい。植物たちが作るさまざまな影、樹皮の感触、木の根や岩による迷路のような道。存在すら忘れ去られがちなものたちだ。

「もうちょっとだ。あの角を曲がったところ」

ジェイコブの目的地がどこであれ、彼が指さした先から人の声が聞こえ、エミリーはがっかりした。森の道をジェイコブとふたりきりで、永遠に歩いていたかった。角を曲がると、真っ赤な太陽を背に、六人の警察官が立っていた。まるで太陽から降りてきたみたいに見える。何かを話し合っている。そばにはスーツ姿の女性が立っており、ストレッチャーに置かれたふたつの遺体収納袋が見えた。

「何かあったんですか」とジェイコブが尋ねた。

「登山者二名です」と警察官が答えた。

「落ちたんですか?」

「ひとりは滑落し、もうひとりは助けようと下ったものの、身動きがとれなくなったようです。飢え死にでしょうね」

ジェイコブは額の汗をぬぐった。

「なんてことだ」と彼は言い、エミリーを見た。それから、遺体収納袋に視線を移した。

「捜索願は出ていなかったんですか?」とエミリーが尋ねた。

「渡り労働者だと思われます」と警察官が言った。「持ち物からしてまちがいないでしょう。野鳥観察者から死体発見の通報があったんです」そう言って彼はエミリーに背を向け、同僚と話し始めた。

エミリーとジェイコブはその場に立ち尽くした。エミリーの背中のくぼみに、ジェイコブがそっと手を置くまで、エミリーは凍ったように突っ立っていた。

「渓谷《キャニオン》を見ていこうよ」とジェイコブが言った。「せっかく来たんだから」

けれど夕日がまぶしすぎる。きっと眼下には、素晴らしい景色が広がっているのだろう。でもそのながめには、恐れが染みついている。崖の先に歩を進めることを、エミリーの足は拒否する。ジェイコブが崖から落ちるところが頭に浮かぶ。なすすべもなくただ見つめている自分のことも。エミリーはジェイコブを助けに行くだろうか？　あの二体の遺体。きっと親密な間柄だったのだろう。だって、滑落した相手を追いかけていくなんて。骨。肉体。岩。背骨が折れる音。血が流れる音。寒さと飢え。

「戻りたい」とエミリーが言った。


小屋に戻ると、ジェイコブが火を熾《おこ》し、短い廊下の先にあるドアを開けた。やわらかなベッドと暖かなブランケットがある。エミリーは涙をこらえている。

「ねえ」とジェイコブが言った。「どうした?」

「だれにも見つけてもらえない」とベッドに座ったエミリーが言った。「だれも、わたしたちの居場所を知らない」エミリーは、自分の口からこぼれた言葉に驚いた。そんなことを考えていたなんて。

ジェイコブはエミリーのとなりに座り、彼女の手を取り、キスをした。

「あの人たちはかわいそうだったね」と彼は言った。

「きっと何か意味があるんです」

「あの人たちは、ぼくたちではないよ」

「だけどわたしたちはあの人たちと同じように、山歩きをしていました」

「全然同じじゃないだろう」

「かなり状況は似ていると思います」

だけどエミリーは、そんな話がしたいんじゃない。

危険はそこらじゅうにある。いつだって、ひそんでいる。ふたりは自ら危険の炎を大きくしているのだ。キラキラのクジラ。暖炉の上に飾られたアート。蛇口をひねる音。彼が帰る直前にまた聞こえる蛇口をひねる音。ふたりは大きな過ちを犯しているのでないか。きっといつかばちが当たる。自分たちをごまかせなくなる。

「ワインを飲もう。外の空気を吸ってきてもいいし、読書をしてもいい……少し気持ちを落ち着けて。ディナーを作るから。ね？」

「分かりました」とエミリーは言った。

エミリーは、窓の外を見つめた。ジェイコブが車のトランクを開けていた。彼はそこでしばらく、トランクの中身をじっと見つめていた。とても長い時間そうしていたように思える。それからアイスボックスをつかみ、腰に抱えてバランスを取ると、トランクを閉めて部屋に戻ってきた。

　エミリーはトイレに行こうとバスルームに入ったけれど、用を足したあと、どうしてか服を脱いでいた。バスタブのタイルは濃い緑色で、コケのような色をしていた。触れるとやわらかそうだ。だけどエミリーはシャワーだけにした。ガラス張りのシャワー室には、シャワーヘッドが二本あった。エミリーは両方の蛇口をひねり、熱々の湯を出した。バスルームに湯気が充満する。目を閉じて遠くにいる自分を想像した。エミリーという名前すら、ちがう名前に聞こえる、どこか遠くに飛んでいく。

　シャワーのあと、エミリーはドレスに着替えた。髪を乾かし、ヘアピンを使って後ろにまとめた。マスカラをつけ、口紅をぬり、頬にも少しだけつけて、指の腹でぼかした。リビングルームに戻ったエミリーの姿に、ジェイコブが安堵の表情を浮かべた。

　ジェイコブはエミリーにワイングラスを渡し、自分はワインをつぎ足した。

「乾杯《チアーズ》」とジェイコブが言った。

　ふたりはグラスを合わせた。エミリーはあまりにも、孤独だった。

　ジェイコブは表面に焼き目をつけたトラウトを、生パスタの上に盛りつけた。エミリーを迎えに来る前に、店から持ってきた自家製パスタだ。ワインはすぐに空になり、また一本空になった。ジェイコブは、毎夏祖父を訪ねたことを話し、エミリーは得意なことについて話した。だけどエミリーは、話をしながら自分の言いたいことがよく分からなくなり、ジェイコブの話に耳を傾けることに徹した。エミリーの質問は、ジェイコブの記憶を鮮明に呼び起こさせる。夏の夜を過ごしたサンポーチ。ウィッカー家具。窓にぶつかるホタル。銀色に輝く月。ラジオから流れるジョン・デンバー。

「目に浮かぶようです」とエミリー。

そんなふうに人の話を聞くのが、エミリーは大好きだった。

心が満ちる気がした。

あの登山者たちのことをディナーの間だけでも、デザートの間だけでも、ジェイコブから服を脱がされている間だけでも、忘れたかった。だけど話と静けさと体を這うジェイコブの唇がなくなったとき、ふたりが裸で、彼がエミリーに触れて「準備はいい？」と尋ねたとき、エミリーは首を横にふり、求めた。「もっと激しくキスしてほしいの」

ふたりは暖炉の横の床にいた。エミリーはソファに背中を向け、ジェイコブの手は彼女の髪の中にあり、彼女に言われた通りにキスをした。エミリーはあの場所に行きたかった。体が心を引っ張って、何も考えなくてよくなる場所へ。だけどエミリーに見えたのは、立ち入り禁止のテープと遺体収納袋だ。胃が重い。のどが引きつる。

「もういい？」ジェイコブが聞く。

「はい」

エミリーは、ふたりが熱帯にいるところを想像しようとする。だけど夜は、熱を失うばかりだ。

静かな朝だ。

ブラックコーヒー。卵。トースト。

エミリーとジェイコブが、キッチンのテーブルに並んで座っている。窓の外には、キャニオンが広がっている。午後になると、ふたりは長めの散歩に出た。なだらかな山道を進む間、昨夜ジェイコブがエミリーに見せようとした場所の話は一切しない。小屋に戻ってサンドイッチを食べたら、もう町に戻る時間だ。

車に荷物をのせるのに手間はかからなかった。ジェイコブはふたりの痕跡をすべて消し去る。ジェイコブがクローゼットを開けてゴミ袋を取り出すのを見て、エミリーの胸は沈んだ。ここは彼の家なんだ。別荘なんだ。四人家族がぎりぎりくつろげるくらいの大きさ。家族向けというより、ふたりきりで使うのにふさわしい空間だ。ジェイコブと彼の妻は子供たちを友達に預けて、週末にふたりきりでここを訪れるのかもしれない。ジェイコブと妻はセックスレスなのだろうか。だからエミリーが必要なのだろうか。それとも夜の関係には問題がなくて、エミリーを必要とするのは何か別の理由があるから?

ジェイコブが、コーヒー休憩にちょうどいいカフェがあると言った。カフェの前に駐車したとき、エミリーもシートベルトを外し、居心地のいい、日なたの席を選ぼうと車の外に出ようとした。

「すぐに戻るから」とジェイコブ。

「わたしも行きます」

「ぼくだけのほうがいいと思う」

「え?」

ジェイコブがエミリーを見つめた。「行かなくてもいいんだよ」

「いえ。コーヒー、わたしも飲みたいです」

エミリーはジェイコブがカフェに入るのを見届けてから、スマホを取り出した。ここでは電波が届くようだ。キャニオンではつながらなかった。エミリーは山小屋の住所を検索ボックスに打ち込む。半年前にジェイコブ・ローウェルとリア・マイケルスによって購入されたという物件情報が表示された。購入額は百万ドル以上だ。エミリーはジェイコブに目をやる。彼はバリスタと話し、カウンターでカップのふたをさがしている。笑顔だ。

〝だれにも見つけてもらえない。だってだれも、わたしたちの居場所を知らない〟

なんて愚かなことを言ったんだろう。あそこは、ジェイコブの別荘だったのだ。何か異常があれば、彼の妻が真っ先にさがしに来ただろう。エミリーとジェイコブが今朝歩いた道を、家族みんなで歩いたことがあるはずだ。キャニオンは恐怖に沈まず、美しさで輝いていたはずだ。

だれにもさがしに来てもらえないのは、エミリーだ。

エミリーだけ、居場所がない。

コーヒーがエミリーの手首にこぼれた。ハイウエーに乗るまでは道が悪く、揺れる。だけどエミリーは、こぼれたコーヒーをぬぐわない。熱い。その痛みを感じたい。こぼれないようにすることなど不可能とでもいうかのように、ある程度こぼれて残りのコーヒーが冷めて飲めるようになるのを待つしかないとでもいうように、エミリーは動かない。ジェイコブが何か話していたけれど、エミリーには何も聞こえなかった。そしてジェイコブが、音楽のボリュームを上げた。

ハイウエーに乗り、速度が上がった。ジェイコブは彼の手を、エミリーの太ももに置いたけれど、数キロ走ったところでその手を引っ込めた。最後の曲が終わり、車内はしんとした。

エミリーが口を開く。「明日、教授になんて言い訳すればいいんでしょうか。中間試験のレポートの提出日なんです」

エミリーの目はまっすぐ前を見たままだ。ジェイコブが彼女を見たのに気づかないふりをしている。

「課題のこと、話してくれたっけ？」

エミリーは肩をすくめた。「ずっと話してましたよ。わたしの話はあんまり聞いてもらえてなかったのかな」

「いや、聞いてたよ」とジェイコブ。「あの本だよね。朝食のとき君がずっと読んでた。『パッシング』だっけ」

ジェイコブが覚えていたことに、エミリーは驚いた。だけどそのことは悟られまい。先に広がる景色が無機質になる。灰色だ。

「教授にこう言えばいいのかな。ずっと不倫している男性が、やっと一泊旅行に誘ってくれたんですって」

「ひとこと言ってくれればよかったのに。山小屋で書くことだってできたんじゃないの?」

「そうでしょうか」エミリーは想像しようとした。ジェイコブが料理している横で、ノート型パソコンに向かう。ディナーのためにおめかしもしないし、ディナーのあとに裸にもならない。

「それは無理だったと思います」

ジェイコブがため息をついた。エミリーにうんざりしているのだ。彼の声色でそれが分かる。その瞬間エミリーは、ここ数カ月忘れていたことを思い出す。オリビアのことだ。彼女も、エミリーの人生のこまごましたことに失望し始めた。エミリーにシェアメートがいたこと、彼女がまだ学部生だったこと。ジェイコブがまたため息をつく。

「なんですか?」エミリーが尋ねた。

「君はいったい、何がしたいんだ?」

「分かりません」エミリーは答えた。

オリビアとの最後はすごく辛かった。ジェイコブとの別れはどうだろう。

アパートに着くまで、ふたりは黙ったままでいた。ハイウエーを降りると、ロサンゼルスが見えた。夕日に輝くネオンに、だだっ広い灰色の街が照らされている。車の窓は閉まっている。エミリーが吐いた息が、ジェイコブの肺を満たすところをエミリーは想像した。

「もうはっきりさせましょう」

「何を？」

「わたしたちがしていることを、率直に言葉にしてみますね。あなたはこれから、妻の待つ家に帰る。彼女の名前はリアです。それからお子さんもふたり待っている。名前は知らないけれど、年は六歳と九歳です」

ジェイコブは車のエンジンを切った。静けさに包まれる。この通りがこんなに静かだったことがこれまでにあっただろうか。

「七歳だよ」とジェイコブ。「ジェイムズは七歳になったばかりだ」

「上のお子さんの名前はなんですか？」

ジェイコブは小さく咳払いをした。エミリーは彼の手を見つめる。ハンドルのレザーの縫い目を、親指でさすっている。エミリーは彼の顔を見た。

「リアム」とジェイコブが答える。

「かわいらしい名前ですね」とエミリーは言う。少し心がゆるむ。「どっちもかわいい名前」

「失敗だったね。遠出なんてしなければよかった。ぼくが悪かった」

「そうですね。失敗だったとわたしも思います。家に帰ってください。ジェイムズとリアムのところに帰って、恐ろしい選択をしてはいけないって伝えてください。自分を隠すようなことはしちゃいけないんだよって」

空はまぶしいピンク色で、大気汚染で曇った空気が、光を含んでいるように見えた。エミリーは一刻も早く、車から出たかった。

「いっしょにアパートまで歩くよ」とジェイコブが言った。

エミリーは車のドアを開けた。ジェイコブも外に出て、エミリーのあとからワンルームアパートに入る。ジェイコブは床にエミリーのカバンを置き、エミリーはテーブルに鍵を置いた。ふたりは向かい合って立っている。

「これでお別れなのかな」とジェイコブ。「なんでこんなことになったのか、分からないんだ」彼は自分の顔を覆い、泣いている。

エミリーは最初から、ジェイコブとこんないい関係になることを望んでいたわけではない。最初はちがった。いっしょにコミュニティーテーブルに座ってコーヒーを飲みながら課題をするだけで幸せだった。幸せ？　ちがう。ただ浮かれていたんだ。それ以上は望んでいなかった。欲しかったのは、テーブルに座るエミリーとジェイコブ。それだけだったのに。

エミリーはずっと、特別な何かになりたかった。だけどジェイコブの人生を見た。彼のレストランにバンガロー。家族。車。別荘。キャニオンを訪れるたびに立ち寄るカフェ。そのすべてを知るたびに、自分が小さくなるような気がした。ジェイコブとの関係が始まったとき、エミリーはほんの少しの何かを握りしめていたけれど、今、どうしてかそれすらも失ってしまったような気がした。

エミリーは自分を抱きしめるようにしてむせび泣いた。ジェイコブは彼女を抱きしめ、体を離し、別れなくてもいいと言い、だれか呼んだほうがいいかなと尋ね、何度も何度も腕時計に目を落とし、ぼくはもう行かなきゃいけないと言った。エミリーがうなずき、ジェイコブはアパートをあとにした。

エミリーはそのとき、自分の人生がついに変わるのだと思った。だけど実際は、何も変わらなかった。エミリーは自分を、完全な人間だと思っていた。だけどそうじゃなかった。自分の不完全さにじわじわと包み込まれ、目を開けているのですら難しく感じるようになった。生活費を稼ぐためのフラワーアレンジメントすら辛くなった。〈イエルバブエナ〉の代わりに、エコーパークにあるビストロレストランの担当にしてもらっても、苦しさは変わらなかった。茎を切るだけで息切れした。ほほ笑んであいさつするだけで、疲れ果てた。美しいものを見ると、不思議な悲しさに包まれた。心が少しも動かない。暑い夏が、日々が、ただ過ぎていく。

エミリーはまた心変わりしようとしていた。もう一度、学科を変えようかな。文学じゃなくて、何かあるはずだ。自分で仕かけた罠《わな》にはまりに行くみたいだ。もう転科はするべきではない。そんなことは、エミリーにもよく分かっていた。

だからエミリーは、大学のアドバイザーに会った。「こんな成績表、初めてだよ」と彼はコンピューターのスクリーンを見つめながら言った。「あと三単位で卒業できる。女性学でも、エスニックスタディーもデザインも文学も、全部あと三単位取れば学位が取れるのに。植物学はちがうけれど、これで卒業するにはあといくつか科学の講義を取る必要があるね。どの分野の学位で卒業したいの？」

エミリーは肩をすくめた。

「そうか」と彼は言った。「じゃあ、秋学期に開講されているものを見て、どれがいいか選ぼうか」

「お願いします」

アドバイザーはエミリーにたくさんの選択肢を示してくれたけれど、そのどれもが難解すぎるか、そうでないものは退屈すぎるようにエミリーには感じられた。講義の説明を彼は読み上げ、エミリーのスケジュールと合うものはどれか質問した。

「アメリカ文学の学科講義で何かありますか？」とエミリーは悩んだ挙げ句、言った。そうすればただ本を読んで、レポートをいくつか書けばいい。

「アメリカ文学？　あるよ」彼はコンピューターの画面に新しいウインドーを開き、スクロールダウンした。「火曜と木曜の午後三時はどう？」

「それでお願いします」とエミリーは言った。

エミリーは、フランク・オハラを読んだ。

ゾラ・ニール・ハーストン。

シルヴィア・プラス。

テネシー・ウィリアムズの劇脚本とジェイムズ・ボールドウィンのエッセーも読んだ。『グレート・ギャツビー』は六回読んだ。すでに何度も読んで色あせた、緑色の装丁版を、繰り返し読んだ。講義とページのすき間を見つけると、エミリーはベッドにもぐり込んで眠った。

エミリーは、卒業式の華やかな場に出ることは拒否した。その代わり、卒業証書を額入りにするという母からの申し出は受け入れた。包みを開け、証書を目にしたとき、エミリーの予想に反して、ものすごい達成感が押し寄せた。

終わったんだ。フラワーショップもやめた。これでもう、すべきことがなくなった。


ある夜、バスから電話があった。クレアの担当医師の診断を知らせる電話だった。侵襲性の強いがんで医師にはもうなすすべがなく、クレアは家に帰ることを望んでいた。最期は家で迎えたいと彼女が希望したのだ。バスはエミリーに、クレアの世話ができないか尋ねた。

「いっしょに住んでもらわないといけないけれど、ホスピス専門の看護師が毎日来てくれるから」とバスは言った。「生活費はパパたちが払うよ。来てくれるなら、しばらくは就職できないからね。ワンルームアパートの家賃もパパが払おう。ガレージアパートに住めばいい。そしたらプライバシーもある」

「ワンルームアパートは引き払うよ」とエミリーが言った。スマホを耳に強く押しつける。自分が作り出した寂しい空間に目をやる。そこかしこに、失敗が染みついている。ジェイコブとパブロとアリスが来たあの夜、どうしてここが特別だと思えたのだろう？

「介護士を雇うこともできるんだ」とバスが続ける。「エミリーが望まないことを無理にやらなくてもいいんだよ」

だけどエミリーは望んでいた。ためらいはない。ずっと欲していた目的が目の前にある。

エミリーは土曜日に引っ越した。パブロが来て、エミリーの数少ない家具を、階段を使って下ろし、歩道に出すのを手伝ってくれた。エミリーは緑色の肘かけイスと本棚だけ持っていくことにし、そのほかの家具は歩道に置いた。エミリーの最終レポートの裏面に、パブロが「ご自由にお持ちください」と書いた。そしてベッドサイドテーブルの上に貼った。

「ひどい家に連れて帰られるかもしれないよね」とエミリーが尋ねる。

「これが来たら、ますますひどい家になったりして」とパブロ。

「この家具、呪《のろ》われてるのかも。いい家に持っていったら持ち主が不幸になったりしないかな？」

「エミリー」パブロは、片手をエミリーの肩に置いた。「ただの冗談じゃないか」

エミリーは道を渡り、モーテルの前まで行った。〈空室アリ〉のネオンサインが、いつも通り光っている。「バイバイ、モーテルくん」とエミリー。「せいせいするよ」そう言ってエミリーはふり返り、自分の部屋の窓を見つめた。「まだ段ボール箱がいくつか残ってるんだけど、取ってきてくれない？」

パブロは首を横にふった。「やだよ。けじめはちゃんと自分でつけなくちゃ」

ふたりはいっしょに階段を上った。ふたつの段ボール箱を積み上げ、パブロが持ち上げる。

「ぼくは先に行くからさ、ごゆっくり。ちゃんとお別れはしたほうがいいよ」

空っぽになった部屋は、そんなに悪くない空間に見える。最初にこの物件を見せてもらったときのことを、エミリーは思い出した。何もないまっさらな空間には希望がつまっていて、壁をカラフルな色にしようと計画していた。そうだった。アパートのオーナーに壁はそのままでいいと伝えたのはエミリーだ。下ぬり用塗料《プライマー》のままでいいとエミリーが言ったのだ。当時、アリスがちょうどモロッコから帰ってきたばかりで、スクリーンに映る店や家やホテルの写真をクリックしながら、エミリーは感嘆の声を漏らした。鮮やかな色に息をのんだ。

壁を明るいピンク色のペンキでぬることもできた。部屋をぐねぐねと伸びる植物でうめ尽くすことも、自分で育てたカラフルな色の野菜で自家製サラダを作り、酸っぱいドレッシングをかけてランチにすることもできた。レコードプレーヤーを修理して大音量で音楽を聴くことも、窓の開閉部をぬり固めたペンキをナイフで切り崩し、ディナーパーティーを催すこともできた。

非常階段を上って日光浴をすることだってできた。窓から中が見えるかもしれないなど心配せずに歩き回ればよかったのに――そのすべてが手に入れられたのに。

エミリーはどこで迷子になった?

もう時間切れだ。この場所とちゃんとさよならしなければならない。パブロがけじめという言葉を使ったのは、おそらくジェイコブとのことを意識してのことだろう。だけど、自分のものではなかった人との別れを、いつまでも悲しんでいたって仕方ないじゃないか。あの夜、押しかけてきたふたりは、そうエミリーに言った。愛しているから君のためにあえて厳しいことを言うんだよ。そうふたりの顔に書いてあった。

「エミリーには、わたしたちがいるでしょ」とアリスが言った。

「ほんとだよ」とパブロも続いた。

エミリーにはもう何も言うべきことはなかった。カウンターに鍵を置き、ドアを閉めた。

ガレージアパートには幼いころの記憶がつまっている。ふたりだけで寝泊まりするのが新鮮で、エミリーとコレットはガレージアパートに滞在し、祖父母が夕食を運んできてくれた。録画された映画を観るのも、この場所だった。だけど大人になってから足を踏み入れるのは、これが初めてだ。アパートの様子から、だれもずっと入っていないことが分かる。リノリウムの床が破れ、はがれている。どこかしこにクモの巣がある。湿ったにおいの充満するこの部屋が、エミリーの新居だ。

「しばらくドアを開けたままにしておこう」とバスが言った。「換気しないとな」

エミリーはバックヤードから肘かけイスを運び込み、段ボール箱を開けて、緑色の本を取り出し、本棚に並べた。部屋のベッドのシーツをはがして洗濯した。パブロがクモの巣を取り除いているそばで、薄汚れた窓のさんに水晶を並べた。

「そこも埃を払ってから置きなよ」とパブロが言ったけど、エミリーはただ、肩をすくめた。一日でこんなにたくさんのことをやり遂げたんだからいいじゃないか。もうすでに、エミリーに敗北感が戻ってくる。

「おばあちゃんの母屋に住めばいいじゃん?」

「プライバシーは必要だと思うんだよね、お互いに」とエミリー。

パブロはほうきの柄で、天井の色がはげた部分を指した。

「崩れたりしないよね?」

「落ちてきても、死にはしないよ」

「まあね、それはそうだけどさ」とパブロ。「ぼくもエミリーが死ぬとは思ってないけど、でも今は冬だし、雨降ったりしたら雨漏りしそうじゃん」

「そこにいるのー?」という声がして、アリスがドア口に現れた。仕事帰りにタコスをテイクアウトしてきてくれたのだ。アリスが会話を中断してくれたのが、エミリーにはありがたかった。

「案内するよ」とエミリー。「三十秒で終わるから。そのあとランチを食べながら、部屋の飾りつけのこと話したい」

アリスはうなずき、タコスの紙袋をドアの外に置いた。

「ここがバスルームでございます」とエミリーが言い、アリスが中に入った。

「タオルをかけるところ、ここだけ?」アリスが尋ねる。彼女が指さしたのは、壁に頼りなく取りつけられているプラスチックだ。折れている。

「まあね。それからこちらがリビングルームです」

アリスは天井の色のない部分に気づき、口をあんぐりと開けた。

「何?」とエミリー。

アリスが指をさす。

「恐ろしいだろ?　ほらね」とパブロ。

「その話はもう終わり。さて、キッチンがこっちです。冷蔵庫は小さいけど、たぶん料理はおばあちゃんの家でやるから問題なし。まあもともと、そんなに料理しないもん。そしてここが寝室です」

アリスは部屋を横切り、部屋で唯一の窓まで歩いていった。アリスがごわつくカーテンを脇に寄せると、窓の外には鉄枠が見える。フェンスだ。

「食べようよ」とパブロ。「腹減った」

アパートの外にある緑色のプラスチック製のテーブルを、三人は囲んだ。クレアの広い庭とガレージエリアを部分的に仕切るフェンスがある。庭では赤橙色《パンチ》のブーゲンビリアが咲き乱れている。

「このパティオは素敵でしょ」とエミリー。「ラウンジチェアとか置いたらいいかも」

「ゴミ箱はどこかちがう場所に持っていったほうがいいね」とパブロ。

「そのつもり。少なくとも十五年間、だれも住んでなかったから、パティオがゴミ置き場になってるだけ」エミリーはアリスのほうを向いた。「それで、部屋の飾りなんだけど、明るい色のペンキと植物を使おうと思ってるんだ」

「冗談でしょ」とアリス。

「なんで」とエミリー。「冗談じゃないよ」

「ここに落ち着くつもりじゃないよね？　短期間でもここに住むなんて想像できない」

「最大限、楽しみたいの」

「エミリー」そう言ってアリスはタコスを皿に置いた。心配そうに眉をひそめている。「エミリー、ここにずっと住むつもりじゃないよね？」

エミリーは皿を押しやり、テーブルに突っ伏した。頬に触れるプラスチックの天板が温かい。

「ふたりに経験があるかは分からないんだけど、こう……霧の中を歩いたことある？　普通の霧じゃなくて、もっと重くて深いの。ベッドからも出られなくて、言葉を出すのすら辛い」

「ぼくは経験あると思う」とパブロ。「何回かはそんなふうになったことあるよ」

「なんの話？」とアリスが尋ねた。

「ずっとそんなふうに、わたしは感じているの」

「いつから？」

「分からない。すごく長い間。覚えている限りずっと」

「エミリー」とアリス。「本気で言ってる？」

「だからね、明るい色の壁にしたいの。分かる？　この霧を晴らしてくれる何かが必要なの」

それでアリスとエミリーは、ホームセンターに行ってペンキを買った。パブロは実家に戻ってペイントローラーとペイントブラシを持ってきた。キッチンの壁にはピンク色、寝室は黄色、リビングは緑色だ。

「うーわ。強烈」と寝室の壁にペンキをひとぬりしたパブロが言った。「これ、なんて色？いや、いいや。ほんとの名前なんて関係ない。命名しよう。この色の名前は〝めちゃくそ元気になるイエロー〟」

三人は黙々とペンキをぬり続けた。

「保護テープを買うのを忘れちゃった」とエミリーが言い、三人は三色のペンキが交わるところを、首をかしげて見つめた。それから天井のひびや黒ずんだ箇所に視線を移す。「雨が降らないところに住んでてラッキーだったね」とアリスが言った。三人はドア口のくりかた《モールディング》に目をやる。壁から出ている、頼りない釘のみに支えられている。

「まあいっか」そうエミリーは言って、ガレージで見つけたはしごを登り、それぞれの色の境界線がなるべく直線になるようにぬった。


エミリーにとって死は、どこかロマンチックな概念だった。クレアが衰弱し、眠る時間が増え、下の世話を要するだろうくらいのことはもちろん想像していた。ほかにも、真心のこもった話とかがきっとある。一月の午後のやわらかな日射しの中で、いっしょに穏やかな時間を過ごすのだ。

けれどふたを開けてみたら、エミリーは常に薬の仕分けに追われ、飲まないと言い張る祖母に薬を飲ませようとケンカして、ときどき嵐のようにやってくるやけに明るい両親たちの相手をする。その繰り返しだった。転倒。けが。痣《あざ》。ある日クレアがベッドからまったく起き上がれず、水も拒んだ。クレアの浅い呼吸を聞きながら、エミリーは最期の瞬間を覚悟した。皿洗いの最中にも、ホスピス看護師との会話の最中にも泣いた。翌日、エミリーが裏口から入ると、クレアがベッドから出て着替えもすませていた。前日にエミリーがテーブルに置いた〈ロサンゼルス・タイムズ〉を読んでいた。

そしてまた別の日、クレアがコレットを呼び出すように言った。呼び鈴が鳴り、エミリーは玄関に走った。ドアを開ける前に、鉄の門の間から姉の姿をうかがった。

一年前、サンドイッチ店でコレットと会ったときのことを黙っていたのは、功を奏したらしい。コレットは自力で立ち直ったように見える。実際は薬物に手を出していて、うまく隠しているだけなのかもしれないけれど、エミリーには知りようがない。その答えを知りたくもない。「問題がないふりを続けてたら、その問題がなくなっちゃうときがいちばん好き」いつだったか海岸をいっしょに散歩したとき、コレットがそう言ったのをエミリーは覚えている。

だけどドアを開ける瞬間、エミリーは不安になった。コレットが緊張しているように見えたのだ。ほかの理由があるのかもしれない。祖父の死は突然で、彼の死は待つ間もなかった。亡くなる前のさよならも聞けなかった。だからコレットは緊張しているのかもしれない。初めてのことだから。

姉妹は抱き合った。

「久しぶりだよね」とコレット。

「そうだね」とエミリーが答えた。「何してたの?」

コレットが肩をすくめる。「仕事とか、いろいろ」そう言ってコレットは、肩にかかる髪を払った。そのしぐさが優美で、エミリーは自分も口紅くらいつけておけばよかったと悔やんだ。毎日制服のように着ているTシャツとレギンスではなくて、おしゃれ着を選べばよかった。そうすれば姉と会っても、心がこんなにぐらぐらせずにすんだかもしれないのに。

「クレアおばあちゃんのためにいろいろしてくれて、エミリーは本当にやさしいね」とコレット。「いや、やさしいっていうのはちがうか。なんていうか、その……」

エミリーはうなずく。「言いたいこと分かる」そう言ったとき、エミリーは一瞬だけコレットの立場で自分の姿を捉えることができたような気がした——なんでもそつなくこなす、やさしくて、できのいい子。もう一度コレットとハグしたとき、エミリーは切なくて心がつぶれそうだった。ふたりは体を離す。

「おばあちゃん、部屋にいるよ」とエミリー。「わたしたちふたりに話があるらしいんだけど、なんの話なのかは聞かされてない」

今日のクレアは調子がいい。枕の山に背中をもたせかけ、しっかりと座っている。コレットは祖母に駆け寄り、頬にキスをした。エミリーはコレットの瞳に祖母がどう映るか想像する。弱々しい体と、しなびて脆そうな皮膚を見ているのだろうか。コレットはベッドの端に座り、祖母の手をやさしく取った。「握っても大丈夫？　痛くない？」

「痛くないよ」とクレアが言った。「痛いなんてことないさ」それから祖母はため息をつき、涙を流した。コレットがクレアの頬の涙をぬぐうと、クレアが首を横にふった。

「ふたりとも」とクレアが言った。「わたしのものはすべて、あんたたちに残したいんだ。すべてね。あんたのパパはなんにも必要ない。ちょうど半分半分に分けてあげたいけれど、コレット、わたしにはそれができない。理由は、あんたはじゅうぶんに分かっているよね」

コレットは無言だ。

「あんたには生きていてほしいんだよ」とクレアが言った。「あんたを愛してないとか、幸せになってほしくないとか、そういうことじゃない。あんたにはふさわしくないと思っているわけでもない」

コレットは何かを言いかけて、口をつぐんだ。そしてうなずいた。エミリーには、コレットが何を考えているのか分からなかった。無念、後悔、羞恥心、それとも怒り？——そのすべてなのかもしれない。姉はいつだって、謎に包まれている。

「エミリー、コレットを助けると約束してくれるね。コレットの人生が少しでも楽になるように、手を貸しなさい。新しいアパートを借りるときの敷金は、あんたが払うんだ。学校に行くつもりがあるなら、学費も払ってやりなさい」

「約束する」とエミリーが言った。コレットから頼まれるところを想像しただけで胃が気持ち悪くなったけれど、うなずいた。エミリーだって本当は、やさしい子でも、いい子でもない。そんな価値のある人間なんかじゃない。

エミリーはトイレに行くと言って部屋を出て、そのままキッチンカウンターで薬の仕分けをした。数分後、コレットがベッドルームから出てきた。「おばあちゃん、疲れちゃったんだって」とコレットが言った。「寝かせてきたよ」

「ありがとう」とエミリー。

「どういたしまして。それじゃ帰るね」

「分かった」エミリーは薬瓶のふたを閉めた。ひとつ、またひとつ。それぞれの曜日ごとに瓶が決まっている。「わたし、何も聞かされてなかった」と作業が終わったとき、エミリーが言った。

コレットは天井を見つめた。「いいんだよ。おばあちゃんに、あたしを信じてって言うほうが無理でしょ」

「お姉ちゃん」

「ほんとに、あたしのことは心配しないで」


その夜エミリーは、夜更けまで祖母の家にいた。ダイニングテーブルに向かい、ガラスコップについだ水を、少しずつ飲んだ。エミリーの鼓動が強く、速く打つ。何度深呼吸をしても落ち着かない。

エミリーは、このままではだめだと分かっていた。祖母との日々は静かで、常に緊張していて、数え切れないほどのルールと、看護師からの指示があった。エミリーは、死が秘密であるかのように、忍び足で歩いた。クレアがよくなるように、無理やり薬を飲ませた。クレアが死を待っていることは周知の事実で、だからこそエミリーはクレアのところに来たというのに。

クレアはいつだって、コレットとエミリーに正直に接してくれたじゃないか。その気持ちに、今度はエミリーがちゃんと応えるべきではないのか。

翌朝、エミリーはトレーに朝食のトーストと水、それから錠剤をのせて運んだ。クレアが鎮痛剤だけを飲んだとき、エミリーは無言でうなずき、残りの錠剤はトレーごとキッチンに下げた。寝室に戻ると、祖母のベッドの端に腰をかけた。「おばあちゃん、わたしがまちがってた」とエミリーは言った。「ごめんなさい。おばあちゃんが、わたしにしてほしいことを教えて？　何か必要なものはある？」

「やっと、分かってくれたね」とクレアがニューオリンズのアクセントで言った。それから安堵したのか、黒い目を何度もしばたたいた。「手紙を読んでちょうだい」とクレアが言った。「それから、いつも清潔にしてちょうだい。長引かせるようなことは絶対にやめて。もうおしまい。それでいいんだよ」

エミリーは祖母の手を取り、自分の頬に押し当てた。「分かったよ、おばあちゃん」

クレアはエミリーに宝石箱から鍵を取り出して、ベッドの下にある白いトランクを開けるように指示した。開けてみると、たくさんの手紙と写真が入っていた。

「どうして隠してたの？」

「なんでだろうね。辛すぎるからかもしれないね。昔のことだもの」

「どれから読んでほしい？」

「どれでもいいよ」とクレアが言って、枕に頭を休めた。エミリーは手紙をひとつかみ取り、そのいちばん上の手紙を開いた。

祖父の滑らかな筆記体が目に飛び込んできた。エミリーが最後に祖父の筆跡を見たのは、いつだっただろう?

「日づけは、一九四二年の十一月二十九日」とエミリーは言いながら、ベッドに腰をかけた。いつものように端にちょこんと座るのではなく、しっかりと座った。〝大好きな妻へ。今日は日曜日ですが、やはり働かなければなりませんでした。もうくたくたです。だけど君に手紙を書いています。少なくとも、書き始めました。今夜はショーを観に行く予定です〟。そこまで読んでエミリーは顔を上げた。「おじいちゃん、どこにいたの?」

「ヨーロッパだよ。戦争でね」

エミリーは、祖父の話を思い出した。ノルマンディー上陸作戦の翌日、祖父はノルマンディー海岸にいた。黒人のみで編成された部隊が派遣され、死体の身元確認を命じられたのだ。年老いるにつれて祖父は記憶をなくしたが、それでも、覚えている限り語り続けた。その光景のおぞましさに、死ぬまでずっと取りつかれていた。

「おばあちゃんはニューオリンズにいたの?」

「そう。彼の母親のうちにね。結婚したらすぐに、あの人は戦争に連れていかれた。さあ、続きを読んで」

エミリーは手紙の山を一枚一枚、掘り進んだ。子供の誕生を知らせるカードや、祈りのカードを読んだ。祖父母の結婚を報じた新聞の切り抜きには、こう書かれていた。〝祭壇は背の高いヤシとシダ、そして白いグラジオラスの花束で飾りつけられている。レースがあしらわれたサテンのガウン姿の花嫁は輝くような美しさだ〟。祖父母のハネムーン先は、バトンルージュだった。

アルバムは写真でいっぱいだったけれど、クレアは視力が落ちていたので、エミリーが一枚一枚、説明した。ニューオリンズでのピクニック。そろいの白いドレスを着ている三姉妹。エミリーは祖父からの手紙をもう一枚、見つけた。手紙の束から抜け落ちて、ぽつんとトランクに残されていた。〝君の作るガンボが恋しくてたまらない。君とのすべての瞬間が恋しくてたまらない〟。そして祖父は三ページを費やして、祖母との最初のデートについて美しい筆記体で書きつづっていた。

〝君にキスをした。君に恋をした。そのときぼくは、愚か者になった〟

エミリーは一日に数時間、手紙を朗読するようになった。すべての手紙を読み終えると、順番にきちんと並べた。最初の手紙から時系列で整理したのだ。ばらばらだった写真も整理した。エミリーがいちばん好きだったのは、祖父母が家の前に立っている写真だ。手紙を朗読する日々が続いた。祖母の寝室を歩きながら読んだ日も、ベッドの横の床に足を伸ばして座り、読んだ日もあった。〝大好きな妻へ〟エミリーは何度も、何度も繰り返し読んだ。〝もうくたくです〟

三週間と五日間、エミリーは読み続けた。祖母の寝室が消え失せ、過去の花がその空間に咲き誇った。祖父のホームシックや祖母の恋い焦がれる気持ち、思い出の料理や、いとこたちや、ロマンスや、ニューオリンズでのダンスや、ロサンゼルスでのピクニック、そして愛することの痛みと喜びに包まれて、エミリーの祖母は息を引き取った。


祖母の家に、家族が集まった。ローレンがコレットを抱きしめた。バスは声を落として、看護師や葬儀場の人と話していた。エミリーは涙をぬぐい、自分自身を抱きしめるように静かに立っていた。しばらくして、みんなが玄関のテラスに出た。ローレンとバスは車で去った。エミリーはコレットも帰るものだと思っていた。だけどコレットは、玄関のテラスに置いてある錆《さ》びついたブランコに座っていた。

「遠くに行こうと思ってるんだ」とコレットが言った。

「どこに?」

「あたしを助けてくれるところ」

「リハビリってこと?」コレットは、薬物を使っていないように見える。だけど本当のことは分からない。エミリーは疲れ切っていた。全身の感覚を失ったような気がした。クレアがよい死を迎えられることだけを考えて動いていたから、彼女の中には、だれのための空間も残っていなかった。コレットのための場所すら、もうなかった。

「リハビリじゃない。行きたいところには……その、人が集まってて、メンドシーノの近くの海に面した場所なんだ。ずっと興味はあったんだけど、でもさ、かなり……強烈らしいんだよね」

「カルトに入るってこと？」

「ちがうよ。セラピーみたいな感じかな。カルトっていうよりも。まあ、そう聞いてるってだけだけど」

「いつ行くの？」

「明日」

「だけど葬儀はどうするの？　二週間くらい待てない？」

「そうなんだけどさ」とコレットが言った。「だけどわたし、もう限界なんだ」

そのとき、エミリーは祖母との会話を思い出した。

「お金、いる？」そう尋ねながら、その言葉の響きにエミリーの胸は痛んだ。こんなの、いやだ。

「ううん」とコレットが答えた。「心配しないで」そう言って彼女は立ち上がり、肩にバッグをかけた。「スマホも使えなくなるから。そもそも持ってっちゃいけないんだって。人生から目をそらせるものは持ち込み禁止だって言われた。だけど電話するね」

エミリーは目を見開き、それからうなずいた。「分かった」

コレットはエミリーを抱きしめた。それから迎えに来た車に乗って、どこかに行ってしまった。

エミリーは〈イエルバブエナ〉が恋しかった。ジェイコブとの朝や夜ではなく、あの場所、あの料理を心が欲していた。

悲しくなればなるほど、エミリーは〈イエルバブエナ〉に戻りたかった。

クレアの遺産整理のための競売《エステートセール》が迫っていた。公共ラジオをつけて、テーブルに座って作業をしていると、ジェイコブの声が聞こえた。ニューヨークで行われているフード・ジャスティスについてのサミットで、パネルディスカッションに討論者として参加しているらしい。エミリーは耳を傾けながら、クレアの宝石箱を整理した。番組の最後に、今回のパネリスト全員がマンハッタンのレストランで行われるチャリティー夕食会に出席するというアナウンスがあった。エミリーはラジオのダイヤルを回し、次の宝石箱に手を伸ばした。フェイクダイヤモンドとルビーが入っている。

今夜ジェイコブは、東海岸にいる。

エミリーは、カクテルとサラダと温かなパンを思い浮かべた。

そして渇きを癒やすために、ひとりで夜遅く〈イエルバブエナ〉のバーに繰り出そうと決めた。

クレアが亡くなる前の数週間、エミリーは祖父の書斎にある簡易ベッドで眠った。だけどクレアがいなくなると、ものすごい喪失感に襲われた。ひとりぼっちだ。手紙。写真。ガレージアパートのまぶしい黄色の寝室に戻ろうと思った。クレアの最期の日々よりも、パブロとアリスとのペンキぬりの記憶があふれる空間へと。

エミリーはガレージアパートが気に入っていたはずだった。だけどその夜、彼女はシャワーを浴びながら欠点ばかりを数えていた。シャワー室の壁紙が隅のほうからはがれている。天井には白かびがある。シャワーヘッドが低すぎて、シャワーヘッドを上に向けるか、身をかがめるかしないと髪が濡らせない。

バスタオルを体に巻いて寝室に行くと、カーペットがじめじめしている気がした。エミリーはずっと昔から持っている、緑色のワンピースを引っ張り出した。胸もとが大きくV字に開いたスリーブレスのワンピースだ。ボタンをとめながらエミリーは、白い壁と、清潔で光沢のある床を想像した。ケヤキの香りがするクローゼットに、背の高い姿見も思い浮かべた。

エミリーは〈イエルバブエナ〉へと車を走らせながら、まるで彼女のことを大事に思ってくれる旧友に会いに行くような気分だった。大人になるにつれて連絡する頻度は減ったけれど、それでも互いのことをよく知っている幼なじみに会いに行くような。

ホステスは、エミリーが知らない人だった。〈イエルバブエナ〉らしい気さくな接客で、エミリーにほほ笑みかけ、予約がないとバー席も難しいかもしれませんと言いながら、予約確認システムスのクリーンを見つめた。「ああ、ご用意できますよ。こちらへどうぞ」そう言われてエミリーは、ウエートレスのあとについて歩いた。いくつの朝を過ごしたか分からないあのテーブルの横を通り過ぎ、エミリーではないだれかによってアレンジされた花瓶を横目に、店の前方にある簡易なバーではなく、奥の大きなバーに案内された。吹きガラスのペンダントライトが一列に並び、金色に光っている。バーカウンターは滑らかな大理石だ。その美しさにエミリーは息をのんだ。そしてバーで働いているのが知らない人ばかりで、胸をなで下ろした。ジュニア・シェフがちょうど、彼の友人のテーブルまであいさつに出てきていて、エミリーにほほ笑みかけてくれた。それからメーガンも、エミリーの頬にさっとキスをした。そのふたり以外に、エミリーのことを知っているスタッフはいなかった。

エミリーは、バーカウンターの下のフックにバッグをかけ、スツールに座った。

そのとき、目の前で人影が動いた。サラがふり返り、メニューと水の入ったグラスを出した。しなやかな腕だ。片方の腕の陰になっているところに文字のタトゥーが見える。文字の並びが何を意味するのかは、小さすぎて読み取れない。サラの深い青色の瞳、金色のまつげの先端に光が集まる。

「こんばんは」とサラがにっこり笑った。えくぼが浮かび、ちらりとのぞいた前歯は、白くて、少し斜めだ。「またすぐに戻ってきますから」とサラは言い、メニューを指でトン、トンとたたいた。まるでドアをノックするみたいに。それからさっとエミリーに背を向け、上に手を伸ばしてボトルを手に取る。彼女の腰の丸み、シャツとベルトの間に見える銀色に光る肌。サラを見つめるエミリーの頬は紅潮していた。

エミリーは、サラと出会った日のことを思い出していた。バーの後ろで手を動かすサラの姿を盗み見たあの朝のことだ。握手をしたとき、サラの手があまりにもぴったりと自分の手に重なったことも、ジェイコブの朝食の相手がエミリーだとサラにばれたことも、なんとか理性的になってサラとの可能性を考えまいとしたことも、すべて思い出した。

サラも覚えているだろうか。エミリーの胸がざわめく。覚えていなければいいのに。そうしたら、出会い直すことができるから。

エミリーはメニューに目を落とした。けれど、サラが近くにいると思うと、自然に目がサラの姿を追ってしまう。見つめないように努力している間に数分がたった。サラが戻ってきたときに注文できるように、早く決めなきゃいけないのに。サラがこちらに向かってきている。ああ、だめだ。だってエミリーは、サラが欲しくてたまらない。バーテンダーはふたりいる。バーの席の右側、左側と分けてそれぞれ担当しているのだ。そんなことは前から知っていたはずなのに、エミリーは無性に不安になる。交代しませんように！

集中して、カクテルを選ぼう。いや、まずはふたつまで絞ろう。そしてサラにどちらがおすすめか尋ねれば、サラの滞在時間は長くなるはずだ。そうしたらサラの声を、もっと聞くことができる。自己紹介し合って、またあの手を握れるかもしれない。

しかしエミリーのもとに戻ってきたサラは、バーカウンターにもたれかかってこう尋ねた。

「フラワーアレンジメント、いつやめたの?」

ああ、とエミリーは思う。覚えているんだ。

「しばらく前に」とエミリーは答えた。もうやめてどのくらいだろう? 「一年くらい前かな」エミリーはこう言いたかった。わたし、あのころとはちがうよ。どんなふうにちがうのか、リストアップして教えたかった。ジェイコブとはもう別れたし、大学も卒業したし、ゴミ捨て場みたいなワンルームアパートは引き払ったし(もしかしたら今はもっと悪い住居かもしれないけど、それでも)前に進んでいる。それから、愛する人の最期をみとった。わたしは変わったんだ。あのころとはちがう。そうエミリーは心で唱えた
「ご注文はお決まりですか?」

エミリーははにかみ、下を向いた。頭の中を読まれてしまうような気がした。

サラは笑った。「どうしたの?」

エミリーは首を横にふる。「なんでもない」そう答える。「ええっと……」エミリーはメニューのいちばん上にあったサラダを指さすと、それがなんなのか確認もせずに「これを」と言った。「それから、イエルバブエナ」

「かしこまりました」とサラ。

食べ物のことなど、もうどうでもよかった。そのバーにとどまるための理由にすぎなくなっていたけれど、サラが運んできたクープグラスを見たエミリーは、勢いよく口をつけた。シャルトリューズが、グラスの縁までたっぷりと注がれ、ミントが添えられている。以前は、ミントはのっていなかったはずだ。ジェイコブが作ってくれたときもおいしかったけれど、サラのは格別だ。

「カクテルはどう?」とサラがしばらくして立ち止まって聞いた。

「最高」とエミリーが言った。「ミントもすごくいい」エミリーは、サラがグラスをじっと見つめているのに気づいた。「何を考えているの?」エミリーが尋ねた。他人も同然なのに、親密すぎる問いかけだとエミリーは分かっていた。

「スペアミントなんだ」とサラ。「イエルバブエナだったらもっとおいしいんだけどな」

エミリーはほほ笑んだ。

「スペアミントは、味が強くて芯があるんだ。イエルバブエナは繊細」そう言ってサラは、自分の思考を打ち消すみたいに肩をすくめた。「見つけるのも難しい。だからスペアミントを使ってる」

給仕助手《ランナー》が、ヤギのチーズと緑鮮やかなサヤエンドウ、ラディッシュのサラダを運んできた。陶器の皿に盛りつけられている。エミリーはひとくち、またひとくちとフォークを動かした。食べ物って、こんなにおいしかったっけ?　すっかり忘れていた。味わいながら、ジェイコブに出会う前のことを思い出した。ジェイコブが、エミリーの家族行きつけのレストランで働く有名なシェフで、エミリーがただのエミリーだったころのことだ。

サラダを食べ終えたエミリーは、もう一度メニューに目を通した。ラグーはない。では何を注文しよう？　エミリーにとってまだ冬は終わっていないのに、メニューにはアーティチョーク、スプリングオニオン、グリーンガーリック、アプリコットが並んでいる。エミリーは、時間が進んだことにすら気づかなかったのだ。ファバマメのパスタ、ブラックオリーブ、そしてリコッタ・サラダに決めた。サラが戻ってきた。彼女が姿を現すたび、奇跡のように感じられる。

「もう一杯、どう？」とサラがエミリーの空のグラスを持ち上げて言った。

「うん。だけどちがうものがいいな」

「カクテルリストを持ってくるよ」

エミリーは首を横にふった。サラがじっと彼女を見つめ、次の答えを待っている。エミリーは口を開き、はっきりとした口調で言った。「あなたが選んでくれるものを飲みたい」

エミリーはサラの表情が変わるのを見た。エミリーの挑戦を受け止めたみたいだ。サラはふっと笑う。エミリーは目をそらさない。顔が真っ赤なのが分かっても、サラを見つめ続けた。赤らんだエミリーの顔を見て、サラがいっそう笑顔になったような気がした。

「かしこまりました」とサラが言った。そしてエミリーに背を向ける前に、エミリーを見つめ返した。エミリーが送っているメッセージを読みちがえていないか、確認するみたいに。そしてサラはもう一度ほほ笑み、言った。「かしこまりました」

サラは、エミリーの席から少し離れたカクテルを作るスペースから出てきて、ボトルを数本、エミリーの目の前まで運んできた。サラはエミリーを見ない。だけどエミリーは、サラを見ることができる。一本のボトルには濃い茶色の液体が入っていて、金色のラベルが貼られている。小ぶりなボトルには、色の薄い液体が入っている。サラは大きいほうのボトルから液体を計量し、小瓶に手を伸ばした。真ちゅうの細長いスプーンで、氷が縁まで入っているクリスタルビーカーをかき混ぜる。サラのタトゥーがちらりと見える。なんと書いてあるかはよく見えない。エミリーはサラに尋ねたかったけれど、ひとつ質問をしてしまえば、自分を止められなくなりそうで怖かった。エミリーは、渇きに気づく。この衝動をどうにか抑えなければ。それにきっとサラは、一晩に何度もたくさんの人から同じ質問をされているはずだ。エミリーはその中のひとりになりたくなかった。だから好奇心は押し込めて、今夜遅くに自分の目で確かめられるその望みにかけることにした。

サラがビターズの小瓶を手にしている——ふたふり《ツー・ダッシュ》。サラは銀色の入れ物のふたをさっと開け、中身をひとつまみ入れ、またかき混ぜた。そして指を切ってしまうのではないかと思うくらいナイフを指に近づけ、オレンジの皮を薄く一筋むき、ビーカーの中に落とした。それから完成したカクテルをエミリーの前に置き、彼女と目を合わせ、ほほ笑んだ。エミリーは自分の指とサラの指が触れそうな距離にあることを意識していた。サラがあと数センチ、手を前に出したら、エミリーの胸に触れるくらいの距離だ。

そのときサラは客に呼ばれ、バーの反対側に向かった。サラがいないと、エミリーは急に孤独を感じたけれど、目の前でカクテルが輝いていた。その贈り物みたいなドリンクを、エミリーは口に運び、ひとくち、口に含んだ。しびれるような味だ。予想していなかった味。口をつけるたびに、ちがう味がするような気がした。紅茶、チェリー、それにクローブ。ぐびぐび飲んでしまいそうだったけれど、閉店まであと数時間ある。ペース配分を考えなければ。そうは分かっていても、グラスを空にすればサラが戻ってきてくれると思うと自制できなくなりそうだった。サラが次々とちがう客の対応をしている。バーカウンターにふり向きもしないのに、感覚的にだれがサラを必要としているのか察知しているような動きだ。エミリーのグラスが半分空になったころ、彼女のとなりのカップルが席を立ち、入れ替わるようにもうひと組カップルが入ってきた。エミリーと同じくらいの年齢だろう。仕事帰りなのか、スーツ姿だ。男はストライプ柄のネクタイをしめ、女はパンティーストッキングをはいている。エミリーはもうひとくちドリンクを飲む。八角《スターアニス》だ。サラが近づき、席に着いたカップルにメニューを渡す。サラが自分のところに来てくれますように。エミリーの期待はふくれ上がる。

「何かお作りしましょうか」とサラがカップルに尋ねる。エミリーはサラとの間の空気が動いたのを感じた。そしてそのことに、サラも気づいているようだ。

カップルはおしゃべりで、サラにたくさんの質問をした。エミリーは聞き耳を立てる。サラのいちばん好きなジンはオールド・トムで、北の町の出身だ。ベイエリアのずっと北で育ったらしいけれど、町の名前までは明かさない。エミリーは知りたくてたまらない。サラのすべてが知りたい。エミリーは下を向いて、カクテルをすすった。するといきなり、サラの手がグラスの横に現れた。

「もう一杯飲んでほしいのがあるんだけど、でも今はまだ酔っぱらってほしくないんだ」サラはエミリーに顔を近づけてそう言った。ふたりだけの内緒話みたいだ。エミリーは唇をかむ。今夜だ、とエミリーは思う。「だけど……」とサラが続ける。「上がりまで少なくともあと一時間くらいあるんだよね。もう一杯飲む？」

これで決まりだ。サラはエミリーの誘いを理解し、受けたのだ。

「うん」とエミリー。「もう一杯だけ」

閉店一時間前にメーガンは退勤し、ウエーターたちは皿を下げ、デザートのラストオーダーもすんで、デザートの皿も片づいた。シェフたちはエプロンを外し洗濯物の山に投げ、まかないを作り自分たちで食べてから、キッチンをあとにした。残ったのは皿洗いと閉店作業を任されたウエートレスと、サラとエミリーと、別れを惜しみなかなか帰ろうとしない隅のテーブルの客だけだった。

「わたしのうち、近くだよ」とサラが言い、エミリーはサラといっしょに外に出た。車を置きっぱなしにしていることなど、どうでもよかった。

静かな通りを、ふたりは黙って歩いた。耳に届くのは、歩道を歩くふたりの足音、遠くの車の警報音、それからふたりの呼吸音だけだ。サンセット大通りとマーモント・アベニューの交差点でサラはためらいなく、エミリーの手を取った。ふたりは指をからめた。信号の色が変わる。

道を渡り、ぐねぐねと曲がる道をしばらく歩くと、ツタのからまるアーチ形の門があり、真ん中に噴水がある中庭が見えた。

「こっちだよ」とサラが言った。エミリーはサラのあとについて階段を上り、中庭を見下ろす広いリビングルームに入った。サラが電気をつける。

部屋は広く、清潔で、シンプルな木のテーブルとイス、そして窓の近くにソファがあった。

「何か飲む?」とサラが尋ねながら上着を脱いだ。エミリーは本の背表紙に指を滑らせる。そしてソファの肘かけにかかっていたブランケットに触れた。顔をうずめたい。エミリーは切望する。サラのことが知りたい。

「案内してくれる?」エミリーが尋ねた。

サラはキッチンの蛇口をひねり、グラスに水を注ぎ、廊下の壁に寄りかかった。「面白いものは何もないけど」とサラが言う。「こっち来て」

キッチンに入ると、繊細な風合いのタイルと、アンティークのアールデコ調の照明に目を奪われた。廊下は象眼細工《インレー》だ。最初の部屋のドア口でエミリーは立ち止まり、部屋の薄闇に浮かぶツインベッドと小さなデスクに目にとめた。

「だれかといっしょに住んでいるの？」

「弟だよ」とサラ。「たまに来る。最近はほとんど寄りつかないけどね」

エミリーはサラが言葉を継ぐのを待った。

「弟は十八歳で、恋をしている」

エミリーはほほ笑んだ。

ふたりは短い廊下を進む。バスルームを横目に通り過ぎる。ピンク色のタイル張りだ。廊下の突き当たりにドアがある。

サラがドアを開け、エミリーが電気をつけた。早く見たくてたまらなかった。

部屋にはほとんど何もない。ベッドメイキングが途中のベッドの上には、清潔なシーツがのっていて、床にある低い台に、厚手の白い羽根布団が置かれている。部屋の隅のイスには、たたまれたジーンズとTシャツがある。古くてぼろぼろのカリフォルニア州旗が画びょうでとめてあるけれど、装飾はそれのみだ。ベッドの横に積み上げてある本がエミリーの目に入る。エミリーは、サラの手を放し、本の山に手を伸ばした。サラの外からは見えない部分が知りたい。ほとんどが小説だが、ジェイムズ・ボールドウィンのエッセイ集、アドリエンヌ・リッチの詩集も数冊ある。それから、ネラ・ラーセンの『パッシング』だ。エミリーは衝動的に本を開き、適当なページをめくった。

「この本、大好きなの」

「わたしも」とサラ。

「読んだことある人に、あまり会ったことないかも」

サラはベッドの端に腰をかけた。「レストランで働き始めたのは十六歳のときだった」とサラが言う。「大学には行ってない。でも、勉強はしたかった。だからカリフォルニア大学ロサンゼルス校《UCLA》の講義の課題図書リストをさがして、課題図書を全部読むって決めたんだ。数年かかったけど、すべて読んだ。そのとき出合った本だよ」

「講義の名前、覚えてる？」

「ハーレム・ルネサンスの女性たち」

「面白そうな本がたくさんありそうだね」

サラはうなずいた。「さて」とサラが言う。「わたしのこと、見損なった？」

「なんで？」

「大卒じゃないから」

「それがどうしたの？」

「だってさ、大卒は当たり前の家庭から来ましたって顔してるよ」

「うちのこと聞いたら驚くよ」

「わたし、高校も卒業してないんだ」

「これは告白の時間なの？　サラはカトリック教徒？」

「いや、そんなつもりじゃない。ただ、先に知ってもらったほうがいいかなと思って。あとでがっかりされるのも、いやだし」

「わたし、ちょっとやそっとじゃ驚かないもん」とエミリーは言って、手にした本に目を落とす。エミリーが見たことのない版だ。赤色の題字の下に、鉛筆画がある。キャニオンへの旅行のあと、夜更かししてレポートを仕上げたことをエミリーは思い出した。彼女の人生が虚《むな》しくてたまらなかったあの夜、ページの間にたくさんの意味を見つけた。エミリーは、この本がサラにとってどんな意味を持つのか知りたかった。「どうしてこの本が好きなの？」

　サラは背筋を伸ばし、壁にもたれかかった。「ふたりが同じところから来たのに、全然ちがう人生を歩むところかな。異なる選択の積み重ね。面白いよね。エミリーはどうして？」

「そうだな……もし、わたしが自分ではない何かになりすまそう《バッシング》とするほど、周囲は好き勝手なわたしのイメージを持つよね。彼らにとって都合がいいわたしを想像する。彼らが見たいものをわたしに投影する。だからもし、自分の欲しいものが分からなかったら——もしくは、自分にとってよくないと知っていながら欲し続けたら——誤った方向に足を踏み出して後戻りできなくなる」エミリーは本を閉じ、棚に戻した。「だけどもし、ちゃんと自分の欲しいものを知っていれば、ものすごく自由になれると思うの」

エミリーがふり向くと、サラがエミリーを見つめていた。サラが目をそらす前に、エミリーはワンピースのボタンを外し始めた。

サラが苦悶《くもん》の表情を浮かべる。ごくりとつばを飲み込み、エミリーの指先を見つめる。エミリーは、ボタンを外し、また次のボタンに指を伸ばす。いちばん下まですべて外した。エミリーは緑色のワンピースを床に落とす。ストッキングを脱ぎ、ブラを外す。エミリーがこんなに自分の心に正直に、だれかを欲するのは初めてのことだった。

サラはシャツとジーンズを着たまま首を横にふり、にっこり笑った。そしてベッドから立ち上がり、エミリーへと歩きだした。

森とベッド

サラが〈イエルバブエナ〉に行ったあの朝、コミュニティーテーブルで花のアレンジメントをしていたエミリーに目をとめたあの朝、サラは何かを求めていたわけではなかった。

スペンサーにベッドを買って、キッチンのアルコーブを彼の部屋にしたあの日から、もう二年が過ぎていた。ふたりで住み始めて一カ月ほどたったある朝、スペンサーの携帯電話の着信音でふたりは起こされた。父親からの電話だった。彼はすでに家に戻っていた。

サラはスペンサーをレストランに連れていき、最後の朝食を終え、駅まで見送りに行った。ヒールスバーグまでの電車の切符は先払いブース《ウィルコール》で受け取り、プラットホームでスペンサーを電車に乗せ、手をふった。

そのあとサラは駅のベンチに腰をかけ、電車の往来の音と振動を待った。電車が来ない間の、静寂が怖かった。自分が感じている喪失と同じくらいの痛みを感じたかった。印をつけたかった。永遠に変わりたかった。

自分の腕に爪を立て、思いきりつかんだ。皮膚が破れるくらい強く力を込めた。そしてベンチから立ち上がった。自分に必要なものが分かったのだ。

スペンサーが持ってきた家族で描いた絵は、本棚に立てかけてあった。サラは気が進まなかったけれど、スペンサーを傷つけたくなくてそこに置いたのだ。その絵を手に取り、キャンバスバッグに入れて、近所にあるタトゥーパーラーの電話番号をインターネットでさがした。そして電話をかけて、今すぐにタトゥーを入れたいと伝えた。

タトゥーパーラーに着くと、店の表のドアには鍵がかかっていた。サラがノックして中をのぞくと、店内にはひとりの女性がいた。彼女が手をふり、ドアを開けに来た。

「わたしはミンディ。あなたはサラでしょ？　ちょっと待っててね」彼女は低いかすれ声でそう言った。ドレープのあるロング丈のバーガンディー色のワンピースを着ている。「座って待ってて」とミンディ。「これ、見てて」

サラは示されたイスに座り、タトゥーデザインをまとめたバインダーを受け取った。

「わたしが得意なのはバタフライのタトゥー。いちばん人気だよ」とミンディがブラインドを開け、天井の電気をつけながら言った。サラがバインダーの最初のページを開くと、たくさんのチョウが舞っていた。色もパターンもさまざまだ。

「人気の理由がすごく分かる」とサラは言った。なんだか少しだけ胸が軽くなる。うそのない褒め言葉をかけること、そしてだれかにやさしくできることがうれしかった。自分がいかに空っぽでも、そういう人間であることはできた。

ミンディは施術台で準備を始めた。サラはバインダーを閉じた。自分の体にチョウを舞わせるって、どんな気分だろう？　美しいものを自分にあてがうって、どんな気持ちだろう？

「デザイン、決めてきたの？」

サラがうなずく。「持ってきた」

「ここに持ってきて。いっしょに見よう」

サラは絵を持っていき、ミンディに見せた。「この絵全部ってわけじゃなくて、ただ――」

「いいから、見せて」とミンディが言った。「全部を見せて。それから、どうしてほしいか話を聞くから」彼女は絵を受け取り、照明の下に持っていった。サラはミンディのとなりで絵をじっと見つめた。窓際のキッチンテーブルで、描いた絵だ。レッドウッドの枝葉のすき間から光が漏れる。コーヒーポットから湯気が立つ。サラとスペンサー、ふたりの母親が見守る中、父親がまず描き始めた。画用紙のいちばん下に線を引き、もう一本線を引いた。「道路だ！」とスペンサーが言った。その次に父親が描き入れたのは大通りの古めかしい銀行にある柱と階段だった。家族全員が身を乗り出し、次は何が描かれるのかと息をひそめて見つめた。父親がさっと鉛筆を動かし、繊細な線で描き進める――まるで魔法みたいだ。あっという間に見慣れた場所やものが浮かび上がる。左端にひとりの男が現れる。小さなバトンを回しながら行進している。

「パレードだね！」とサラが言う。父親がサラにウインクし、鉛筆を母親に渡す。

母親が描いたのはマーチングバンドと車両《フロート》だ。そしてサラは、銀行の階段に座って歓声を上げる両親とスペンサーと自分を描いた。スペンサーは右上ににっこり笑うお日さまを描いた。そしてためらいがちに、笑顔の雲も描き入れた。絵を描き終わると、みんなでサインした。

〝サラ、ママ、パパ、スペンサー〟

「どの部分をタトゥーにしたいの？」

「サインのところだけ」とサラが言った。

ミンディはうなずいた。

「サラ、ママ、スペンサーっていう名前だけ、お願いしたい」とサラ。

「ああ」とミンディが言った。「了解」

ミンディはすぐに仕事に取りかかった。タトゥーの文字は小さく、絵の上にあるサインと同じくらいのサイズにしてもらう。筆跡もなるべく似せてもらう。ミンディはサラの腕を消毒用アルコールでぬぐい、サラはリクライニングチェアに深く腰かけた。心臓がバクバクする。あの針《ニードル》で皮膚に傷をつけるんだ。タトゥーマシンの電源が入り、振動音が響くとサラはなぜか心が落ち着くのを感じた。

「準備はいい？」とミンディが尋ねる。

「うん」

サラが望んだ通りの痛みだった。我慢できない痛みではない。ちょうどいい。サラは目を閉じ、スペンサーとの朝食を思い出す。スペンサーが好きそうなダイナーで、窓のそばのブースに座り、窓から朝の街並みを見つめた。ヤシの木がそよ風に揺れ、歩道には食べ残しをついばむハトがいる。サラはベーコンをふた切れ残して、スペンサーに差し出した。サラの小さな弟へのプレゼントだ。けれど彼は十五歳で、小さくなんてない。そしてサラのものでは決してなかった。

サラは目を開く。皮膚に浮き上がる血液の粒。黒いインク。三つの名前。

「文字に少しずつ手を加えるね」とミンディ。「完璧にしたい」

「ありがとう」とサラが答える。そして目を閉じ、まだ彫り終わっていないことに安堵した。

それから二年がたち、タトゥーはサラの体の一部になっていた。サラは〈オデーサ〉のバーテンダー長になっていた。〈オデーサ〉は、ベニスにできた新しいレストランで、ひっきりなしに有名人や映画監督やきらびやかな人々が訪れた。サラはそういう人たちを相手にカクテルを出した。サラのレシピは、彼女の顔写真入りで雑誌に掲載された。自家製ハーブチンキやシロップ、シュラブに、拳サイズに削った角氷、手が込んでいるけどさりげない飾りつけ《ガーニッシュ》が話題になった。ピンクペッパーの小枝。オレンジピールのカラメル風。ショウガの砂糖漬けにパプリカパウダーをひとふり。サラのもとには、ロサンゼルスのあらゆるレストランから引き抜きのオファーが殺到したけれど、サラは断り続けた。ジェイコブ・ローウェルからの依頼を除いては。彼は決してあきらめなかったのだ。

〝イエルバブエナ〟

ジェイコブはサラに電話をかけるたびに必ず、レストランの名前を口にした。その名を聞くたびに、サラの中で過去がよみがえる——川に浮くアニーの体。アニーの口に触れたサラの唇。寝室のクローゼットの暗闇。それから、日光が肌を温めたあの朝。サラの手のひらにビビアンが置いたあの葉っぱ。

「新メニューを考えてほしいんだよ。ぼくのもとで働かなくていい。飛び切りのカクテルレシピを考えて、スタッフにミックスの仕方を教えてほしいんだ」

「お断りします」とサラは何度も言った。でもとうとう、ジェイコブの熱意にほだされた。

サラはカクテルのデザインに取りかかった。まずはカクテルを出す空間を、自分の目で見る必要がある。ジェイコブは店休日の月曜日に、サラを〈イエルバブエナ〉に招いた。そして自分の頭の中にあるアイデアを伝えようとしたけれど、サラに制された。「ちょっとひとりでいろいろ見てもいいですか。テーブルに座ったりして、この場所を自分で見てみないと。話はそれからです」

ジェイコブは両手を上げ、笑った。「これは失礼。じゃあぼくは向こうにいるから」

サラはその場所を見るだけでなく、それ以上のことをするのだが、ジェイコブに説明するのが億劫《おっくう》だった。フードジャーナリストからインタビューを受けるときも、答えはいつも簡潔にした。その空間に、静かにひとりきりでいなければならない理由について、しゃべりたくなかった。光の動きを観察し、色を考えた。足音の響きに耳を澄ませ、甘さの程度を決めた。壁にかかるアートも、窓のサイズや形も、味の参考にした。

〈イエルバブエナ〉は超一流だ。疑いようがない。石膏はさまざまな色を放つ。一面の壁はやわらかい白色で、もう一面は桃色だ。アンティークのアーチを描く黒枠の窓に、滑らかなめし革張りのソファがあるブース。入り口には鉢《ポット》に入ったヤシの木があり、まるで夢の中のロサンゼルスみたいだ。フラワーアレンジメントも素晴らしい――サラが目にしたこともない花々が鮮やかに輝いている。完璧に左右対称のアレンジメントがあり、鮮やかなプラムの花が、きれいに並んでいる。そうかと思えば、白い色の花が四方八方に花弁を開いているようなアレンジメントもある。まるで花火みたいだ。さまざまなピンクと緑が咲き乱れている。小ぶりな花が複雑なパターンを描き、つぼみが今にも開きそうだ。並べられた花束はたっぷりとして、自由に枝葉を広げ、庭を作っているように見える。サラはゆっくりと、アレンジメントの周りを歩いた。その美しさを目に焼きつけるように、何度も同じところを回った。こんな花の組み合わせは、初めてだ。

入り口右手の小さなバーは、テーブルのセッティングを待つ客や、食事は終わったけれどまだ帰りたくない客をもてなすにはじゅうぶんだ。暗く濃い色のタイル張りのバーカウンターは、メインのダイニングルームの明るい色彩と対になっていた。〝カルダモン〟。サラの頭に浮かんだ。口の中に味が広がる。カルダモンに決まりだ。バーから離れたところに、すべてのダイニングルームにつながる、幅が広くぐねりと曲がった廊下がある。その先に何があるのか、サラからは見えない。サラはテーブルの間を進み、途中で立ち止まって花を愛でてから、廊下の突き当たりまで来た。

その先には、もうひとつ、バーがあった。広々とした長方形のバーカウンターが広がり、白い大理石のカウンタートップに、ゴールデンブラウン色の吹きガラスのペンダントライトがある。小さな太陽が並んでいるみたいだ。ここにも、ヤシの木とフラワーアレンジメントがある。その瞬間、サラはくらくらした。まるでサラの時間だけ止まったみたいだった。ちがう人生に迷い込んだような気がした。

「いいアイデアが浮かんだ?」廊下からジェイコブの声がする。どのくらいの時間、彼がそこにいたのかサラには見当がつかなかったけれど、サラはただひとりにしてほしかった。それでもサラはジェイコブにふり返って、答えるときにはもう確信していた。近い将来、ジェイコブからの引き抜きの依頼を承諾するだろうと。そしてあのバーの後ろが、サラの新しい居場所になるのだ。

オレンジブロッサム

ライム

スモーキー

チェリー

「はい」とサラは言った。フラワーアレンジメントをもう一度目に収めながら。「キッチンを使ってもいいですか」

「もちろんだよ」

ジェイコブは、サラに砂糖とシトラスとスパイスがある場所を見せた。

「カルダモンシードはありますか」とサラが尋ねた。

「いいね、わくわくする」とジェイコブが言い、ひとつかみのカルダモンシードをサラに渡した。

〈イエルバブエナ〉から帰宅したサラは、シロップを作った。何回もちがうレシピを試し、作るたびに改良を重ね、ひとつひとつの材料の量を正確に決めていった。サラはチェリー・シュラブを作った。試しにメスカルでスモーキーな風味をつける。アマーロと、シャルトリューズ・グリーン《ベール》も手に取った。そしてオレンジブロッサムウオーターを作り、ガーニッシュをデザインした。ある午後、〈イエルバブエナ〉の開店前にサラは、ジェイコブとメーガン、そしてヘッドシェフにカクテルメニューをお披露目した。味見の前にカクテルをひとつずつ説明しながら、サラは最高のメニューを作り出したと確信していた。

その次に〈イエルバブエナ〉をサラが訪れたのは、バーテンダーたちにカクテルの作り方を教えるためだった。サラは自信がみなぎり、満ち足りた気持ちだった。そのとき、エミリーの姿が目に入った。最初に見えたのは、彼女の背中だけで、黒い巻き髪が肩甲骨を隠していた。彼女は爪先立ちをして、花瓶に背の高いシダを生けようとしている。サラは息をのんだ。

　サラはカクテルを混ぜ、味見し、メモをカウンターに広げながら、フラワーアレンジメントのことを考えていた。心を奪われ、その意外性に驚かされたことを。見れば見るほど、色に、その模様や手触りに気づかされたことを。サラは、アレンジメントの複雑さと共鳴するようなカクテルを目指したいと思った。シンプルなだけでない何か、親しみやすいだけでない何か、その奥行きを表現したかった。あのフラワーアレンジメントに出会わなかったら、このカクテルメニューは生まれていなかっただろう。

　そして今、サラの目の前に、そのアレンジメントを手がけた人がいる。彼女は目の前で、仕事に没頭している。

　バーテンダーたちが続々と出勤した。バーテンダー長はサラにあいさつもせずに、彼女の横を通り過ぎた。無理もない。彼のメニューを彼女のメニューと総入れ替えするのだから。バーテンダー長は、バイクのヘルメットを入り口に近いテーブルに置こうとした。

「そこはジェイコブとエミリーが毎朝使ってるから」とメーガンが言った。「奥でミーティングにしよう」

　そりゃあそうだ、とサラは思った。妻以外の女性と朝の時間を過ごすなんて、ジェイコブがいかにもやりそうなことだ。サラはジェイコブの妻のリアに何度か会ったことがあった。〈オデーサ〉でカクテルを出したのだ。

「いや、バーで打ち合わせしよう」とサラが言った。だれの時間も無駄にしたくなかった。シェイクし、注ぎ、教える準備はできている。「全部見せられるから手っ取り早い」

サラはフラワーアレンジメントをしている女性の横を通った。その人が目を上げてサラを見たのに気づいた。カクテルの指導が終わるまで、その女性が帰らないでいるよう願った。

そして願いはかなった。

テーブルのそばに彼女が立っている。まだ作業に熱中している。シダを調整している。太古から変わらないシダの色と形だ。サラはまるで、この女性が今朝、サラのふるさとの森まで行ってシダを取ってきたような錯覚に襲われた、
恋しくてたまらない。あの緑に触れたい。触っていいか尋ねると、その女《ひと》は許してくれた。

これだ――明るい緑にくるりと巻いた葉の先端――サラがシダを触ったのは、いつ以来だろう？

サラは花の女性に向き直り、ふたりは互いに名乗り、エミリーが片手を差し出した。

手を握ると、サラはもっとその女性が欲しくなった。そしてエミリーが頬を染めたのに気づいた――もしかして――より多くを欲しているのはサラだけでなく、目の前のこの人も同じなのかもしれない。だけどさっきメーガンが言ったことを思い出した。

「ああ君が。ジェイコブといっしょにあのテーブルに座るエミリーなんだね」

エミリーが頰を染めたと思ったのは、サラの勘ちがい？　エミリーのあのまなざしは？　それもサラの思いちがいだろうか。そうではないかもしれない。だけどそんなのどうでもいい。エミリーの唇はピンク色でやわらかそうだ。サラは両手でエミリーの頰を包み、その唇にキスするところを想像した。だけど次の瞬間、サラはその手を放した。エミリーはばつが悪そうにしている。恥ずかしそうだ。サラはエミリーを困らせたいわけではなかった。

「そっか、なるほど」とサラは言った。

サラはその夜、別の女性と家に帰った。彼女が滅多にしないことだ。バーで働く夜は多くの人に誘われたけれど、サラはフレンドリーにふるまいつつ、それとなく断る練習をしていた。きっぱりと断ることが必要なときもたまにあった。しかしサラの空想は――エミリーの頰を両手で包み、あの唇にキスをする――彼女の心をかき乱した。だからある女性がずっとサラを待っていて、彼女の友達が帰っても、すべての客が去っても、ずっと粘っているのを見て、サラは誘惑に自分を明け渡した。サラの小さなリビングにあるソファでセックスをした。女性はすぐにオーガズムに達し、サラはその女性に対してやさしい気持ちになった。この人の名前はクリスタ？　それともクリスティンだったっけ？　だけどすぐに空虚感が押し寄せてきた。いつものように空っぽだ。これが、サラがだれと関係を持っても、長続きしない理由だ。

サラはあおむけになり、目を閉じて、見知らぬ人の指を受け入れる。体は反応するけれど、歯を食いしばっていた。

行為が終わるとサラは、身に覚えのある喪失感にふたたび身を浸した。


サラが〈イエルバブエナ〉でバーテンダー長として働くことを決めたとき、キッチンにあったみずみずしいミントをひと枝、手折った。朝の静けさの中、金色のペンダントライトの下で、白い大理石のカウンターが朝日を受けて輝いている。サラはイエルバブエナを作った。シャルトリューズ・ベールとオールド・トム・ジン、ライムにシンプルシロップ。チェリー・ビターズ。そしてガーニッシュはミントだ。

サラはカクテルに口をつける。このカクテルに足りなかったのは、このミントだ。これをのせるまでは完成していなかったんだ。サラはミントティーを飲まないし、カクテルの材料として使用したことがなかった。だけどこれからは毎晩、カクテルの仕上げに使うことにしよう。なくてはならない存在だ。

サラはもう一度口に運んだ――ミントの目の覚めるような香りに、薬草っぽい苦みと甘みが広がる。

完璧。サラはカクテルの残りをシンクに流しながらそう思った。そしてキッチンからバケツいっぱいのミントを運び、バーカウンターの裏に置いた。失恋の痛みを癒やすのにちょうどいいカクテルだ。

サラはだれもいないレストラン内のフラワーアレンジメントを見て回った。以前のものとはちがう。とてもシンプルなアレンジメントだ。エミリーの作品ではない。

「何があったのか、よく分からないんだよね」とサラに尋ねられたメーガンが言った。「エミリーはこの前までいたと思ったのに、ある朝来なくなって、それからずっと来ていないの。たぶんジェイコブといろいろ……分かるでしょ」

サラがうなずくのを見ると、メーガンは次の作業に移った。彼女はいつだって仕事に集中していて、さりげない。サラは彼女のそういう働き方を、心から尊敬していた。

サラは落胆したけれど、仕事上はこのほうが楽だろうとも思った。自分の上司と関係のある人に惹かれながら仕事をするのは、辛いだろうから。

だけど今、そのエミリーがサラのベッドにいる。

白い枕にエミリーの黒い髪が波のように広がっている。

ここにいる。見知らぬ人。だけどよく知っている人。裸で眠っている。ブランケットからいつの間にか抜け出し、すべてがむき出しのエミリー。呼吸に合わせて、エミリーの体が上下する。サラはエミリーを見つめ続けた。眠れそうになかった。だけどこんなふうに起きていられるなら、眠れなくてもいい。エミリーがとなりにいると、心が楽になった。サラはついに今夜、エミリーの唇にキスをしたのだった。一年以上越しのキスだった。サラはエミリーを寝室の壁にゆっくりと後退させ、彼女の背中を壁にくっつけてから、ひざ立ちになった。

エミリーに舌を這わせながら、サラはあの森のベッドにいるような気になった。十四歳で、すべてが輝いて見える。その感覚にサラはうろたえた。まるで記憶の中に落ちていくみたいだ。ひざ小僧の下に、土と枯れ葉がある。もっと欲しい。エミリーが欲しい。サラはエミリーの腰をしっかりとつかみ、口に引き寄せる。エミリーがサラを立たせ、キスをする。深くキスをして、ベッドに連れていく。エミリーがサラのTシャツを脱がせ、ジーンズをゆるめ、彼女を触る――サラの心は穏やかだ。

サラは肌に日光を感じる。真っ暗な部屋にいる。ベッドフレームが壁に触れて音を立てる。木々の枝のすき間からそよ風が吹いてくる。白いシーツ。コケ。枕。シダ。

サラはベッドにエミリーといる。サラは森にアニーといる。きっと夢だ。夢でしかこんなことはありえない――だけど夢じゃない。

サラはずっと目を開けたままだった。歯をかみしめたりしていない。喜びが、喜びとして感じられる。こんなふうに体を震わせたのはいつ以来だろう？　最後は十代のときだ。あの場所から逃げ出す前だ。

行為が終わったあと、サラは恐怖に震えた。いつもの空虚が入ってこない。怖くなる。だって彼女の心は開いたままだ。

エミリーはぐっすり眠っている。サラは長い間、彼女をじっと見つめていた。いったい何が起こったのか、理解しようとしていた。自分に起こったことを信じてみようとしていた。

サラは起き上がり、シャツを着て、ドレッサーを開けてやわらかな生地のショーツを取り出し、はいた。バスルームに行き、ビーカーグラスに水を注いだ。

目がさえていて、気持ちが高ぶっていて、眠れそうになかった。

サラは数時間前にスマホのバッテリーが切れていたことを思い出し、充電器をコンセントに差し込んだ。キッチンは真っ暗だ。数分間かけて、スマホの画面が明るくなる。すると、四件の留守電メッセージが届いていた。スペンサーから一件と、あと三件はロサンゼルスナンバーだが、見覚えはない。

サラは最初の留守電を再生した。スペンサーの声だ。「姉ちゃん、けっこうやばいことになったと思うんだよね。なんて言えばいいんだ……えっと……ケンカしてさ？　それでその、すごい大けがさせたと思う」

あまりの衝撃に、サラの心臓は破裂しそうだった。次のメッセージを再生する。知らない人の声で、警察署からの連絡だと告げる。スペンサーがそこにいるらしい。

サラの手からビーカーグラスが滑り落ちた。何かが割れる音が、ぼんやりとサラの耳に届く。サラは鍵をさがしながら、ハンズフリーで次のメッセージを再生する。靴を履く。暗闇でなんとか財布を見つける。

そのとき、廊下の向こうから声が聞こえた。「サラ、大丈夫？」

エミリーが近づいてくる。シーツにくるまっている。駆けてきたかと思ったら、次の瞬間痛みに喘《あえ》いでいる。

サラはそのとき、電気をつけなければと思った。次のメッセージがスピーカーから聞こえる、スペンサーだ。「姉ちゃん、どこにいるんだよ？　マジで姉ちゃんがいないとやばいんだよ」。エミリーが裸だ。サラの水が入っていたビーカーグラス。その破片が彼女の足の裏に突き刺さっている。

エミリーが破片を引き抜く。血が噴き出す。

こんなの無理だ、とサラは思う。

「どうしよう」とエミリー。「病院に行かなきゃいけないと思う」

警察署からのメッセージが再生され始める。サラはメッセージを停止する。エミリーに聞かれたくない。ガラスの破片が床に散らばっている。エミリーはキッチンのシンクのそばにいる。タオルを持ってきてほしいと言っている。血が床についている。血がエミリーの足から流れている。

サラはガラスの破片をまたぎ、清潔なディッシュタオルを引き出しから取った。床にひざ立ちになり、エミリーの足にタオルを巻きつける。血がにじんでいるのを見ないふりをした。アニーのことも森のこともなかったことにした。エミリーのことも、一時間前のことも忘れようとした。

弟に助けが必要なときに、サラはそこにいなかった。

「病院に行かなきゃいけない」とエミリーが言った。「連れていってくれる?」

サラの恐怖はこれだったんだ。あんなにぴったりくる相手と出会えるわけがない。信じられなくて当然だ。罰が当たったんだ。過去の人生、過去の心の痛みが、どんなに新しい人生を選んでも、サラを追いかけてきて、引き戻そうとするんだ。

「車を呼ぶよ」とサラは言い、寝室に戻ってエミリーのワンピースと下着をつかみ、キッチンに持ってきた。そして最寄りの病院をスマホで検索した。

「大学病院でいいよね?」サラはそう言いながら、エミリーと目を合わせない。エミリーの反応が怖いのだ。

沈黙。

「うん」とエミリーが小さな声で答えた。

サラは車の位置を確認した。心から申し訳ないと思っていたけれど、言葉が出てこなかった。

「三分で到着する。赤のインパラだって」とサラは言った。エミリーはワンピースのボタンをとめ、サンダルに片方の足を入れ、もう片方を入れるときに身じろいだ。

エミリーの顔は真っ青だ。体が震えている。

「ただの切り傷だよ」とサラは言った。

ロングビーチ

春の昼下がり、聖アンソニー教会で一時間ほどの小さな集まりがあった。エミリーは両親の間に座っているが、コレットの不在が目立つ。神父の抑揚のない低い声が響いている。

ひざまずき、立ち上がり、声を合わせた。

〝主があなたとともにありますように〟

〝あなたとともにありますように〟

墓地のバラに囲まれた一画に、墓碑がふたつ並んでいた。ひとつにはエミリーの祖母の名が、もうひとつには祖父の名が刻まれている。エミリーの胸は張り裂けそうだ。掘られた穴に、花を落とす――胸だけじゃない。肺も肩も痛い。喪失がこんなに痛いなんて、エミリーは知らなかった。

そして夜の時間には、レセプションが予定されていた。太陽が沈み切らず低い位置にある時間から、たくさんの人たちが両親の家に集まった。サントス家と、何人いるのか分からないくらいたくさんの親戚たち、それに旧友たちだ。アリスとパブロは、水とワインの補充を手伝ってくれた。数時間すると、ちらほらと帰る人が見え始めた。幼いジャスパーが、エミリーが座る庭のベンチに駆けてくる。

「見て！　アオムシ！」ジャスパーが差し出した手に、緑と白のアオムシがいる。うねうねとジャスパーの手の甲を横断中だ。

「うわあ、すごくかわいいね」とエミリー。アオムシはジャスパーの手の端に到着し、手のひらへ進む。エミリーは息をひそめて、ジャスパーが手のひらを上に向けるのを待った。彼の指先に目を凝らすと、全部の指にやけど痕はない。クリスマスパーティーで炎に手を伸ばしたときの傷は、すっかり治っている。エミリーの目の奥とのどが、チクチクした。

「あそこの地面で見つけたんだよ」とジャスパー。「そろそろ逃がしてあげなくちゃ」

エミリーは息を整え「えらいね」と言った。

マージーとジョージと双子が去り、ミセス・サントスとミスター・サントスも、ルディとリースも、エミリーがどうしても名前を覚えられない遠い親戚も帰った。

エミリーはデッキに戻り、ソファでおしゃべりしているアリスとパブロの向かい側にあるラウンジチェアに座った。エミリーは疲れていて、ゲストがほとんど去ったので少しほっとしていた。

「話したいことがあるの」エミリーはそう言ったけれど、自分でも本当にだれかに聞いてもらいたいのか分からずにいた。だけど今日のすべきことはすべて終わり、目の前にはエミリーのことをよく知る人たちがいる。人目につかない場所に、ともに座っている。その瞬間エミリーは、アリスとパブロのことを心から信頼しているのだと気づいた。

　ふたりはうなずき、エミリーの言葉を待っている。

「少し前にね、ある人と夜をいっしょに過ごしたの」

「知らない人？」とアリスが尋ねた。

「実質、そうだった。一度だけ会ったことがあったけど、ずっと前のことだから」

「再会したんだね？」とパブロ。

「彼女ね、〈イエルバブエナ〉で働いている人だったんだ。バーテンダーなの」

「てことは、あのレストランに行ったわけ？　いつ？」

「何週間か前。だけど勘ちがいしないで。ジェイコブがいないって確かめてから行ったの」

「なるほど」とアリスはワインをひとくち飲んで言う。

「わたしね……彼女は特別な気がした。彼女とそうなるのは、すごく自然なことのように感じたし、わたしにぴったりだって思った。それなのに……何かがおかしくなった。わたしが足をけがしたの覚えてる？」

アリスはエミリーにぐっと近づき、ワイングラスを置いた。「もちろん覚えてるよ」心配そうな顔だ。

「あれね、その人の家でけがしたの。真夜中だった。電気がついていなくて、廊下が真っ暗で、わたしはガラスの破片があると知らないまま、その上を歩いてしまった。ガラスが割れる音で、わたしは起きたんだよ。最高の夜を過ごしたのに、何かが起こった。だけどなんなのか分からない。彼女はわたしを病院に連れていきもせず、わたしの電話番号すら聞かずに、ただわたしを家から出したの」

「なんだよ、それ」とパブロ。「ひってえ話だな」

エミリーの頬を涙が伝う。彼女は涙をぬぐい、頭を横にふる。「いいんだ」とエミリーは言う。「ほんとに大丈夫。それにね、その話をしたかったわけじゃないの」エミリーは目を上げる。ストリングライトの電球がいくつか切れている。

「わたしたちはここにいるよ」とアリス。

エミリーがうなずく。「ずっと長い間、わたしは迷子だった。すごく迷子だった。どうしてふたりがいまだにわたしと友達でいてくれるのか、不思議なくらい」

「は?」とパブロ。「なんでそんな――」

「パブロ」とアリスが言った。「エミリーが話しているんだよ」

「自分が何を欲しているのか、分からなかった。だけどあの夜、分かったんだ。ほかにも分かったことがあった。欲しいものが見つかった。だけど、絶対無理だと分かっているんだ。大きすぎて不可能だって。何から始めればいいのかも分からないの」

「教えて」とアリス。「わたし、大きいこと大好きだよ。不可能なこと、大好き」。アリスがそう言ってくれたから、エミリーはバカげた考えだと思いながらも言葉を継ぐことができた。

「クレアおばあちゃんの家を改装したいんだ。助けがいることは分かってる。だけど、できるだけ自分の手でやってみたい。おかしなこと言ってるって思うよね」

アリスは首を横にふった。

「そんなことないよ」とパブロ。「おかしいなんて、思わない」

三人はそれからしばらくの間、暖かな闇に身を浸していた。デッキの隅でひっそりと、いっしょに闇にまぎれていた。

「クレアおばあちゃん、すごく喜ぶよ」とアリスが言ったのを聞いて、エミリーは心からそうであってほしいと願った。

祖父母の家にエミリーが戻ったのは、かなり遅い時間だった。ガレージアパートに寝に行く代わりに、エミリーは母屋の裏口を開けた。

家に入り、祖母の部屋に向かう。コレットの面倒を見ると約束した場所に立ち、数週間前のこの部屋、いや、家全体を頭の中に描く。家具。書類。古い置物。埃。じゅうたん。小さな机。キリストの絵。旧式の家電製品。あんなにたくさんのものであふれていたのに、今やエミリーしかいない。

エミリーが過去に戻ってやり直すのは不可能だ。彼女の下した選択は、ひっくり返しようがない。その選択によって、彼女という人間は作られた。選択の影響はいたるところに波及した。だけど今、目の前に祖母の家がある。造り替えられるのを待っている空間だ。エミリーの頭に、はっきりとした声が響く。エミリーが欲しいものを伝えている。


バスが、手伝うことになった。

土曜日の朝八時、バスはクレアの家に現れた。エミリーはガレージアパートでいれたコーヒーを、バスに渡す。それからすぐに、ふたりはすべきことを考え、リストにまとめる。

「この部屋の大きさ、分かるか?」とバスが後ろに下がって、部屋全体を見渡しながら尋ねた。

「縦二・七メートル、横三・七メートル。いや、縦も三メートルはあるかな」

「巻き尺をアパートのテーブルの上に忘れてきちゃった」とエミリーが言った。

窓枠が欠けているのにエミリーが気づき、スマホでメモしていると、バスが家の外に出ていった。

「なんだ、この色!」ガレージからバスの声が聞こえたかと思うと、彼が大急ぎで戻ってきた。手には巻き尺を持っている。「お前が住み始めてから初めて入ったけど、サーカスのテントみたいになってるじゃないか!」

エミリーは声を立てて笑った。「でしょ」とエミリー。「元気になる色がよかったの」

「え？」とバス。「元気じゃなかったのか？」

エミリーはバスの顔を見つめた。バスの表情には、心配と好奇心が浮かんでいる。大学在学中に何度も転科し、クレアの世話を頼まれると一週間もかからずにワンルームアパートを引き払った娘にはなんの疑問も投げかけなかったのに、この三年間、一度だって娘の恋愛事情にも興味を示さなかったというのに、今更、そんなこと聞いてどういうつもりだろう？　両親は、エミリーが送迎役を引き受け、ディナーに来てにこにこしていれば心配ないとでも思っていたのだろうか。忙しくしている様子なら、それがフラワーアレンジメントでも薬の仕分けでも大差はないと考えていたのだろうか。

「何があったのか知らんが、もう元気なのか？」とバスが尋ねた。

エミリーはその問いかけについて考え、父にすべてを打ち明けたらどうなるか想像してみた。ナイーブな夢と恐ろしい過ちを全部話す？　キャニオンの登山者の遺体を見たあの午後が、今でもエミリーの脳裏から離れないことを話せばいい？　それともサラから無下《むげ》にされたこと？どんな意味があるのか、いっしょに考えてくれるだろうか？　いつか、エミリーも打ち明ける気になるのかもしれない。今日じゃなくても、いつか。数週間後、数カ月後に。だけど今は……エミリーはバスの目を見て、答えた。「うん、もう大丈夫」

次の週は毎日、家の改装に取り組んだ。何時間もかけてカーペットを引きはがすと、床の隅っこに長年たまっていた埃が宙を舞った。ふたりは庭に逃げ出し、新鮮な空気を吸った。エミリーは自分の手をマッサージした。左手、そして右手。体のあちこちの筋肉が痛んだ。両手、両腕、両足、背中。全身の筋肉が強くなっている証拠だ。エミリーはなぜか、誇らしかった。フラワーアレンジメントとは、まったくちがう達成感だ。フラワーアレンジメントは、すでにじゅうぶん美しいものが相手だった。だけど今のエミリーは、壁を崩し、床板をむき出しにしながら湧き上がる喜びを感じ、そしてその過程で必要な道具の名前や用途を学んでいる。

「小さいときに住んでいた家の話をしてくれない？」とエミリーがバスに頼んだ。「クレアおばあちゃんの手紙を読んだ。写真も見せてもらったよ。家族写真の後ろに写っている家が、いろいろだった」

バスはビールをぐいっとあおると、頬づえをついた。「コンプトンに住んでたこともあったよ。エミリーのじいちゃんたちの最初の家だ。それからイングルウッドに引っ越した。いとこがいたから、となりの家に移ったんだ。いい家だったけど、航空路の真下でな。飛行機が飛ぶたびに窓がガタガタ揺れたよ。大人はすごく文句を言ってたけど、子供にとっては最高だった。いとこといっしょに裏庭に寝転がって、飛行機を待つんだよ。本当に真上を飛んでいくんだ。あの風、あの音。わくわくしたね」

一日のノルマは終わっていた。バスが一日でこの作業量をこなすのは、いつ以来なのだろう。

彼がこういう作業をなりわいにしていたのは、もう何年も前のことだ。バスは楽しそうだったけれど、とても疲れているのがエミリーには分かった。

だけどエミリーは、バスと過ごす時間が終わってほしくなかった。その日何度か、エミリーの頭に浮かんだ問いがある。父とこんなふうに時間を過ごすことが、今までも可能だったのだろうか？　父はそのチャンスを、理由を、プロジェクトを待っていたのだろうか？　例えば二年前に電話していたら？　フラワーアレンジメントの作業をしていたテーブルの横で、ジェイコブと朝食を取る関係になる前に電話して、アパートをもっとハッピーな空間にしてほしいと頼んでいたら？　父はすぐに来てくれただろうか？　そうしたらエミリーの部屋は素敵で、ジェイコブから「君の住んでるところを見たいな」と言われても、心がぐらつくことなく、こう言えただろうか――「もちろん。あなたの妻といっしょに遊びに来てください。ずっと会いたかったんです」と。バスは、ツールベルトを腰から下げて、シンクのはねよけ《バックスプラッシュ》のためのれんがと、カウンターのための厚い木の平板《ブッチャーブロック》と、カーテンロッドと、しっくいの壁をぬる道具を持ってきてくれただろうか？　でももっと大事なのは、作業が終わったあとに、エミリーにとって居心地のいい空間ができたあとに、何も持たずに訪ねてきて、階段を上がり、そしてただエミリーと座っていてくれただろうか？　コーヒーを飲んで、エミリーの話に耳を傾けてくれただろうか？　バスの仕事の話をしてくれただろうか？　見返りを求めずに、ただそこにいてくれただろうか？

もしかしたらバスにはいつだって、そうする用意があったのかもしれない。エミリーには知りようがない。でもこの瞬間のエミリーは、目の前にいる父との時間を引き延ばすことができる。バスがビールを飲み終わりそうだ。彼は過去を思い出し、懐かしそうな表情を浮かべている。だからエミリーはこう言った。

「イングルウッドの家って、どこだったか覚えてる?」

「そりゃあ、ばっちり」

「じゃあ連れてってくれる?」

バスは、カウンターの上に置いてあった車の鍵を手に取り、静止した。

「ちょっと待った」バスがガレージのサイドドアを開け、引き出しで何かをさがしている。しばらくして、古い鍵をつまみ上げた。

エミリーは首を横にふる。「絶対動かないと思うよ」

「ジャンプスタートさせりゃなんとかなる」とバスが答えた。「さ、行こう」

長い間、閉じっぱなしだったガレージのドアが開く——埃が舞う。かび臭い。こもった熱でむっとする——古いキャデラックが姿を現す。えび茶色《マルーン》のボディーに白いルーフ。黒い革張りのシート。バスが大げさに、ひざから崩れ落ちる。

「一九七四年だ」とバスが言う。「三月の土曜日、エミリーのおじいちゃんは週末ずっと家の修繕をしててな。おばあちゃんは白いスーツを着てこいつを乗り回してたんだぞ」

「パパもいっしょに行ったの？」

「おばあちゃんはパパを、商談の助っ人として連れていったのに、ひとことも口をはさませてくれなかった」

エミリーは笑った。


エンジンのジャンプスタートだけでは、だめだった。バスの友人の手を借りて数時間の試行錯誤のあと、車はやっと動きだした。エミリーは助手席、バスが運転席だ。ロングビーチを抜けてロサンゼルスに出た。バスは、人通りの多い道を選んで走っている。口先では四十年前と変わらない走りだと言いながらも、内心ではどのくらいちゃんと走ってくれるのか不安だったのだろう。

バスは遠回りをして、幼少期を過ごしたコンプトンにある家の前を通った。エミリーが写真で見た家の面影がある。祖父母が、ロサンゼルスで初めて買った家だ。

サウス・ノルマンディー・アベニューに入ったところで、バスが速度を落とした。

「さて、たぶんこの辺だ……いや、ここじゃないな。このブロックだったかな……ここだ！」

地味な一軒家の前で、バスが車を止めた。バラの茂みがあり、緑の芝生が広がっている。

写真と同じだ。その写真に写っていたクレアは、ショートヘアでハイウエストのズボンをはいていた。祖父は眼鏡をかけて、にっこり笑っていた。

「車から出ないの?」

「もちろん出るさ。パパにとっておきの考えがあるんだ」

夜の暖かい風が吹く。体をぐんと押すその風が、エミリーには心地いい。ふたりは車のドアを閉めた。バスが家の玄関に進み、呼び鈴を押し少し待ってから、ノックした。鍵が回る音がして、ドアが勢いよく開き、中から警備員の制服を着た黒人男性が現れた。首もとのボタンをいくつか外している。氷水の入ったグラスを片手に、ドア枠に寄りかかり、バスが家の中をのぞけないようにしている。バスが過去のかけらを少しでも見つけようと、首を伸ばしていたからだ。

「これは失礼」とバスは恥ずかしそうに笑い、バス・デュボイスだと名乗った。

「マイケルだ」と男性は言い、バスが差し出した手に目を落とすと、握手に応じた。

「昔この家に、住んでいたんです。一九六〇年代の話ですがね。この子はぼくの娘で、ぼくが育った家を見せたかったんです」

「へえ」とマイケルは言い、水をひとくち、ゆっくりと飲んだ。

「ジャスミンは裏庭に咲いていますか? 壁を覆うように茂ってたんですが」

「よく育ってるよ。おかげで裏のほうはすごくいいにおいだ」

「飛行機は? まだここの上を飛びますか?」

「一日じゅう飛ぶ日もある」

「庭に寝転がって、飛行機を見ますか?」

マイケルは目を細めた。「なんの話をしてるのかさっぱり」

「ここに住んでいたとき、寝転がって飛行機が通り過ぎるのを待ってたんです。やったことないですか?」

「ないね」とマイケル。「一度もない」

「そうですか……あの、ぼくたちふたりを裏庭に通してもらうことってできないですか? 少しでいいんです。娘にどんな感じか見せてやりたくて」

「そりゃあ、できない」

バスはうなずいた。「そうですよね」とバス。「いいんです」そう言ったあと、バスはためらいがちにこう尋ねた。「家の前はどうですか? あそこにちょっと寝転がってもいいですか?」

「家の前の庭にか?」マイケルが笑った。

「はい」

「気のすむようにしていいよ」とマイケルは言って、また声を上げて笑った。

ドアがばたんと閉まり、エミリーはバスをまじまじと見た。本気で言っているのだろうか?

バスは芝生の真ん中に行き、空を見上げた。「今は静かだけどな、すぐに分かる」そしてバスは芝生に腰を下ろして、あおむけになった。両腕を体側につけてまっすぐ伸ばし、手のひらを空に向けている。家の前を通る車がスピードを落とし、助手席の人が目を細めてバスを見てから、走り去った。エミリーはバスのとなりに座る。エミリーは寝転がるつもりはなかったけれど、遠くに飛行機が見えたとき、バスが言った。「パパを信じて。後悔させないから。ここ、ここに寝転がって」彼の横の芝生をぽん、ぽんとたたく。だからエミリーはあおむけになった。濡れた芝生がTシャツを濡らす。草が首もとでチクチクする。芝生に寝そべったのなんて、いつ以来だろう? グリフィスパークの芝生の丘をごろごろ転がり降りたとき、湿疹ができてかゆくなったことをエミリーは思い出していた。飛行機が近づいてくる。まだ遠くにあるのに、エミリーが想像していたよりもすさまじい音だ。

「来るぞ」とバス。「来るぞ。準備はいいか」

だけど、準備なんてできるはずがない。エミリーの想像をはるかに超えている。地面が体の下で震える。隕石《いんせき》のような機体。きっと何かがおかしい。墜落するんじゃないだろうか。爆発するのかもしれない。バスがエミリーの耳もとで歓声を上げているけれど、飛行機の轟音《ごうおん》でほとんど聞こえない。エミリーは目を見開こうとした。でも無理だ。目を開いたままでなんていられない。飛行機が飛び去り、バスは両手を頭に当てて言う。「なんてこった《オー・マイ・ゴッド》」。記憶の中の飛行機をしのぐ迫力にバスは震えている。エミリーもそう感じたはずだ。エミリーだって、きっとそう感じたはずなのだ。辺りは静寂に包まれる。エミリーの耳が鳴る。彼女の外の世界で、車が走っている。

エミリーは起き上がり、座って、首を伸ばした。幼いころと同じように、草が当たったところは赤くなっているだろうか。コレットとパブロとランディと、丘の上で横向きに寝転がり、ごろんごろんと丘を転がり降りたときみたいに。速く回るときもあれば、斜めになって止まるときもあったけど、いつだってみんなで大笑いして、いつだって頭がくらくらした。

「もう一回」とバスが言った。「もう二度とここには来ないかもしれないんだぞ？　飛行機を待とう。もうすぐだ」

エミリーとバスは待った。エミリーも待ちたかった。そこにただ、父親といっしょに座っていたかった。話をする必要もなく、ただいっしょにいたかった。それからしばらくして、遠くに豆粒くらいの飛行機が見えた。どんどん大きくなる。午後八時だ。灰色の空を、飛行機のライトが赤く白く照らした。ふたりが芝生にあおむけになると、大きな飛行機が真上にあった。風。音。エミリーは目をしっかり開けて、飛行機が真上を飛ぶのを見つめた。エミリーは頭を空っぽにして、ただ飛行機の腹に目を凝らした。惑星みたいに巨大だ。そして次の瞬間、視界から消えた。

ふたりは立ち上がり、服についた芝生を払った。キャデラックで家に帰った。

エミリーとバスが作業を始めてから、二週間後にはカーペットの撤去が終わり、天然木の床や、捨て張りが姿を見せた。壁紙ははぎ取られ、その下には変色した滑らかな壁が広がり、キッチンのリノリウム床の下からは、別のリノリウム層が出てきた。週末じゅう、へとへとになるまでタイルをはがしたおかげで、バスルームの壁の大部分はなくなっていた。トイレの便器もバスタブも撤去された。ビニール製のシャワーカーテンの後ろで哀れに垂れ下がっていたシャワーヘッドももうなかった。

解体作業は、思った通りの作業だった——手っ取り早く、しかし情熱を込めて行うのだ。それが終わってから、何をどうするか、ふたりは決めていなかった。「それが面白いんだよ」とバスは解体作業の初日から言っていた。「最初に厄介なところは終わらせて、家の声に耳を澄ませるんだ」エミリーはバスのこの言葉を信じた。建物が何をすべきか教えてくれる。だから作業中に新しいタイルの色や間取りや木材着色剤の色をつい考えてしまうとき、目の前の作業に集中した。自分の体が感じることを精いっぱい受け取ろうとした。

痛みに、強さに、意識を集中させた。

解体が終わったら、きっと家が語りかけてくれるはず。木づち《マレット》をふり下ろし、のみで削り、釘を抜き、はがしたタイルを積み上げるたびにエミリーは、家の声を聞く瞬間が近づくような気がした。

ある午後、エミリーがひとりで作業をしていると、珍しくローレンが訪ねてきた。スマホにこれから会いに来ると連絡があったときエミリーは、コレットに何かあったのではないかと心の準備をしながら母の到着を待った。

けれど裏手のデッキに現れたローレンの様子は、いつもとちがっていた。緊張しているのか、震えている。エミリーは外に出て、彼女を迎えた。

「おなかすいてる?」とエミリーは尋ねた。「買い物に行かないと何もないけど、アーモンドはあるよ。紅茶をいれようか?」

「座ってほしいの」とローレン。エミリーは母親のあとについて、ブーゲンビリアの木陰にあるテーブルまで歩いた。

「お湯を沸かすね」

「いいから座ってちょうだい」

エミリーは腰を下ろした。

「パパと別れようと思ってる」そう言ってローレンは、エミリーの手を取った。「今朝、パパには伝えた。これから一週間ニューヨークに行くから、その間に住む場所を見つけて出ていってほしいと言ったの」

ブーゲンビリアのピンク色がさく裂して、まぶしくて直視できない。エミリーは、そのピンク色の重さは全部でどれくらいだろうと考えていた。落ちてきたら、あのフェンスでも支え切れないだろう。フェンスもろとも倒れてしまうかもしれない。そしてふとわれに返った。

「それって、つまり、別居ってこと?」

「そう。終わりのない別居」

「じゃあ離婚するの？」

「そう」

「どうして？」

ローレンは息を吸い込んだ。「ずっと分かっていたの。どうにか自分をごまかそうとしたんだけど、もう無理だった」ローレンは言葉を継ぐ。両手が震えている。何度も言葉につまりながら、話をしている。母親のこんな姿を見るのは初めてだ。エミリーの目の前でローレンは、不確かな自身の中から、自分の選択が正しいと証明するための言葉を必死にさがしている。

エミリーはうろたえた。自分のせいで母親がますます辛くなったらどうしよう。だからエミリーはローレンの手を取り「悪いなんて思わないでいいんだよ」と言った。

「悪いなんて思ってない」とローレンがすぐに答え、あざけるような笑みを浮かべた。エミリーは何も言わなければよかったと後悔した。「これがわたしたちにとって最善だと思ってる」とローレンが言った。

ローレンが帰るまで、エミリーはただ黙って耳を傾けた。

母親が帰ってひとりきりになると、エミリーはふたたび家の中に戻った。指先に棘が刺さってチクチクする。短い爪の間に泥が入っている。コレットと話したいのに、彼女はスマホも持たずに、どこかの海岸にいる。パブロは展示の準備で忙しい。夜に電話しよう。アリスに電話したけれど、仕事中なのか電話に出ない。いつの間にこんなにたくさん手にマメができたの？

この引っかき傷はどうやってついた？　手袋を買わなくちゃ。

エミリーは自分を奮い立たせ、ティーポットで紅茶をいれた。気づくべきだったのかもしれない。もっと注意を払っていれば、気づけたことなのかもしれない。熱いティーバッグを湯から出し、シンクに落とす。湯気が立つ。そのとき、エミリーは気づいた。どんなに大切だったか。クリスマスパーティー。ブランチ。〈イエルバブエナ〉でのディナーでさえ、大事だった。四人がそろうことに、意味があった。四人の間にどんな軋轢《あつれき》があったとしても、四人で、いつも通り顔を合わせることがエミリーにとっては愛おしい時間だったのだ。


そのあと、バスも訪ねてきた。彼のまぶたは腫れ、目は充血し、いつもはきれいにそっている髭も、伸びていた。エミリーがバスをハグしたとき、いつもとちがうにおいがした。

「ママがここに来て、話してるなんて思わないからさ」とバスは歩き回りながら言った。「関係を修復できる方法を、お互いにさぐっているんだと思っていたんだ」

エミリーは、赤ワインをボトル一本だけ持っていた。バスに尋ねもせず、ボトルを開け、二個のグラスを満たし、片方をバスに差し出した。

「ああ」とバスが言った。「ありがとう」バスはグラスに口をつけようとして、その手を止めた。「乾杯しようか……」そう言ったあと、バスは言葉が継げない。無言のまま頭を横にふり、グラスを差し出した。

「パパ」とエミリーが言った。「乾杯なんてしなくていいんだよ」

「なんでこんなことに……」

「うん」

「なんでこんな……ママはエミリーになんて言ったんだ？」

「ママはニューヨークに行くって。その間にパパは家を出ていくんだって」

「なんでパパが出ていくんだよ？　パパが建てた家だぞ」

「ママと争うの？」

　バスはワインを一気に飲んで、もう一杯ついだ。「デイビス家に世話になるよ」

「うん、それがいいと思う」エミリーは、バスがひとりぼっちでどこかに寝泊まりするのは想像するだけでもいやだった。デイビス家のみんなは、バスの古くからの友人だ。きっとよくしてくれる。だけど彼らはローレンとも友達じゃなかった？　エミリーは頭をひねって、どうにか状況を理解しようとした。

「なあ」とバスが言った。「エミリー、パパは……パパはこの仕事をもう続けられないよ」

　この仕事？

　そのときエミリーは、バスの言葉の意味を理解した。胸がグーンと沈む。まるでレントゲンの防護エプロンを着けたみたいに、体が重くなる。この仕事っていうのは、クレアの家のことだ。エミリーとの時間のことだ。ハンマーと巻き尺のことだ。ふたりきりのドライブのことだ。

頭上の飛行機のことだ。バスはエミリーがなぜ悲しかったのか聞き出そうとしていたことも、すっかり忘れてしまった。もう終わりなのだ。

バスはエミリーを引き寄せ、ハグした。「落ち着いて考える時間が必要なんだよ。どうか分かってほしい」

「もちろんだよ」とエミリーは言った。

「近いうちに様子を見に来るから」バスがそう言って、エミリーを放した。「ちゃんと戻ってくるから、それまでお前はここにいなさい。な？」バスは裏門を開けて、一瞬足を止めた。「なあ、エミリー」とバスは言った。「お姉ちゃんから電話があっても、パパとママのことは言わないでいてくれるか？　パパからちゃんと伝えたいんだ」

「分かった」

空が暗い。バスはもういない。手入れされていない庭は、希望の象徴なんかじゃない。だけど——エミリーの中で何かが動きだす。

〝お前はここにいなさい〟

あのときバスは、見るなと言った。コレットが担架で運び出されたとき、エミリーの父親は、目をそらすように言った。あのとき母親のローレンは、娘がどんな少女であるべきか決めつけ、何をすべきか指図した。待つように言った。それでエミリーは、ずっと、ずっと、ただ待っていた。コレットが自分に追いつくのを、待っていたのだろうか？　まったく、意味不明だ——

なぜ自分自身にそんなことを課したのだろう？　そしてエミリーは、またひとりぼっちだ。同じ言葉が、戻ってくる。今度は父親の声だ。

お前はここにいなさい。

コレットは遠くにいる。自力で生きている。次はエミリーの番だ。クレアの家の改装を続けよう。父親がいてもいなくても、やり遂げるんだ。

エミリーは、家の中に戻り、むき出しになった垂木の下にたたずんだ。

そもそもエミリーは、クレアの家の解体ではなく、掘削をしたかったのかもしれない。一九七〇年代の覆いを取れば、一九二〇年代の栄光が姿を現すのではないか、そう考えていた。木製の床板にアンティークの繊細な模様や、ドア口に刻まれた秘密のメッセージを期待していた。だけどすべてをはぎ取ったあとに現れたのは、荒れ果てた空間だった。魔法をかけることも、魔法にかけられることもない場所だ。壊した壁の中から出てきた電線は、梁《はり》にガムテープでとめられ、残された壁はまるで幽霊屋敷のようだ。傷だらけで変色している。床はゆがんでおり、ホチキスの針と釘があちこちから飛び出ている。裏庭はがれきだらけで、打ち捨てられた便器二据と、バスタブがある。二カ所のペデスタルシンクのうち、片方の脚が折れている。

なんてことしたんだろう。

壊れた心を増やしただけだ。

いや、それはちがう。そうエミリーは思う。これで終わりじゃない。ふたりきりになっただけだ――ここにいるのは、エミリーとクレアの家だけだ。日が暮れた。風が強まり、網戸のドアを何度もたたく。マグノリアの葉が揺れる。その瞬間、空気に満ち満ちていたのは、熱だ。孤独ではない。

エミリーは言った。「声を聞かせて」

それからの数週間、エミリーの両親は頻繁にケンカし、エミリーのところに入れ替わりで現れては、悲しみや怒りや愚痴をぶちまけた。エミリーは耳を傾け、うなずいた。両親がいなくなると、エミリーは祖母の写真を出して、慎重に床に並べた。ニューオリンズで少女だったクレア。グラジオラスの花を手に持つ花嫁のクレア。白ワインをつぐクリスマスパーティーのホストのクレア。

この家を、クレアへの敬意を示す場所にしよう。

エミリーは写真を見つめ、記憶を呼び起こした。

金色、とエミリーは思う。

それから花。

それに光。

エミリーは壁紙のパターンを選び、フリーマーケットの売り場にあったバケツ一杯のクリスタルのドアノブから、めぼしいものを選んだ。百八十キロを超える重さのバスタブも運び込み、修繕して壁と合う色のペンキをぬった。

こうすればいいんだ――衝撃に対処するために立ち止まる。そして足を踏み出し、動かし続ける。ゼロからやり直すことはできなくても、やり続けることはできる。

エミリーは、サントス家に紹介してもらった改築業者にアドバイスを求めた。その人は、フィリピン出身で、サントス家の長年の友人だった。六十代で、退職間際。だからなのか、ちょっと感傷的になっていた。最初に来たときに、クレアの家のガレージでキャデラックをひとめ見ると、乗せてほしいとエミリーに頼んだ。夏は始まったばかりだ。エミリーは屋根を開け、海沿いの道を走った。

「家を改装する仕事がしたいんだね？」と彼は尋ねた。

「仕事？」とエミリー。「仕事としてやりたいかは、考えていません」

「たくさん学ぶことがあるよ」と彼は言う。「けど、あなたはとても楽しそうにしている」

「はい」とエミリー。「とても楽しいです。ウラン、どうしてフィリピンを出たんですか？どうしてアメリカに来たの？」

「チャンスを求めた」とウランが答えた。力強い言葉だ。確信のこもった言葉だった。

「そのために、何かあきらめましたか？」

「ほとんど全部だな。だけどまあ、それが人生だ。手放した分だけ、よりよいものを築けばいい」

ウランはエミリーに見込みがあると思ったらしく、アドバイスをしてくれることになった。クレアの家の改装だけでなく、彼女のこれからのキャリアについても相談に乗ると言った。

「弟子を取りたいと思っていたんだ」

エミリーのスマホの画面にウランの名が表示されるたびに、エミリーはすべて中断してメモ帳を開き、ウランが教えてくれることを書きとめた。一字一句逃すまいと必死だった。ウランの会社の作業員たちを雇い、自分の力だけではできない部分は手伝ってもらった。そのほかは、自力でなんとかした。

ある夜、メインバスルームにバスタブを運び込み、メーカー再生品《リファビッシュ》のウェッジウッドストーブをキッチンの白いタイルの壁につけて設置し終わったとき、エミリーの電話が鳴った――コレットからだ。

「シスター！」とコレットが言った。「声が聞けてうれしい。すごく会いたいよ」

そのときエミリーは、姉の姿を思い浮かべ、拒絶された痛みを思い出して顔をしかめた。コレットは突然、ひとりだけで決断を下し、みんなを置き去りにして、電話番号も残さずにエミリーたちの世界から消え失せた。にもかかわらず、コレットの声を聞いたときエミリーを包んだのは、うれしさと、コレットへの愛情だった。

「わたしもお姉ちゃんに会いたい。そこはどんな感じ？」

「すごくしんどくて、すごくいい。辛さと向き合う新しい方法を見つけたんだ」

「辛さって、どんな？」

「全部だよ。依存、恥、失望。全部と向き合ってる」

「どんなやり方があるの？」

「いろいろあってね、今は水彩画にはまってる」

エミリーはほほ笑む。「水彩画？」

「そう」とコレットが笑う。「没頭できるんだ。上手に描こうとか思わなくて、色の固まりを作って、色を加えて、変わるのをただ見てる。思い出させてくれるんだよね」

思い出させるって何を？　そうエミリーは尋ねたかったけれど、尋ねなかった。ほかに聞きたいことがあったのだ。

「パパかママと話した？」

「いや、最近は全然」

「お姉ちゃんは最近調子いいんだよね？　けっこう深刻な話だけど、してもいい？」

「いいよ」とコレット。「どうした？」

「パパとママ、離婚するんだって」とエミリーが言った。「ママが決めたの」エミリーは待ったけれど、コレットは何も言わない。「パパには口止めされたんだ。だけどさ……家に帰ってから知るのもいやかなと思って。お姉ちゃんには先に伝えたほうが――」

「うん」とコレットは言った。「そうだね、うん。教えてくれてありがとう。でも、マジか」

「マジだ」

「なんて質問すればいいのか、なんて言えばいいのか、さっぱりだよ」

「大丈夫」とエミリー。「ただ伝えておきたかったんだ」けれど身に覚えのある気持ちが湧き上がってくる。コレットは遠くにいて、エミリーが混沌《こんとん》の渦にいる。

「家にはだれが住んでるの？」

「ママ」

「パパはどこ？」

「デイビスさんのところ」

「ああ、ならちょっと、安心した」

「だよね」とエミリー。

「ずっと考えてたことがあるんだ」とコレットが言った。「ここでの生活期間が終わったらね、ここに残ることもできるし、家に帰ることもできる。それで考えてたんだけど――あのさ、もしエミリーがかまわないならだけど、いっしょに住んでもいいかな？」

「ほんと？」口をついて言葉は出た。あわてて言ったみたいに聞こえたかもしれない。恨みつらみが消えていく。

「うん。ママとパパと暮らすこともできるけどさ、まあ現状ではママとってことになるけど。でも、ずっと考えてたんだよね。今住んでるところではさ、瞑想《めいそう》みたいなのするのね。正しい道はなんだろうって考えるの。で、目を閉じて考えだすと、いつもあんたの顔が浮かぶんだよ。負担になるなら無理してほしくないけどさ、とりあえず聞いてみようと思って」

エミリーはスライドドアを開け、夕闇に足を踏み出す。「今わたしね、クレアおばあちゃんの家の改装してるんだ。知ってた？」

「エミリーが自分でやってんの？　全然知らなかった。だれとも連絡取ってないもん」

暖かい夜だ。マグノリアの花が咲き誇っている。何百キロも離れているところにいる姉の呼吸に、エミリーは耳を傾けた。「ねえ覚えてる？　わたしの頭痛がひどかったとき、痛み止め《アセトアミノフェン》だと思って飲んでたのがお姉ちゃんのメチルモルヒネ《コデイン》だったこと」

「十代のとき？」

「そう。バスルームの薬置き場にあった薬瓶に、いっぱい持ってたじゃん」

「うん」とコレットが言った。「よく覚えてる」

「わたしすごく怖くて――なんで自分の頭がめちゃめちゃなのか分かんなくて、お姉ちゃんのとこに行ったんだよ」エミリーは、コレットの部屋に着くまで、濃い霧の中を歩いているようだった。薬瓶を手に、コレットに説明してもらおう、コレットならどうにかしてくれる、そう思っていた。「お姉ちゃんの部屋をノックしたら、お姉ちゃん、わたしを怒鳴りつけた」

「あのときはあたしもめちゃくちゃだったんだよ、エミリー。あれからすぐにリハビリ施設に入れられたでしょ？　数日後だったっけ、救急車で運ばれたの」

あのときコレットは、目を見開いて怒りに震えていた。〝これはあたしのだよ！　あたしのもの、勝手に触るな！〟

エミリーはコレットには見えないと分かっていながら、うなずいた。「分かってる」

「でも、悪いことしたと思ってる」とコレットが言った。「あの日まではすごく仲よかったよね、あたしたち。あたし、あのころのあたしたちに戻りたいんだ。あたしが運ばれる前、ギターを教えてあげたの覚えてる？」

「もちろん覚えてるよ」とエミリー。「なんでも覚えてる」

静寂に包まれる。

「ちょっと待ってて」とエミリー。エミリーは、マグノリアの低く下がった枝を見つめていた。白い花が夜の闇に浮かび上がる。満開だ。エミリーはスマホを階段に置いて、その木まで歩いていった。そして花に顔を近づけ、においを思いきり吸い込んだ。それからまたスマホを耳に当てた。「ねえ」とエミリーが言った。

「なあに？」

「お姉ちゃんを待たせて、花のにおいをかいできたよ」

コレットは笑った。「どんなにおいがした？」

「マグノリアの花だよ」

「ああ、あたしあの木、大好き」

「あのさ、わたしね、ずっとここにいるか分からない。床の処理が終わったら、ここは出るつもり。だけどクレアおばあちゃんに約束したとき、お姉ちゃんの力になるって言ったとき、わたしは心からそう言ったんだよ。だから必要なときは遠慮せずに言って」

「お金の問題じゃないんだ」とコレットが言った。「仕事するし、家賃は半々でいい。敷金も折半しよう。そんなのどうでもいいんだよ。だけど考えてみて。いっしょに住みたくないなら、それも仕方ない。考えてみてほしいんだ。そして返事ちょうだい」

エミリーは当初、しばらくの間は、祖母の家を手放さずにいようと思っていた。

クリスマスブランチをしたダイニングルームに、祖父母がガンボをふるまってくれたキッチン、トランプの仕方を教えてくれた日のこと。いろいろな思い出がつまっているけれど、エミリーはその家に住みたくなかった。そこにとどまる気にはなれなかった。寝室の壁に写真をピンで飾る。明るいピンク色の壁紙に映える金色のプッシュピンで、写真の端をとめた。写真自体が傷つかないように。借家か購入したての家の前で撮られた家族写真を、年代順に整列させた。まずはニューオリンズの大きなファミリーホーム。そしてサウスセントラル〔現サウスロサンゼルス〕にある公営住宅《ハウジング・プロジェクト》、コンプトンのデュプレックスに、今マイケルが住んでいるイングルウッドの家、ワッツのバンガローに、ふたりの最後の住処《ホーム》、ロングビーチのクラフツマン住宅。

エミリーも、自分で住む場所を選びたかった。今すぐにそうしたかった。祖父母が歩んだ道のとなりに、エミリー自身の道を築きたかった。

エミリーが改装の最後の仕上げをしているとき、バスが現れた。バスには家にどんなふうに手を加えたか、あまり伝えていなかった――半分も話していなかった。バスが生まれ変わった家をまじまじと見るのを、エミリーは黙って見守った。「なんだ、これ」とバスは言った。バスは首を横にふり、言葉がない。部屋から部屋へ出たり入ったりしている。「これは、全然その、なんというか……」

エミリーは壁にもたれて、バスがぴったりの言葉を見つけるのを待った。バスに褒めてもらう必要はなかった。エミリーはその空間がどんなに美しいか、もう知っていた。ウランやアリスやパブロやランディから、褒め言葉は山ほどかけてもらっていた。そしてランディは、この家の売却エージェントになることを引き受けた。

エミリーはこの仕事に向いていて、しかも楽しんでいた。

「こりゃあ――」とバスが口を開いたけれど、エミリーのスマホが鳴ったので、彼女は手を上げてバスを制した。

家を売りに出してから二日間で、十四人の購入希望者が現れたらしい。「お祝いしよう」とランディが言った。「パブロに連絡するよ。アリスも呼んだらいい」

ベルモントに新しくできたタパス・レストランで、四人は待ち合わせた。四人がこれまでロングビーチで行ったどのレストランよりも、洗練された雰囲気だ。ライトに照らされたテーブルに座ると、サングリアとパエリア、タパスを合わせて十皿ほど注文した。

「エミリー、これからどうすんの？」とアリスが尋ねた。

エミリーはワインに口をつける。「もう一回やりたいんだ」とエミリー。

「どこか目星をつけてるの？」とパブロ。ランディは期待した表情で、手を丸めて耳に当てた。その姿に、みんなが笑った。

「ランディに聞けばいいんだよね。ダイヤモンドの原石みたいな物件、ある？」

ランディの表情が変わる。「うっわ、やっべぇ」とランディ。「実際、知ってるよ。だけどどうだろ……あれ、かなりぼろぼろなんだよ。だけどポテンシャルは相当だね」

「売値は高い？」

「そりゃあね。だってオーシャン・アベニューの物件だよ。大豪邸だ。マジの大豪邸。だけどクレアおばあちゃんの家をあれだけ変身させたエミリーなら、問題ないと思うよ。いっしょに行って、見てみる？」

エミリーはうなずいて言った。「明日」

「すみませーん！」とランディがウエートレスを呼んだ。「ピッチャーをもうひとつ。ここにいる最高のクライアントのためにお願いします」

「えー、ちょっと待って」とエミリー。「罠にはまっちゃったかな」

「こいつには気をつけたほうがいいよ」とパブロ。「油断してると、ロングビーチの全物件を買わされることになる」

だけどアリスは笑わずに、じっとエミリーを見つめている。エミリーは首をかしげた。

「エミリー」とアリスは言った。「ねえ、これってすごいことだよ。エミリーが、自分の手で何かを始めたんだ」

「ちょっと、みんなやさしすぎるよ。ただの家だよ？」そう言いながらもエミリーは、彼女が手にしているのはただの家ではないことを知っていた。

ディナーのあと、アリスとエミリーは、アリスのバンガローにいっしょに帰った。

ゲストルームはオアシスのようだ——ネイビー色の壁に、白色の凹凸《トリム》。やわらかなベッドがあり、洋服ダンスの引き出しにはきれいにたたまれたエミリーの服が入っている。コーラルピンク色のベルベット生地のラウンジチェアとオットマンが窓の下に置かれ、読書するにはもってこいだ。クレアの家が売れてから新居を見つけるまでの間、この部屋で過ごさせてもらえることは、まるでエミリーへの贈り物のようだった。

エミリーとアリスはおやすみを言い、それぞれの部屋に入った。

エミリーはイスに座り、スマホを見た。もうすぐ午後十時だ。サンダルを脱ぎ、左足の裏の傷痕をさすった。もう治ったけれど、まだ一定の角度から強く押すと痛みが走る。最後の診察のとき、医師からその痛みは数カ月残るかもしれないと言われた。もしかしたら、一生残るかもしれないらしい。

「体というのは、不思議ですよね」と医師が言った。

あの夜から数カ月がたった。エミリーは階段を下りて中庭を横切り、噴水を通り過ぎ、ツタに覆われたアーチ門を通って歩道に出たときのことを思い出す。タオルで包まれた足から血がしたたり、サンダルを赤く染めた。

車が近づいてきて、ヘッドライトがまぶしかった。猛スピードで、病院に連れていってもらった。

トリアージの看護師が、唇をすぼめてエミリーを中に招き入れた。

救急救命室《ER》の看護師が、エミリーの傷口からディッシュタオルを取り、顔をしかめた。傷の中に、グラスの破片がまだ残っていたのだ。「ちょっと痛みますよ」と彼は注射を手に言った。「だけど麻酔をしないと、ぬうときにかなり痛むから」

エミリーは長い間、医師が到着するのを待った。そしてカーテンをめくってやっと医師が現れたときには、麻酔はとっくに切れていた。脱脂綿についたアルコールが染みる。エミリーが身じろぐと、医師が言った。「ああ、申し訳ない。痛むと思う。必要だったら、ぼくの腕をぎゅっとつかんで」針が刺さる。皮膚を糸が通る。それを十二回、繰り返す。医師の耳にある傷痕に、エミリーは意識を集中させた。エミリーの皮膚に針を通すたび、医師が歯を食いしばる。エミリーは医師の腕ではなく自分の腕を強くつかんだ。あとで痣になるだろう。エミリーの頬を涙が伝う。青っぽい紫色の、指先の形をした跡だ。

「これで大丈夫」と医師が言った。「君は大丈夫？」と医師がエミリーの顔を見た。エミリーはもっと針を突き刺して、糸を引っ張ってほしかった。エミリーの傷が、縫い合わせられている。そう感じられる痛みが、もっと欲しかった。だけど医師は去り、車輪のついたコンピューターを押して若い女性が現れ、エミリーの保険と住所を尋ねた。

車を呼んで病院からウエスト・ハリウッドまで送ってもらい、エミリーは自分の車の前で降りた。まっすぐ家には帰らずに、運転して周辺をゆっくりと回った。前夜に、どの角で曲がったかもっと注意を払えばよかった。足がずきずきと痛んだ。股も痛かった。疲労で頭がふらふらしだした。しかも最悪なことに、エミリーは道が分からなかった。行き止まりだ。エミリーは何度も駐車した場所に戻り、また記憶をたどろうとした。あるアパートの窓を見つめ、サラの窓かもしれないと思ったけれど、そのとき、サラの建物が中庭といくつかの家々に面していたことを思い出した。通りに面してはいなかった。エミリーが、タオルからしたたり落ちる血をながめながら車を待っていたのは、街灯の下だ。だけど、どの街灯だろう？ ここには、たくさんありすぎる。

それにエミリーは、サラのアパートを見つけてどうするつもりなのだろう？

エミリーはサラに求められ、すぐに捨てられた。なぜだか分からなかった。

もっとちゃんと思い出せたら、理由が分かるかもしれない。本棚。タオル。床に脱ぎ捨てたエミリーのワンピース。のどに当たるサラの吐息。奥深くまで入ってくるサラの指。口に広がるサラの味。眠りに落ちた。とても短い眠りだった。開け放たれた窓の下、使い古されたブランケットにくるまって眠っていた。すると何かが割れる音が聞こえた。ずっと遠くから聞こえたような気がしたけれど、ちがった。サラがいない。廊下。電気がつく。引き抜くと、手の中にはガラスの破片があった。

そしてサラは、石の仮面をかぶったような表情をしていた。いや、石じゃない。樹脂《レジン》だ。硬い表面のすぐ下に苦痛があった。あまりにも深い痛みで、エミリーはサラのあの表情を思い出すだけで胸が痛んだ。揺れる。停車し、ただ中庭をじっと見つめる（ここじゃない）。エミリーの胸に渦巻いていたのは、欲望？　愛？　怒り？　好奇心？　それとも惨めさ？

もう考えるはやめよう。家に帰らなければならない。

エミリーは、運転するにはあまりにも疲れていた。だけどどうにかドライブウエーに入り、ガレージアパートにたどり着いた。ベッドに倒れ込み、ブランケットを頭までかぶると、濃い黄色の天井の下で眠った。

家の仕事に没頭しているときは、何も考えずにすんだ。クレアの家の改装作業中は、忘れることができた。そして今、記憶が戻ってくる。

あの夏の朝、サラの声を耳にして、花から目を上げたとき目に飛び込んできた彼女の姿。握手をしたときに、エミリーの手にぴったりと吸いついた彼女の手。

そしてあの夜、バーカウンターの後ろに立っていた彼女。

サラがエミリーのグラスを見つめ、こう言った。〝スペアミントは味が強くて芯があるんだ。イエルバブエナは繊細〟

夜が、更けていく。

〝もう一杯飲んでほしいのがあるんだけど、でも今はまだ酔っぱらってほしくないんだ〟

サラがエミリーの腰を彼女の口もとに引き寄せた。

〝ただの切り傷だよ〟

今エミリーは、アリスの家にいる。窓際のピンク色のイスから立ち上がり、ベッドに移動した。十時過ぎだ。〈イエルバブエナ〉の電話番号をスマホに表示した。

傷が癒えるまで、エミリーは待った。レストランに電話して、サラを呼び出してもらえばい い。コーヒーの約束をしてもいいし、電話で話してもいい。あの夜にあったことはきっと、事故か、何かの誤解だろう。話せばきっと分かり合えるはずだ。それにあの夜に何が起こったにしろ、理解してみせる。そうエミリーは思っていた。

エミリーは電話をかけた。

「こんばんは。〈イエルバブエナ〉のリチャードです。どういったご用件でしょうか」

「こんばんは、リチャード」とエミリーは答えながら、知らない従業員だったことに胸をなで下ろした。「サラに用事があるんですけど、今日来ていますか？」

「サラ・フォスターですか？」

「そうです」

「サラはやめてしまったんです」

「えっ」とエミリーは言った。「そうなんですね、残念です。ありがとうございました」

エミリーは電話を切った。足の傷に触れる。

なんてことない、とエミリーは自分に言い聞かせた。痛みに耐えられそうにはなかったけれど。

なんてことはない。


オーシャン・アベニューの豪邸を、エミリーは購入した。ベッドルーム五室にバスルーム三室、リビングルーム、応接間、談話室、書斎、それに馬車置き場まであった。キッチンにはアンティーク・ストーブがあり、ダイニングルームには横並びで窓がいくつもあり、ブラックベリーのツル、背の低いヤシの木、それにカエデの枯れ木がある庭を見晴らせた。修繕が必要なところが多岐にわたるため、請負業者限定物件で、一般には公開されていなかった。

エミリーとウランとランディは、三時間かけて家の土台を調べた。しっくいのひびや、排水管、屋根も見て回った。電気の配線と水道の配管は、すべて交換し、屋根板も一部替え、土台には耐震用のボルトづけをする必要があった。

建築年数から想定される範囲内のひびはいくつかあったけれど、幸運なことに土台はしっかりとしていた。何層にもペンキがぬられたところがはげ、壁紙にも損傷が見られたが、よくあることだ。木の床には摩擦の跡やシミがあり、バスルームは八〇年代に改装されたきりのようだった。腐食はなく、倒壊の心配はない。

「わたし、向こう見ずだと思いますか？」とエミリーはウランに尋ねた。

「エミリーなら大丈夫」とウランが言った。

エミリーは、請負業者向けの短期返済型高利子ローンを組み、四十万ドルを借りた。クレアの家を売ってできた金の残りもすべて、豪邸の改装につぎ込み、売りに出す計画を立てた。

お金はもちろん大切だ。だけどその家の骨格の中にいると、エミリーはしびれるような興奮を覚えた。どんなふうにこの場所を変化させるか、そのビジョンに震えた。彫刻のある木の柱がいくつもあり、天井は高く、自然光がたっぷりと降り注ぐ。曲線を描く荘厳な階段に、たくさんの部屋がある。広い部屋、狭い部屋、隠し部屋のような空間もあった。

エミリーには見える。この場所が、どんな変貌を遂げるかが。

エミリーは、アリスとパブロを呼び出した。ふたりはやばい、やばい《オー・マイ・ゴッド》と連発しながら廊下を歩き回った。アリスはマスターベッドルームに入ると、バルコニーへのドアを開けて、床が崩落しないか確かめた。三人でバルコニーに出て、海をながめた。

「すごく高く売れるよ」とパブロ。

「きっと素敵な場所になるね」とアリス。

「でしょ」とエミリー。「知ってる」

エミリーの私物は少なかった。クレアのところに落ち着くつもりはもともとなかったので、引っ越し作業は数時間で終わった。エミリーは、大豪邸の小さな部屋に住むことにして、二階にある質素で小さなバスルームのとなりの寝室を選んだ。そして大きなダイニングルームの隅に、エミリーの丸テーブルを持ち込んだ。あんまり惨めに見えない場所を選んだ。

短期間の滞在だ。エミリーはこの廃城を、可能な限り楽しむのだ。輝く城に変貌させ、そして、手放す。

エミリーとウランは計画を立てた。ウランはもう退職したけれど、エミリーと席に着くと声色が明るくなった。紅茶を飲みながら、会議をする。「わたしの長年の経験に照らしても」とウランは言った。「こんな家は初めてだよ」

一カ月がたち、大豪邸の解体作業が終わり、掃除も終わるころ、コレットがロサンゼルスに帰ってきた。髪は日焼けして、肌も深い茶色になっていた。化粧はしていない。笑い方も変わった。にっこりと笑うようになった。

コレットはまぶしいくらい、美しかった。

「ヘイ、シスター」と歩道に立って、コレットが言った。

「ヘイ、シスター」とエミリーが答えた。「おかえり」

バスがコレットの荷物を運んだ。段ボール箱をひとつずつ抱えて大豪邸に入り、一階のコレットの寝室に持っていく。エミリーは、自分がリスクのある行動をしていると分かっていた。コレットといっしょにいる時間がずっと続くことを、願っている自分がいた。だけど、これを望んだのはエミリーじゃない。コレットだ。改装中の空っぽの家で生活することになろうと、そうしたいと言ったのだ。そしてエミリーはためらいながらも、うれしかった。

エミリーとコレットの共同生活における、日課のようなものができた。リズムに乗ってきた、というべきだろうか。朝五時にコレットは起床し、オンラインマガジンの校正を行う。友人のレイチェルから紹介してもらった仕事らしい。コレットは細心の注意を払って、原稿を確認した。

「でも、勤務時間が最悪だね」とエミリー。

「贅沢言ってらんないよ」とコレット。

エミリーには、その言葉の意味が分かった。コレットは賢く、責任感もある。だけど、学歴も職歴もない。だからこの会話のあとエミリーは、コレットが朝早く起きることと、彼女の完璧主義なところを支えようと努めた。エミリーはコレットの数時間後に起きて、コーヒーをいれる。コレットが朝のシフトを終わらせてから、いっしょにビーチ沿いの舗装された歩道を歩く。

コレットが、彼女のいた場所について説明をすればするほど、エミリーは混乱した。それはカルトなの？　リトリート？　セラピーセンター？　コミューン？　表現する的確な単語が見つからず、最終的にエミリーは、それがなんであっても、コレットが表現するままのものだろうと結論づけた。

コレットには、恋人ができていた。相手の名前はトムだ。トムは、サンフランシスコに住んでいるけれど、ときどき週末に訪ねてくる。彼はコレットより十歳くらい年上で、ジョゼフィーヌという名前の七歳の娘がいた。エミリーは最初、トムのことを怪しんでいた。だけど数カ月のうちに、彼のことが気に入った。そして、ジョゼフィーヌのことが大好きになった。トムとジョゼフィーヌが来るとき、ジョゼフィーヌがけがをしないように、彼女の手が届かないところに工具を全部集めておいた。ある午後エミリーは、コレットとトムにふたりきりの時間をあげたくて、ジョゼフィーヌをロングビーチ水族館に連れていった。エミリーは、ジョゼフィーヌが人さし指の先でヒトデにやさしく触れるのを、じっと見つめた。

この子のおばさんになるのかな、などとエミリーは考えていた。

エミリーは豪邸の建築当初からついていたと思われる真ちゅうの電飾を磨き、楕円形彫刻装飾《メダイヨン》の色がはげたところに色をぬった。キッチンの壁にしっくいをぬり、棚は修繕可能性がないと判断し、撤去した。シンクのはねよけ《バックスプラッシュ》には深緑色のタイルを選んだ。木枠梱包された大胆で目の覚めるような色のタイルを見たウランは、首を横にふった。

「みんなが気に入る、無難な色を選ばないとだめだよ」とウランは電話で言った。「あんまり奇抜だと、売り手がつかない」

「ウランの言ってることは分かるけど」とエミリー。「だけど家の声が聞こえたんです。緑にしてくれーって！」

「まあ、エミリーの好きなようにやりなさい。終わったらまた連絡して」

ウランをがっかりさせたのは胸が痛んだけれど、エミリーは自分が正しいことも知っていた。タイルを張り終わってウランを呼び出したとき、ウランは足を止め、あとずさりして全体を見回したあと、ゆっくりとうなずいた。

ある夜エミリーは、アリスとパブロとランディと、アリスのお気に入りのレストランで食事をした。ランディが不動産のトレンドについて話し始め、彼がしゃべっている間、エミリーはイスに深く腰かけ、その空間の雰囲気から学ぼうとしていた。壁にかかる分厚いベルベット生地のドレープが、親密な空気を演出している。素敵な色使いだ。深い赤と緑。食事客はエミリーたちと同じくらいの年齢層だろう。ロサンゼルスのレストランよりリラックスしていて、すごくクィアな雰囲気だ。部屋の隅のテーブルには、女性カップルが座っている。エミリーに背を向けて、手をつないでいる。そのときエミリーは、だれかに見つめられているのに気がついた。ひとりの女性客が、エミリーをじっと見ている。エミリーは目をそらす――カップルの様子をうかがっていたのが、はしたないと咎められたような気がしたのだ――だけどゆっくりと、気がついた。エミリーはさっと目を上げ、彼女に視線を送っていた女性を見た。サラだ。

片手を上げている。

「すぐ戻るから」とエミリーは友達に言う。席を立ち、トイレに向かう。個室に入ると、全身が震えている。エミリーは鏡を見る。顔が真っ赤だ。熱い。だけど彼女のヘーゼル色の瞳は澄んでいる。口紅は滑らかで、肩にかかった髪も輝いている。会うつもりがあるなら、準備はできている。

エミリーはドアを開けた。

サラがそこに立っていた。エミリーを待っていたんだ。「どうも」とサラが言う。

「どうも」とエミリーが返す。

すごい緊張感だ――ふたりの間を激流が走っているみたい。「友達は帰るって言うんだけど、君のこと待たせてもらってもいいかな。このあと、予定がないならだけどさ。あの、テーブルの女性とつき合っているんだよね？　出すぎたまねしてるならごめん。ただ さ……ちゃんと説明したいんだ。ちゃんと謝罪したい。話したい。もし許してもらえるなら」

「うん」とエミリー。「ぜひ、お願いしたい」

「オーケイ」とサラ。「よかった」サラが髪をかき上げる。ほっとしているようだ。「バーで待ってるから、ごゆっくり」

サラが席に戻ろうとしたとき、エミリーは言った。「あの子はね、大親友なの。テーブルにいる子。アリスっていうんだよ」

サラはほほ笑んだ。

「だからって今夜、あなたといっしょに帰るって言ってるわけじゃないよ」とエミリー。

「ああ、それは分かってる」とサラ。「わたしが君の立場だったとしても、辞退すると思う」


ディナーが終わったのは、かなり遅い時間だったけれど、エミリーは数ブロック先に、まだ開いているバーを知っていた。サラといっしょに外に出た。

ふたりで過ごしたあの夜は、もう何カ月も前だったのに、サラといっしょにレストランを出て歩いていると、すべての感覚が戻ってきた。欲しくてたまらない。抑え切れそうにない。どうしたらいいの？　エミリーは深呼吸をして、落ち着こうとする。

「ここでいい？」バーに着くと、エミリーが尋ねた。

「うん」とサラ。「ここ好きだよ」

隅に空いたテーブルを見つけ、ふたりは向かい合って座った。エミリーは両手を組んで、太ももに置く。

サラはバーに行き、オールドファッションドを両手に戻ってきた。エミリーはすぐに口をつけ、味など分からないままごくごく飲んだ。だけどサラは、ただグラスを回すだけで、飲むつもりがないみたいだった。

「何度も何度も考えたんだ」とサラ。「どうやって謝ったらいいのか、ずっと考えてた。何パターンも考えた」

「わたしのこと、さがさなかったの？」

サラは目を上げた。驚いたような顔をしている。「どうやって見つけたらいいのか、分からなかった。メーガンに尋ねたけど、君の番号は知らないと言われた。〈イエルバブエナ〉に戻ってきてくれるかと思って、毎晩君を待ってた」

「あの場所には行かないの」とエミリーは言った。「あなたと会った夜は、例外だった」

「わたしも、やめたんだ」

「知ってる。電話したから。何カ月か前だけど」

「電話、したの？」

エミリーはうなずいた。

「もう耐えられなかった。毎晩、君が戻ってくるのを待ってるのは辛すぎた」サラはやっとひとくち、オールドファッションドをすすった。そしてグラスをテーブルに置き、エミリーを見つめた。サラの表情にはうそがない。真実を話そうとしている。

「説明させてくれるかな」とサラが言った。

だけどエミリーが欲しかったのは、説明ではなかった――少なくとも、その瞬間は。エミリーにとって、過去はもう終わったことだ。過去にとどまりたくはない。前に進みたかった。

「欲しいものを教えて？」とエミリーが尋ねた。

「セカンドチャンス以外でってこと？」

「そう」とエミリーが言った。胸が高鳴る。「それ以外で」

「オーケイ」とサラが言い、イスにもたれかかり、グラスを揺らしてドリンクを混ぜてからひとくち飲んだ。「ハリウッド大通りに空き店舗がある。〈イエルバブエナ〉から数ブロック離れたところにあるんだけどね、いつもその横を通るんだ。小さくてクラシックな雰囲気でさ、古きよきハリウッドっていう感じなんだよね。木の床でさ」サラがグラスをテーブルに置く。「こういう模様がある」そう言って人さし指と人さし指を合わせ、矢印を作る。

「ヘリンボーン？」

「そう！　それに豪華なシャンデリアがあって――シャトー・マーモントにあるようなすごいやつなんだ。もう何年も買い手がついていない。あそこで、自分のバーを開きたい」

エミリーはほほ笑んだ。サラの明るい表情と、その空間について話す、生き生きとした彼女の身ぶり手ぶりにつられたのだ。「サラにぴったりみたいだね」とエミリー。「もう問い合わせたの？」

「看板とか出てないんだよ。まあ、ただのファンタジーだね。今までだれにも言ったことなかった。君に話したのが初めてだよ。エミリーの欲しいものは？」

エミリーは、自分の話をする準備ができていなかった。だけどサラは身を乗り出し、聞きたくてたまらない顔をしている。だからエミリーは最初に頭に浮かんだことを口に出した。

「わたし今、家の改装をしてるの。すごく大きくてゴージャスな家なんだけど、最初はフリップ〔改装などで物件価値を高め、短期転売する不動産投資法〕する予定だったんだよね。でも今は、手放したくない」

「どこにあるの？」

「ロングビーチだよ。オーシャン・アベニューのど真ん中」

サラが首をかしげる。「てことは……あそこに並ぶ豪邸のどれかってこと？　大通りに面してる？」

「そう」

「自分で買ったの？」

「請負業者用のローンでね。荒れ放題だったんだよ、買ったときは」

「エミリーって請負業者だったの？」

エミリーは笑った。「祖母が亡くなったあと、彼女の家を改装したの。あなたとのあの夜のことがあったあと、割とすぐに始めたんだ。それで祖母の家を売却したお金で、今の物件を買った。これをやり続けたい。古い家に新しい命を吹き込む仕事だよ。だけどたくさん悩んで、すごく苦労して作った空間にさよならを言うのは……」

「改装って、どれくらい自分の手でするの？」

「ほとんど、かな。見て」エミリーはサラに両手を見せる。手のひらを上に向けて。サラはその手を見つめる。その表情を見ながらエミリーは、サラがやわらかで滑らかなエミリーの手を覚えているだろうかと考える。昔のエミリーの手だ。今のエミリーの爪にはマニキュアがぬられていて、清潔で短いけれど、手のひらの皮膚は分厚く、がさがさしている。

「あの夜からこれまでの間に、そのすべてをやってのけたの?」

エミリーがうなずいた。

「すごいスピードだね」とサラ。

「だよね」

バーテンダーが閉店を告げる。だけど立ち上がる前にエミリーは、サラの腕に触れた。「あなたのタトゥーのこと、知りたい」とエミリー。「出会った日からずっと、知りたかった」

サラはエミリーに腕を見せる。

「サラ、ママ、スペンサー」エミリーが声に出して読んだ。ひとつひとつの名前の下を、指先で触れながら。エミリーは名前が大事なものであると知っていた。だからその名前には、直接触れてはならない気がした。「スペンサーが弟さん?」

サラはうなずく。

「今もいっしょに住んでるの?」エミリーはツインベッドとデスクを思い出していた。だけどサラは答えるのをためらっている。

「逮捕されたんだ。君がうちに来た夜に」とサラ。

「え?」とエミリー。急にあの夜の話になり、エミリーはたじろぐ。あの夜のことは口にしないまま闇に葬り去って、先に進むものだと思っていたからだ。

「エミリーを病院に連れていって、治療が終わるまでいっしょにいて、ちゃんと家に送り届けるべきだった」サラは言った。「ただの切り傷なんかじゃなかった。そんなわけなかったのに」

エミリーは胸がいっぱいになった。エミリーが感じたものは、勘ちがいではなかったのだ。サラとバーで交わした親密な言葉、サラのアパートに向かうまでつないだ手と手、ベッドで喜びに声を上げたあの時間――そのすべては真実だった。そのあとは最悪だったけれど、理由があったのだ。

「大丈夫だったの?」とエミリーが尋ねた。「スペンサーはどうしてるの?」

「弟は刑期を務めてる」エミリーは、サラに自分を見てほしかった。だけどサラは、ずっと床を見つめている。

「辛いね」とエミリー。

「あと六週間で出てくるよ。だからまあ、少しは救いがある」

エミリーがうなずき、サラが立ち上がった。ここを出なければ。

外に出ると、真っ暗な歩道が延びている。「それで、どうかな? わたしの電話番号、知りたい?」

「うん」エミリーはスマホをサラに渡し、サラが番号を打ち込むのを見つめた。だけどそれじゃじゅうぶんじゃない。電話をかけるという約束じゃ、またこういう夜をいっしょに過ごすという約束だけじゃ、全然足りない。常識など知ったことか。せかしちゃいけないなんて、だれが決めた？　エミリーはその瞬間、すべてを手放した。一歩前に出て、サラの首の後ろに片手を回し、やさしく彼女を引き寄せた。

サラの唇は温かく、やわらかい。ずっとキスをしていたい。

「うちに来て」とエミリーが言った。


翌朝、太陽が昇る。エミリーの部屋の窓から光が射し込んだ。エミリーは少し前から起きていて、夜中に蹴飛ばしたと思われる床に落ちた羽根布団の横に座っていた。開け放たれたバルコニーのドアからやさしい風が吹き込み、肌をなでる。サラがもぞもぞと動きだす。エミリーは、サラが腕で目を覆うのを見つめる。

「カーテンは今、注文してるんだ」とエミリー。「深い黄土色《オーカー》ですごくきれいなの。だけどちょっと間に合わなかったね」

サラがほほ笑み、エミリーはじっと彼女を観察する。サラの滑らかな皮膚。むき出しの肩。少しゆがんだ下の歯並び。

「おはよう」

サラは少し腕をずらして目を細め、「おはよ」と答えた。頬骨にまつげが一本落ちている。エミリーは手を伸ばし、取りたい衝動に抗《あらが》う。

「急いでないなら、コーヒーをいれようか？」

「うん」とサラ。「急いでない」

下階でエミリーは、棚から三つのマグカップを取り出した。豆を挽き、湯を沸かす。そのとき、コレットがテーブルにいるのに気づいた。

「だれか連れて帰ってきたでしょ」とコレットがスマホのスクリーンに目を落としたまま言った。

「サラっていうの」

「あたしが聞いた感じだと、そのサラとやらは、ベッドですごそうですな」

エミリーは天井を見つめる。「あらま」とエミリーは考え込むふりをした。「配管などを通って、音が聞こえてしまうのですね」

コレットが声を上げて笑った。

エミリーはコーヒーをいれ終わると、コレットのカップについで彼女に渡した。

「じゃあ二階に行くね」

「楽しんで」とコレット。「あとで家のことを手伝ってもらいなよ」

「頼んでみる」

エミリーはトレーを手に、弧を描く階段を上り、寝室に戻った。サラは服を着てバルコニーにいた。海を見ている。

「すごい場所だね」とサラ。

「でしょう」

「案内してくれる？」

エミリーはうなずいた。エミリーはコーヒーにクリームを注いでから、サラを連れて部屋を出る。高い天井。装飾されたモールディング。彫刻が施されたアルコーブ。天井の楕円形彫刻装飾《メダイヨン》。真ちゅうのドアノブ。象眼細工《インレー》の床。感動する人はたくさんいるけど、細部にまで興味を示す人は少ない。サラは細かいところまで一生懸命目を凝らし、絶えず質問をした。ふたりは一杯目のコーヒーを飲み終わると、二杯目をついだ。エミリーはサラにコレットを手短に紹介した。コレットが普通に応じたので、ほっとした。

「エミリーに今日の予定、聞いた？」コレットが言う。

「いや」とサラ。

「玄関ロビーの壁紙をはがすんだよ」とコレット。「やる？」

「やりたい」とサラ。「ぜひ、やらせて」

それからキッチンで卵を食べて、サラはエミリーのクローゼットから自分の体に合う作業用の服を選んだ。

エミリーはペイントローラー、壁紙はがし《スクレーパー》、ブルーシートを集め、水道の蛇口をひねって熱々の湯を出した。シンクにバケツを置いて半分まで湯をため、そこにおよそ五百ミリリットルの酢を入れた。コレットが最近ずっと聞いていたロードの最新アルバムが、玄関の近くから流れてきた。サラとコレットの声が聞こえてきたけど、何を話しているのは分からなかった。サラが自分の服を着ているのを見て、エミリーは頬を赤く染めた。

何時間もかかる作業だった。先端が鋭利な道具を使って壁紙に小さな傷をつけ、あらかじめ決めておいた範囲を濡らして壁紙をはぎ取る。一気にはがせたときは歓声が上がった。かなりしつこく張りついている箇所もあり、何度も同じ工程を繰り返す必要があった。濡らして、削り取る。サラが退屈してしまうのではないかとエミリーは心配していたけれど、ドア近くの壁紙に集中しているサラの表情に、思い過ごしだったと気づく。サラは唇をかみ、目を細めて慎重に作業を進め、壁紙を順調にはがしていた。

〈スーパー・メックス〉からブリトーをテイクアウトしてランチにした。豪勢なテラスで食べてから仕事に戻り、午後遅くまで作業を続けた。ロビーの壁紙は、はがし切った。

「次は何をするの？」とサラが尋ねた。

「明日は壁の手入れをする。ちゃんと表面が滑らかになるようにね。それから新しい壁紙を張るよ」

「どんなの？」

「見せてあげる」

コレットは出かけると言った。友達に会うらしい。エミリーは、サラをリビングに招き入れた。電飾やイス張りのための生地や工具が並んでいる。

「ちょっと奇抜だよ」とエミリーはサラに警告してから、壁紙をゆっくりと床に広げた。ヤシの木と花々、熱帯の鳥たちが羽ばたいている。さまざまな色合いの緑、青、赤、黄がはじける。

「すごく素敵だね」とサラ。

「ここに足を踏み入れた瞬間に、特別な場所に来たんだって感じてほしいんだ」

エミリーは壁紙を巻き直し、箱に入れる。その間じゅう、サラの視線を感じた。暖かい光みたいで、ずっと照らされていたい。もう一日が終わろうとしている。そうしたら、彼女たちに何が待っているだろう？　エミリーは、サラにずっとここにいてほしかった。

「カクテルを作ろうか？」とエミリー。

サラは驚きの表情を浮かべた。「うれしいな」

「怖いもの知らずでしょ、わたし」

暖かい夜だった。ふたりは衣服の汚れを落として着替えた。それからエミリーは、サラにしばらくしてから庭で待つように頼んだ。「あなたの前で作るのは、まだハードルが高いから」

この物件を購入してすぐに、メープルの枯れ木を抜いてもらうつもりだった。真ん中のヤシの木を除いて、庭の植物はすべて入れ替える予定だった。ダイニングルームの窓の外にブラックベリーが繁茂している。エミリーが外に出ると、サラがブラックベリーをひとつかみ採り、エミリーに差し出した。

「最高だよね」とエミリー。「この場所を売りに出すなら、ブラックベリーも抜かなきゃいけないのは分かってるんだけど、ほんとはそんなことしたくない」エミリーはサラにグラスを渡した。「ジンとトニック、それにライムを少々。わたしが唯一作れるドリンクです」

ふたりはグラスを合わせ、木陰のベンチに並んで腰かけた。

サラがひとくち飲む。「すごくおいしい」

「まあまあでしょ」

「この瞬間にぴったりのドリンクだ」

「それはそうかも」エミリーもグラスに口をつける。「今はどこで働いてるの？」

「コンサルティングをしてるんだ。レストランのカクテルメニューをデザインする仕事。バーテンダーのトレーニングもする」

「いつか自分のバーを開くの？」

「どうかな」とサラは言い、彼女のひざをエミリーのひざに軽くぶつける。「もっとこの場所のこと、教えてよ。なんでここを選んで、大仕事を引き受けようと思ったのか」

「もう説明したよ、手短に」

「手短じゃないバージョンで教えてほしいな」

「何世代もさかのぼるよ？」

「受けて立つ」

「父方の男たちはみんな、大工だった。祖父も祖父の兄弟も、祖母の兄弟もそうだったけどね。

戦争のあと、ニューオリンズからロサンゼルスにみんなで移ってきた。おんぼろの車に乗ってね、家族みんなで行列を作ってここまで来たの。一台が故障したら全台路肩に寄せて、力を合わせて修理して前に進んだ」

サラは背をもたせかけ、聞いている。エミリーは初めて話を聞いてもらうという経験をしている気がした。自分の声が聞こえる。話をする自分の声が、耳に心地いい。初めてだ、こんな気持ちになったのは。自信に満ちている。心を開いている。もっと聞いてほしい。「それぞれが自分の家を建てる夢を持っていた。それで、自分たちの手で建てた」とエミリー。「少なくともわたしは、そんなふうに考えたいんだ。写真があるんだよ。見たい？」

「うん」とサラ。

エミリーは家の中に駆けていき、手紙と写真、新聞の切り抜きが入った箱を持って戻ってきた。クレアの持ち物から、エミリーが取っておいたものだ。

「見て」とエミリー。「ここに祖父が書いたラブレターがある。〝君にキスをした。君に恋をした。そのときぼくは、愚か者になった〟」

「わお」とサラが言った。

「すごく素敵でしょ？　ふたりともすごく若かったんだよ。見て、おじいちゃんのこの字！それに写真もあってね」

エミリーは、写真をサラに手渡す。祖父母が住んだ順番に並んだ家の写真だ。貧相な家も、なんの変哲もない家もある。ワッツ暴動〔一九六五年に起こった黒人差別への抗議暴動事件〕のときに引っ越した家。バスとエミリーが前庭に寝転んで空を見上げた家。あの夜から何カ月がたっただろう？　写真の中に写るのは、数十年前の家だ。

「そして今、エミリーがここにいる」とサラ。

「そう。わたしはここにいる」サラの言葉の意味をくんで、エミリーはそう答えた。褒められたような気がした。恥ずかしくなる前のほんの一瞬だけ、エミリーは素直にうれしがることを自分に許した。「今のところは、ここにいる。ねえ、あなたのことも知りたい」とエミリーが言った。「わたし、ロシアン川に行ったことない」

「とてもきれいなところだよ。だけど流れの下はいろいろと複雑だ」そうサラは言って、口をつぐんだ。エミリーは続きを待っていたけれど、サラは首を横にふった。太陽が低い位置にある。グラスは空っぽだ。

「あんまり話すことはないんだ」とサラ。

エミリーは無理やりにでも聞き出したかった。具体的な質問をして、答えさせたかった。だけどサラは立ち上がり、背伸びした。「おなかすいた」とサラは言った。「ディナー、ごちそうさせてくれない？」

それから一週間が過ぎ、土曜日になった。三人でまた、作業に取りかかった。エミリーはすべてのドアから真ちゅうの部品とドアノブを外し、コレットとサラは裏手にあるテーブルに家具保護用布《ドロップクロス》をかけた。エミリーは重曹を混ぜた薬剤とそれをぬり込むための布切れをふたりに渡した。

サラとコレットは布を手に新しい作業を始める。しばらくすると、サラがコレットに尋ねた。

「コレットは、禁酒しているんだよね?」

「うん」とコレット。「そう」

「もうずっと?」

「一年半くらいかな」

「かなりの期間だね」とサラ。「おめでとう」サラがそう言ったあと、次の言葉を継ぐのにためらっているのにエミリーは気づいた。意を決したようにサラが尋ねた。「わたしの仕事、迷惑かな」

コレットは首を横にふる。「酒はね、あたしにとってそこまで大きな問題じゃない」

「ああ」とサラ。「そうなんだね」

「問題なのはヘロイン。もうずっとね、ってエミリー、話してないの?」

エミリーは首を横にふる。

「この子ね、昔はみんなに言いふらしてたんだよ」

「いいえ、みんなには言ってません」

「おっと」とコレット。「サラ、ショックだった？」

「ちがう」とサラが答えた。「ちがうんだ、衝撃を受けてるのはそうなんだけど、コレットが思っているのとはちがう」

だけどエミリーにも、サラはうろたえているように見えた。サラは、ラグカーペットの上にあるさっきまで磨いていたドア枠に座った。「父が密売人だった。母は使っていた」

世界が静かになる。エミリーは、ヤシの木漏れ日を感じた。サラの太ももに置かれた両手を見つめる。だからサラは、子供のころのことをしゃべりたがらなかったんだ。

「それは大変なことが多かっただろうね」コレットが言った。「お母さん、やめられた？」

「やめはした。うん。だけど、心臓への負荷が大きすぎたみたいで、死んだんだ」

〝サラ、ママ、スペンサー〟あのタトゥーをサラが見せてくれたとき、エミリーはすべて理解した気になっていた。だけどなんにも分かっていなかったんだ。まったく分かってなんかいなかった。エミリーはサラに体を寄せ、サラの背中に手を置こうとした。けれどサラは、立ち上がった。

「ファック」とサラが言った。「ごめん。わたしちょっと……ひとりになりたい」

エミリーは家の中に消えるサラを見つめた。


その後、エミリーはサラと寝室にいた。キャンドルの炎が揺らめいている。エミリーは服を脱ぎ、ナイトシャツを着た。サラはベッドに寝転がって本のページをめくっていた。エミリーは、先ほどのやりとりに触れずにごまかすこともできたけれど、サラとはそんな関係を望んでいなかった。サラのことがもっと知りたかった。

エミリーはベッドの横にひざまずいた。「質問してもいい？」

サラが本を閉じた。「いいよ」

「コレットには家族の話をしたのに、わたしにしなかったのはどうして？」

サラは起き上がり、座った。「ふたりに話したよ」

「うん、そうなんだけど、その前にわたしが聞いたときは話してくれなかった」

「ああいう話って、普通するものなの？　聞きたい人なんていないでしょ」

「わたしは、聞きたいよ」エミリーが言った。「お母さんを亡くしたことすら、わたし知らなかった。てっきり実家にいるんだと思ってたよ」

「ごめん」

「謝ってほしいんじゃないの。全部話してほしいわけじゃない。だけどわたしは、サラのことが知りたい」

サラはうなずいた。

「お母さんが亡くなったとき、サラは何歳だったの？」

「十二」

エミリーはサラの手を取り、自分の唇に当てた。サラの瞳から苦痛があふれていた。サラの傷がとても深いことが、エミリーには分かった。エミリーはサラの手を放し、本のページをめくるサラを見つめた。その夜は、もう何も聞かなかった。

それからというもの、サラとエミリーはできるだけいっしょに時間を過ごした。エミリーは、サラのアパートでスツールに腰かけて、サラがオレンジの皮をむいて砂糖漬けにするのをながめた。サラは、エミリーの家で石膏の修復や色ぬり、やすりがけをしたり、エミリーが登るはしごを支えたりして、エミリーを手伝った。

エミリーはサラの新しいレシピの味見をし、サラはペンキや木材染料の色決めに知恵を絞った。本を朗読し合った。お気に入りのレストランに足しげく通った。服を脱いだ。何度も脱がせ合った。

ある水曜日の夜、コレットとアリスとパブロとエミリーとサラが庭に集まり、ヒッチコックの映画を家の壁に投射して鑑賞した。その週の残りは、互いに映画についての感想を送り合い、衣装やセットやロングショットや暗い雰囲気を出す照明について話し合った。毎週やろうよ、とアリスがメッセージを送り、全員が賛成した。

それから毎週水曜の午後、エミリーは庭を整えた。友達の好きな飲み物や菓子を見つけるのが、エミリーは昔から好きだった。完璧なタイミングを見計らってもてなすのも、彼女の楽しみのひとつだった。エッチングの入ったグラスセットも持っていたし、フランス製の白い釉薬《ゆうやく》が見事な皿セットも、それに真ちゅうの燭台《しょくだい》もあった。家にぴったりの壁用燭台と、年代物の金属製品をフリーマーケットで物色していたときに見つけたお宝だ。

パブロが庭の門に現れ、アリスが後ろからついてきた。コレットは家の中から現れるか、雑用から帰ってくる日もある。髪は高く結い上げていて、ゆったりとした服を着ている。

そしてサラがロビーにいる。葉と熱帯の鳥が舞う壁紙の中で、上着を脱ぎながら、エミリーにキスをする。

ピザが到着する。みんなで暗闇に座る。グレース・ケリーが窓の外を見やる。ティッピ・ヘドレンがボデガ湾をボートで渡る。「だめだ！」とパブロが叫んだ。「鳥のせいでキャシーがケーキを食べられなかったじゃんか！」エミリーはそのとき、大切な人たちに囲まれているその瞬間の幸福をかみしめていた。風が冷たくなったときのために、みんなのイスの上にやわらかいブランケットを置く。それだけで胸がいっぱいになった。

映画が終わると家に入り、床に座った。全員が座れるほどの家具がなかったからだ。エミリーとコレットは、両親からレコードとレコードプレーヤーをゆずり受けていた。バスとローレンの離婚の際に行き場をなくし、ここにたどり着いたのだ。コレットが、ネヴィル・ブラザーズのレコードをかけた。

「パパとママの若かりし日々の音楽です！」とエミリーが言った。

スペンサーが釈放された日、エミリーはいつも通り、緑色の壮大なキッチンでコーヒーをいれた。ダイニングルームで校正に取り組むコレットに、コーヒーを持っていく、「んんー、ありがとう」とコレットがコンピュータースクリーンから目を離さずに言った。最近のコレットは、より熱心に仕事に打ち込んでいる。ロングビーチでも、サンフランシスコのトムのところでもできる仕事だということに気づいたのだ。

エミリーは二個のマグカップを手に、階段を上って寝室に行った。サラがそろそろ目を覚ますころだ。

ふたりは床に置いてあるベッドマットレスに座り、海の見える窓に目をやった。

「気分はどう?」とエミリーが尋ねた。「緊張してる?」

「少し、してるかな。でもうれしさのほうが大きい」

エミリーはサラの表情から、彼女が本心を言っているのだと分かった——やわらかい雰囲気が彼女から漂っていた。サラはコーヒーをすぐに飲み干し、表情がしゃきっとした。サラの気持ちを考えたら、エミリーもうれしくなるはずだ。だってそれ以外に、どんな感情があるんだろう? だけどエミリーには、ある記憶がまとわりついていた。コレットの記憶だ。コレットがベッドの上で、エミリーにギターを教えてくれた。ドアをぴしゃりと閉じて姿を消す少し前まで、そうしていた。エミリーは知っていた。すべてがうまくいっていることは——すべてが美しいとさえ思えることは——それが唐突に終わらないことの約束ではない、と。

サラとつき合い始めてから数週間、サラはレシピを作り、バーテンダーのトレーニングをしたし、エミリーは友達との時間も過ごした。だけどサラは、エミリーとの時間を何よりも優先した。

そして今、サラの弟が帰ってくる。エミリーは怖くなり、先回りをした。

「これからはあんまりいっしょにいられなくなるかもね」とエミリー。「しばらくの間は」

サラは身をかがめてエミリーに近づき、彼女の鎖骨にキスをした。

「ちゃんと会えるよ」

サラの言葉の通り、ふたりは会い続けた。頻度は落ちたけれど、エミリーが恐れたほど少なくもならなかった。ときどきサラは、スペンサーといっしょにエミリーを訪ねた。初めてふたりいっしょに会ったとき、エミリーは噴き出しそうになった。ドア口に並ぶサラとスペンサーは、ひょろ長い体格も短い金色の髪も青い瞳も何もかもがそっくりだったのだ。サラがエミリーにスペンサーを紹介すると、スペンサーはハローと言って、ほほ笑んだ。サラと同じで、左頬だけにえくぼが浮かんだ。

スペンサーは口をぽかんと開けて、エミリーの大豪邸をさまよい歩いた。「すんごい家だね」とあまりにも何度も言うので、エミリーは笑った。

「でしょ」とエミリー。「手放すのが惜しいくらい」

スペンサーはサラよりもあっけらかんとして、過去のことに対するガードもゆるかった。ある日、コレットがジョニー・キャッシュのレコードを流したとき、スペンサーが言った。「ねえサラ、パパがこの曲をよく聞いてたのを覚えてる?」

ある夜、ポーカーをすることになったときは「ファイブカードドローでいい?」とスペンサーが尋ね、一同がうなずいた。「姉ちゃんが出ていったあと、デイブとジミーが教えてくれたんだ。ポーカーナイトの話をしたっけ? ぼくが十二のときに始まったんだよ」

サラは首を横にふった。「初耳だよ」

エミリーは、サラを観察した。もっと話してほしいと思った。最初に会ったときに、サラがシダを触っていいか尋ねたのを思い出した。〝この葉っぱさ、わたしのふるさとのいたるところに生えてたよ〟そうサラは言った。いつかエミリーに打ち明けてくれる日が来るのだろうか。

それから数週間がたち、サラの誕生日が近づいた。「お祝いに誕生日パーティーを開いてもいいかな?」とエミリーが尋ねた。「家具は全然ないけどさ、どうにかするから。用意しても大丈夫?」

「うん」とサラは言った。「いいよ」

パーティーの前日、コレットとエミリーはダイニングルームに座って、代々受け継がれてきた数々のレシピブックを見つめていた。

エミリーはどれを見ればいいのか分かっていた。小さな白いペーパーバック版のレシピブックだ。地味で、写真もなくて、ただレシピがのっているだけ。目当てのページを見つけるのも簡単だ。

「レシピ通りにやればいいんだよね？」エミリーはコレットに尋ねた。「わたしたち、どっちも料理が得意じゃないって、けっこうやばくない？」夢中でページをめくっていると、エミリーとコレットのひざが触れた。そのレシピは、小さなレシピブックの見開き五ページにわたっていた。

「問題ないさ」とコレット。

エミリーは材料の長いリストを指でなぞりながら、声に出して読み上げた。余白にあった父親の手書きメモも同じようにした。「そうだね」とエミリーは肩をすくめて言った。「失敗しても、頑張ったことはサラに伝わるよね」

「で、そこそこでも、みんな敬意は表すべきである。わが人々の料理であるぞ」

エミリーは笑ったけれど、コレットの言葉に共感もしていた。〝君の作るガンボが恋しくてたまらない。君とのすべての瞬間が恋しくてたまらない〟祖父がそう手紙に書いた。祖父母は何度の週末をキッチンにこもって過ごしたのだろう？　野菜を切って炒め、家じゅうがハーブとカニのにおいでいっぱいになり、煮込まれた濃い色のソースと米をボウルによそい、テーブルに運ぶ。ふたりは何度繰り返しただろう？

「パパもママも、何を考えてるんだろうね。これ全部、わたしたちに持たせるなんて」とエミリーはレシピブックの山を指さして言った。「離婚したらもうガンボは作れないの？　スコーンもジャンバラヤも作らないの？」

「ほんとだよね」とコレット。「どうかしてるよ」

エミリーとコレットはスーパーに行って、あらゆる陳列棚から必要なものを選び、二度、三度と確認した。バスが家に来て、だし《ストック》作りを手伝った。エビの殻をむいて、カニの身をむしる。それから鶏のもも肉とアンドゥイユソーセージも用意した。

「細かく刻むんだ。計量スプーンにきちんと収まるように。そしたら客人の口にも入れやすくなる」とバスが言った。

「余白にまったく同じことが書いてあったけど」とコレット。

「すごいだろ？　パパはこだわり屋なんだ」

エミリーは、バスがキッチンで動く姿を見ていた。エプロン姿で、以前よりやせたように見える。変わらずエミリーの父親だけど、まったく新しい人生を歩んでいる。エミリーは、バスが彼女を置き去りにしたときのことを思い出していた。壁が打ち砕かれた祖母の家に、ひとりぼっちにされたときだ。バスがエミリーをぎゅっと抱きしめ車で去ったあと、エミリーは強い日射しに崩れ落ちそうだった。あの痛みはまだここにある。だけど、手放したい。今、パパはここにいる。

ボウルに先ほど用意した肉と魚介をすべて入れ、ふたをして冷蔵庫にしまった。エビとカニの殻と、鳥の骨を、水を沸騰させた鍋に投入し、ニンジンの皮と葉物野菜、それからタマネギも入れて弱火でぐつぐつ煮込む。

翌朝、エミリーとコレットはコーヒーをいれ、トーストを食べたあと、すぐに料理を再開した。材料の下ごしらえだけで、一時間かかった。セロリとタマネギ、パプリカにニンニクを切り刻む。スパイスもきちんと計量する。最初のルーは焦がしてしまった。「これ、使っても大丈夫かな?」エミリーが尋ねる。

「パパにメッセージしてみる」とコレット。すぐに返信が来た。**絶対に使うな。**

なのでふたりは、黒焦げになったスパイスたっぷりの小麦粉の塊をゴミ箱に捨てて、また一からやり直した。今度は弱火で挑戦だ。エミリーが頻繁にかき混ぜたので、茶色になるのにかなりの時間を要したが、色が変わり始めると部屋が素晴らしい香りに包まれ、ふたりはうまくできていると確信した。コレットはルーをボウルに移し、脇に置いた。

「聖なる三位一体《ホーリー・トリニティー》の時間でございます」とエミリーがレシピを読み上げた。「すごく簡単そう。セロリとタマネギとパプリカを混ぜればいいだけ」

肉類を少量ずつ調理した。トリニティーに焦げ目をつけたフライパンを使う。じゅうぶんに油が残っていることが肝心だ。バスが余白に残した指示通りに、底が焦げつかないようにときどき混ぜる。スパイスを投入し、火を弱める。エミリーがトマト缶をひと缶持ってくる間に、コレットがルーの入ったボウルを用意する。交互に鍋の前に立って、トマトを入れ、ルーを加える。ふたつがきれいに混ざり合い、ペースト状になった。

エミリーはストックが入った鍋を火にかけ、強火にして沸騰させる。そこにコレットが先ほど作ったペーストを少しずつ入れ、エミリーが混ぜる。ペーストがきれいに混ざったら、弱火にしてふたをする。

「これで二十分間、ぐつぐつさせれば完成」とコレット。

「よし、じゃあテーブルの準備をしよう」

ダイニングルームは、豪邸の中でもエミリーがいちばん好きな場所だ。片側には建築当初からの窓が残っており、すき間風が吹くものの、あまりにも美しいので撤去せずにいかすことにした。窓からは庭が見晴らせた。フレンチドアを開けるとすぐに目に入るのが、エミリーが〈パサデナ・フリーマーケット〉で見つけてきた巨大なシャンデリアだ。ダイニングルームの天井の真ん中で輝いている。

シャンデリアの下には、折りたたみ式の長机が二台並び、折りたたみの木製のイスが積んである。アリスがイベント会社から借りてきたのだ。

エミリーがテーブルクロスにアイロンをかけ、コレットはランチョンマットとナプキンを青色、ピンク色、緑色の順に並べている。テーパーキャンドル（濃い緑色。サラのいちばん好きな色だ）を並べ、十一人分の席を用意した。

そろいの皿とフラットウエアも、イベント会社から借りた。ワイングラスもだ。サラとスペンサーの席。エミリー、アリス、パブロ、コレットの席。それから、サラの友人五人の席を用意した。サラの友達のうち、ふたりにしかエミリーは会ったことがない。

タイマーが鳴り、エミリーとコレットはキッチンに戻った。鶏肉とソーセージ、エビを鍋で煮て沸騰させ、弱火にしてから牡蛎《カキ》とカニを入れた。

エミリーは生ゴミと、使ったボウルを片づけた。彼女の後ろではコレットが鍋をかき混ぜている。右足を左の太ももに休め、あのクリスマスパーティーのときと同じ姿勢だ。

「シャワー浴びようよ」とコレットが言った。「そのあとで味見しよう」

エミリーはタイルを張ったばかりのバスルームで、熱いシャワーを浴びた。湯気に包まれる。すね毛をそった。シャワーを止め、肌にローションをぬり込む。ジーンズをはき、Tシャツを着てキッチンに戻った。

コレットはもうそこにいて、レシピブックのページをめくっていた。エミリーは、レシピブックに答えが隠されているのかもしれないと思った。料理の作り方だけでなく、存在の仕方とか、生き方とか記されているのかもしれない。コレットがまたページをめくる。

「自分がクレオールだってことについて、考えることある?」とエミリー。「普段、意識する?」

「ときどきね」とコレットが答えた。

「わたし、たくさんレポートを書いたの。大学のときはしょっちゅう、クレオールについて書いた。それが何を意味するのか知りたかった。わたしにとって、どんな意味を持つのかなって」

「読みたい。読ませてくれる？」

エミリーは首を横にふった。「アパートを出るとき、レポートの束を見つけたんだけどね、あまりにもあけすけで、なんだか恥ずかしくなっちゃって、全部捨てちゃったんだ」

「えぇー」とコレットは眉をひそめた。「もったいないよ。そんなふうに思えるのって、ちゃんと学んでるってことでしょ」

エミリーは肩をすくめたけれど、姉の真摯《しんし》な表情に心を打たれた。もしかしたら、エミリーは、自分にもう少しやさしくてもいいのかもしれない。

エミリーは、アリスといっしょにコレットをアパートに招いた数年前のことを思い出していた。あのときのふたりの会話が少しでもちがっていたら、ふたりの関係も変わっていただろうか？　エミリーが上から目線でものを言って、コレットを怒らせたりしなければ。あのときコレットに、クレオールについてのレポートを読んでもらえばよかったのかもしれない。そうすれば夜更かししてふたりが何者であるかについて話し合えたのかもしれない。

「子供のとき、パーティーでいとこたちとセカンド・ラインを踊ったの覚えてる？」とエミリーが尋ねた。

コレットはカウンターに寄りかかり、切なげな表情を浮かべる。「おばさんたちがパラソルを回してたね」

「クレアおばあちゃんが話してくれたんだけど、ニューオリンズでクレオールのダンスがあるときは、入り口に用心棒が立って男の子たちに手首を見せろって言うんだって。色が黒すぎたら、ダンス会場には入れない」

「何それ、ありえなくない？」とコレット。「意味分かんないよ。クレオールだって差別されたから土地を移ったのに」

「ほんとだよね」

コレットは首を横にふる。

エミリーが続ける。「もうセカンド・ラインを踊る人は少なくなったし、おばさんはみんな死んじゃったし。だれにも知られないまま消えてしまったお話もたくさんあるはずだよ」

「けどさ、あたしたちにはあれがある」コレットはそう言って、鍋のほうに頭をふった。「でしょ？」

「なんだか、緊張してきちゃった。うん、そうだね。これがある」

ふたりはそれぞれのスプーンで、鍋の中身をすくった。息を吹きかけて冷まし、口に運ぶ。

「うーわ」とコレット。

エミリーが首を横にふる。「わたしたちが作ったのに？」

「ちゃんとガンボだ！」とコレット。

ふたりは鍋をのぞいた。「魔法だと思う」とエミリー。「変かな、なんだか泣けてくる。この味だよ、まったくいっしょ」

「ううん」とコレット。「変なんかじゃない」

「もうクリスマスパーティーがないなんて」

「あたしたちで開けばいいんだよ」

エミリーはうなずいた。コレットとふたりならできるかもしれない。

サンドイッチを作り、庭に出た。背の低いヤシの古木の陰で、ふたりは静かに座って食べた。

パーティー開始の一時間前になると、コレットが米を炊き、エミリーが赤ワインを用意した。ワイングラスを並べ、氷を入れたバケツに、ペレグリーノのボトルを数本入れた。木製のチーズボードに、オリーブとチーズ、はちみつとフルーツを盛り合わせ、レンタルしたテーブルに一枚置き、部屋の端にある彼女の小さな丸テーブルにも一枚置いた。コレットが自室に入ったのを見て、エミリーも二階の自分の部屋に入った。それからしばらくして一階に戻ったエミリーは、コレットと向かい合って立った。ふたりとも口紅をつけ、ドレスを着ている。コレットはお団子に髪をまとめ、エミリーの髪は肩にかかっている。

「エミリー、きれいだよ」

「お姉ちゃんも」

コレットが家じゅうのキャンドルに火をともし、エミリーがレコードを選ぶ。シュープリームスの『ベイビー・ラブ』をかける。パーティーを明るくハッピーな空気で始めたかったからだ。前菜のときはテンプテーションズで、メインのときはジョニ・ミッチェルを流そう。サラの友達のひとりがケーキを持ってきてくれる。デザート時のレコードは、あとで選ぶつもりだ。そのときの雰囲気がにぎやかか、しっとりしているかで決めよう。

「終わったよー」とコレットが言って、キッチンカウンターにマッチ箱を置く。

「よーし!」とエミリーが言い、回転するレコードに針を落とす。「これで準備はできたはず」

ふたりは応接間、リビングルーム、それからロビーを通って幅広い重いドアを押し開け、外に出る。階段でみんなの到着を待つ。

数時間後、コレットが米をよそったボウルをエミリーに差し出し、エミリーがガンボを注ぐ。キッチンとダイニングを行ったり来たりして、席まで運ぶ係はパブロだ。サラがキッチンに入ってきた。「ちょっとだけ邪魔するよ」そう言ってサラはカバンからいくつかのボトルとグラスを取り出した。ガンボを配り終わると、サラがコレットと彼女の友達エリックと、スペンサーの前にグラスを置いた。

「何これ?」とエリック。

「意見を聞かせてほしいんだ。グレープフルーツ・シュラブ、トニック、ローズマリー・シュラブのミックスなんだけど……モクテルの新しいメニューを考えてて」

「モク……なんて?」とスペンサー。

コレットが笑う。「モクテル。ノンアルコールのカクテルのことだよ」

「なーるほど。けど、アルコールが入ってないカクテルなんて、カクテルである意味がなくない? しかもぼく、普通に酒、飲んでるし」

「知ってる」とサラ。「でもあんたは未成年でしょ。それにね、カクテルである意味はあるんだよ。ちゃんと説明してあげるから。でもその前に、みんなでガンボをいただこう」

みんながガンボを味わい、堪能している音が聞こえる。「よくやったね、ふたりとも」とアリス。「バスのと同じ味がする」

エミリーも米とソースをいっしょにスプーンにのせて、ぱくりと食べる。さっき味見したときより、おいしくなっている気がする。「シスター、料理上手!」とコレットに声をかける。

「エミリーもね」とコレットが返す。

エミリーは向かい側に座るサラを見つめる。スプーンにガンボをのせ、口に運び、目を閉じて味わっている。ワイングラスを持ち、口に運ぶサラの手を見つめる。

テーブルは静かで、一同がサラのモクテルの説明を待っている。

「たぶん、ここにいるみんなは知ってると思うんだけど、わたしが家を出たときすごく若かった。十六歳だった。ロサンゼルスにはグラントっていう男の子と来たんだ。町を出たとき、グラントとは出会ったばかりでよく知らなかったんだけど、ここに着くころには友達になってた」

スペンサーはそれまで夢中で食べていたけれど、サラが話し始めるとスプーンを置いた。

「ここに来たとき、だれも知らなかった。お金もなかった。ベニスにあるシェルターに世話になって、仕事を紹介してもらった。わたしの最初の職場はレストランだった。わたしの指導役だった人が、アパートを引き継がないかって言ってくれて、わたしはそのアパートに住むことにした。そのとき、その人がリレのボトルを出したんだ。冷蔵庫から取り出して、それから二個、エッチングの入ったクリスタルグラスを用意してくれた。レモンの皮をむいてさ――カクテルを作ってくれたんだよ。ふたりで飲んだ。そのとき、心がさ、吹き飛ばされたみたいに衝撃を受けたんだ」

「それ、飲んだことないな」とスペンサー。「もう一回教えて、お酒の名前」

「リレだよ」とサラ。「でも、リレだったからじゃないと思うんだ。すごくおいしかったし、リレは大好きだけど、でもあの瞬間に何かが隠されていた。日常の中で一度立ち止まって、目の前にあるものの意味に心をとめること。カクテルじゃない。あのときわたしの心を奪ったのは、そういう生き方だと思うんだ」

「それが答えだってさ、スペンサー」とエリックは言い、カクテルに口をつけた。「本物みたいにうまいよ、サラ」

サラはほほ笑んだ。「よかった」

「ごめん、話を続けて」とエリック。手をふってサラに場を渡す。

「あのときはウエートレスとしてけっこういい額、稼いでた。だけどバーテンダーになりたいって思った。飲酒年齢に満たなかったけど、ボトルのラベルを見て名前を覚えたりバーテンダーに質問したりして、もうなりふりかまわなかった。早く出勤して——もちろんタダ働きね——シンプルシロップやトニックの作り方を教わった。あるバーテンダーが、ちょっとだけ中身が残っているボトルをくれて、家で試せる簡単なレシピを教えてくれたこともあった。そうこうするうちに十八歳になって、ワインをついでも違法じゃなくなった。レストランのみんながその夜、わたしのために乾杯してくれた。シェフも調理場の人も、ウエートレスもバスパーソンもホステスもマネジャーもみんな出てきてくれて、みんな長いシフトのあとで汗だくのまま顔を見せてくれて、わたしを見つめてグラスを上げたんだ」

テーブルの向こうで、キャンドルの光に照らされたサラの表情を、エミリーはじっと見ていた。

「人生で最高の瞬間だった」

だけどエミリーは、この話はこれで終わりではないと感じた。「グラントは？」とエミリーは尋ねた。

サラはうなずいた。グラスに口をつけ、水を口に含み、飲み込んだ。テーブルは静まり返っていた。

「グラントは、わたしといっしょにアパートに引っ越したかったんだと思う。1LDKだったけど、きっとなんとかなったはずなんだ。車に寝泊まりしたときもあったから。それに比べたら贅沢だ。だけどグラントにアパートのことを言ったとき、わたしがしくじった。グラントの気持ちを分かってなかった。そのあとずっと、グラントのことばかり考えてた。冷蔵庫にリレを常備してさ。ずっと。自分のグラスを満たしながら、グラントはどうしてるだろうって考えた。あの夜、十八歳になったあの日、仕事から家に帰ったら、グラントがいてくれたらいいのにって思った。全部、グラントに話したかった」

「グラントはその後、どうしたのかな」とコレット。

「どうしているんだろうね」とサラ。「分からないんだ」

「グラントのこと、もう少し教えてくれる?」とエミリー。

「だめだね」とスペンサー。「少しじゃだめだ。たくさん教えてほしい」

「オーケイ。グラントの前歯は欠けてた。ほんの少しね。下の前歯。すごくかわいいんだよ。アイダホ出身で、親にゲイだって告げたら家を追い出された」サラは背もたれに体重をかけ、天井を見つめた。「ロサンゼルスに来るために、かなり悲惨なこともしたんだよ」とサラ。「わたしより、グラントのほうが辛い思いをしたんだ」サラは背筋を伸ばし、首を横にふった。「今夜は、みんなのために特別なものを作りたかったんだ。みんなとここにいられてほんとに最高だよ。コレットにエミリー、こんな素晴らしいパーティーを開いてくれてありがとう。みんな、来てくれてありがとう。それからスペンサー、戻ってきてくれてうれしいよ」

サラはグラスを上げた。テーブルのみんなもそうした。グラスが触れ合い、音を立てたとき、エミリーはサラの輪郭がよりくっきりと見えるようになった気がした。それでも、エミリーは渇いていた。いつもと変わらない渇きだ。サラのことをもっと知らなくては。


真夜中、パーティーはお開きになった。

「わたしは残るよ」とサラがスペンサーに言った。「片づけを手伝いたいから。スペンサーは運転していって。わたしは車を呼ぶから大丈夫」

「手伝いいね」そう言ってスペンサーはウインクした。「了解。ハッピーバースデー！」スペンサーが両手を広げ、サラとハグするのをエミリーは見ていた。ひょろ長い体に、短い金色の髪。さりげないハグ。

「じゃあまた明日ね」とスペンサー。「エミリー、ほんとにありがとう。コレット、おやすみ」

スペンサーが去ったあと、コレットが言った。「スペンサー、大丈夫そうだね」

サラはうなずく。「うん」

「サラがいっしょでよかったね」

「わたしも弟といっしょでよかった」

「あのさ」と言いながら、コレットは大あくびをする。「百万枚くらい皿があるのは分かってるんだけどさ、すごい眠いからもう寝るね。そのままにしておいて。明日わたし何もないんだよね。暇だからさ。片づけとく」

三人はおやすみを言い合い、コレットが寝室に消えた。キッチンに残ったのはエミリーとサラだけだ。

「ねえ、ほんとに今から片づけるの？」とエミリー。

「そう。今から本当に片づけます」とサラ。「こんな状態で帰れないよ」

「でも、誕生日だよ？」

「楽しいって」とサラ。

「うー、分かったよ。わたしが洗うから、サラが乾かす係ね」

ふたりは並んで、シンクの前に立った。はだしだ。エミリーは洗剤の泡立つ水に手を突っ込んだ。サラは白いディッシュタオルで食器をふく。

「あのさ」とサラがしばらくして口を開く、「スペンサーがコレットに変なことしたら教えてくれる？　何か売ろうとしたり……」

エミリーは蛇口をひねって水を止めた。

「クスリを売ってるってこと？」

「スペンサーはやってないって言うんだ。だけど本当にそうかは分からない」

エミリーは、いったい何が起きているのか知りたかった。サラが何を知っているのか、なぜスペンサーのことを怪しんでいるのか。だけどサラの表情は硬く、目は下に落としたままだ。

「コレットがクスリをやろうと決めたら、買う場所は決まってる」とエミリー。「だけどうん、気をつけてみるね」

サラはうなずき、エミリーの顔を見てほほ笑んだ。エミリーは呼吸が楽になり、鼓動が落ち着くような気がした。

それだけでいい。じゅうぶんだ。サラがここにいる。すべてを理解しなくても、いいんだ。

エミリーは水を出し、緑のタイル張りのキッチンとダイニングルームを見た。

「この家、ほんとに素敵だよね」とエミリー。「だれにも渡したくない」

「すごくゴージャスだよ」とサラ。「だけどここで何する気? だってさ、あまりにこう……あまりにもじゃない?」

「分かってる」とエミリー。「そうなんだよね」

ふたりは皿を洗い、乾かし、レコードを聴いた。ときどきキスをして、キスが止められなくなるまでキスをして、サラがタオルを投げ出し、エミリーが蛇口をひねって水を止め、サラの指がエミリーのドレスの裾を見つけ、エミリーの指がサラのシャツのボタンを外した。皿の山のことは、明日の朝まで忘れてしまおう。

サンダーストームとあの川

誕生日パーティーから数カ月がたったある夜、サラのスマホが鳴った。病院の聖職者《チャプレン》だった。簡潔に用件を伝える口調に、やさしい人柄がにじんでいた。サラはソファから立ち上がり、スペンサーの寝室に向かった。ドア口に立ち、スマホをハンズフリーにした。スペンサーはベッドから起き上がり、座って耳を澄ませた。

父親が死んだ。

彼は一週間前に入院し、亡くなる寸前まで意識はしっかりとしていたらしい。それでも子供たちに連絡を取ろうとしなかった。遺書と、火葬してほしいという指示だけを残し、費用の支払いも、すでにすませていた。

「こちらに来られる日が決まったら、連絡をください」と女性が言った。サラはそうすると言って電話を切った。

座らなければならない。ソファを見つけ、スマホを置いた。スペンサーは、サラに背を向けて窓際に立っている。窓ガラスに映る自分の姿を見ているのだろうか、それとも中庭の噴水？　暗夜？　サラには分からない。スペンサーがサラと暮らすようになった最初の日を思い出した。ベニスのアパートで布団を敷いたアルコーブを見せたときのことだ。あのとき、スペンサーは父親からの連絡を待っていた。サラにとって父親はずっと、ただの幽霊だった。リビングルームにときどき現れる幽霊。だけど今、本当にいなくなった。

「帰らなきゃ」とサラは言った。

スペンサーが眠るとすぐに、サラはエミリーの家まで車を走らせた。エミリーは紅茶をいれ、サラを庭に座らせた。サラは紅茶を飲む。のどがじんわり温かい。サラは泣きだした。嗚咽し、息を吸おうと喘いだ。胸が激しく震える。涙が頬を伝う。こんなの、知らない。サラは十年間、一度も泣かなかった。それなのに今、彼女自身が雷を伴う嵐《サンダーストーム》になったみたいだ。

そのあとサラは、エミリーの部屋で話がしたいと言った。開け放たれたバルコニーのドアにかかるカーテンのすき間から、闇がのぞく。サラは木の床を、ぐるぐる歩いた。鼓動が強く胸をたたく。サラはむき出しだ。口を開けば、真の姿が飛び出してしまう。全部吐き出してしまえばいい――もう押し込めてはいられない。

「最後に父の声を聞いたとき、父はわたしの名前を呼んでいた。電話の相手がわたしなのか尋ねていた。わたしは、父の声を聞いてすぐに電話を切った」

エミリーはマットレスの上にあぐらをかいて、壁にもたれかかっていた。サラはエミリーが彼女の次の言葉を待っているのが分かったけれど、なんと言えばいいのか分からなかった。

「お父さんに、ひどいことをされたの？」とエミリーが尋ねた。「だからサラは家を出たの？」

「普段はそんなことなかった。というか、父はほぼ家にいなかった。だけどわたしが家を出たとき、あのとき、父は確かに何かをした……だけど何をしたのか、わたしにはまだ理解できていない」

だけどどうやってエミリーに、あの絵のことを話せばいいのだろう？　あの絵のことを話したら、すべて打ち明けなければならない。どこから始めればいいのだろう？

車がスピードを上げて通り過ぎる音が、窓の外から聞こえた。大きなエンジン音だ。

よし、とサラは覚悟を決める。話そう。

「ママはヘロイン中毒だった。わたしが物心ついたときからずっとそうだったんだろうけど、わたしは知らなかった。ママも父親も、うまく隠してたんだろうね。父はどのくらいの量をママに渡せばいいか知っていて、ママはヘロインをやりながらわたしたちの世話をする方法を身につけた。そのあと、ママはリハビリ施設にいたんだ。わたしが六年生のとき、学校から帰ったらママが家にいた。ママが説明してくれた。薬物依存がどんな仕組みで起こるのか。そしてママが心からクスリをやめたいと思ってるってことも、話してくれた。話を聞きながら、わたしはいろいろなことに気づいた。ママの腕の痕も、ママがときどきバスルームに閉じこもるときがあることも、その理由が分かった。どんどん見えてきた――真夜中にだれかが来て、父親から何か受け取ってること。警察がしょっちゅう来ること。父親がいない日があること。ママが全部説明し終わって、両手を広げた。ハグしてくれた……あのとき、わたしはママの内臓みたいな気がした。ママがなくした内臓。抱きしめられて、ママの体内に戻った内臓みたいだ。ふたりでいれば、絶対に生きていけるってそう感じた」

サラは目を閉じて、足の裏に触れる木の床に意識を集中させる。錨《いかり》を下ろすんだ。そうして初めて、子供のころに過ごしたあの家のリビングルームに帰ることができる。ママのところに戻れる。ママは全部の指に、銀色の指輪をしていた。サラを引き寄せて、サラの髪をなでた。ママはここにいるよ。彼女はサラに言った。何度も、何度も、そう言った。

「ママはそれから、クスリはやらなかった。だけど病気になった。あのときにはもう、ママの具合はあまりよくなかったんだと思う。本人も知らなかったのかもしれない。それか、知っていたけど、わたしには教えないって決めていたのかもしれない。分からないけど、ママは長い間入院した。わたしはママが死ぬまで、ずっとそばにいた。ママがいなくなったとき、わたしは体のない内臓になった。もう生きることは不可能な存在だよ。だけどスペンサーは五歳で、父親はわたしたちと目を合わせようともしなかった。たぶん、あの人なりに悲しみを乗り越えようとしていたのかもしれないね。あの人は友達とばかり時間を過ごして、夜はハイになるようになった。だからわたしは、ママの代わりになろうって思った。料理してスーパーで買い物をしてスペンサーを寝かしつけた。スペンサーが清潔な服を着られるように洗濯もしたし、歯磨きをしてあげた」

サラは驚いていた。今まで一度も話したことがなかったのに、言葉があふれ出す。ずっと恐ろしくて言葉にできなかった。言葉にしてしまえば、本当になってしまうような気がした。現実に起こったことなのに、現実に起こったことにしたくなかった。

「スペンサーがサラに、生きる意味をくれたんだね」とエミリー。

サラがうなずく。「そう。そしてわたしは恋をした」

エミリーはほほ笑んだ。「聞かせて」

「彼女の名前はアニー。幼なじみで、最初は友達だった」

「何歳だったの？」

「十四」

「十四歳か。とってもかわいいね」

サラの予想もしなかった言葉だった。アニーとのことはすべて、喪失の中に投げ込まれていた。だけど今、ちがう光を当てて見てみる。すべてが起こる前、純粋なふたり。サラとアニーが森にいる。若い体と若い欲望。とってもかわいいね——そう。そうだった。だけど——。

「十六歳のとき、アニーの腕の内側に痕があるのに気づいた。ママの痕と同じだった。だけどわたしは、見ないふりをした。認めなければ本当にはならないって思いたかった。そしたらきっと、ずっといっしょにいられるって」サラはつばを飲み込んだ。この話をするのは初めてだ。警察官にもうそをついた。自分自身にもうそをついて忘れようとしていた。サラののどは悲しみでつかえている。だけど——ちゃんと言葉にしよう。「ある日、アニーが行方不明になって、川で見つかった」

「そんな……サラ」

「ママを亡くしたあとに、アニーまで亡くした。わたしは生きていけないと思った。だから逃げた。アニーが見つかった日に、逃げたんだ。スペンサーにはいっしょに来てって頼んだけど、スペンサーは来なかった。それでもわたしは、家を出た。そのあとは、仕事を首にならないことと住む場所を見つけることに必死だった。数年がたって、いろんな人と関係を持つようになった。だけど真剣に愛することはできなかった。エミリー、君に会うまではね。レストランであの朝、君に会うまでは。あの朝、手にシダを持ってる君に、話しかけずにはいられなかった。それからしばらくして、かなり長い時間がたってから、君がバーに現れた。いっしょに家に帰って、あの夜、いっしょに寝たとき何かが変わったんだ。君といっしょにいる。君といっしょにいるんだけど、同時にわたしはアニーともいっしょにいた。人生のふたつの時間を同時に生きているみたいな気持ちだった。アニーとも君ともいっしょにいたんだ。どうしてか分からない。おかしなこと言ってると思うかもしれない。だってさ、めちゃくちゃなのは自分でも分かるんだ」

「そんなことない」エミリーは言った。「めちゃくちゃなんかじゃないよ」

「説明できないんだ」

「無理に説明しようとしなくてもいいんだよ」

「父親は、アニーが川で見つかる前日の夜、絵を描いたんだ。アニーの絵だった。わたしはあのときまだ、きっとアニーは見つかるって希望を捨ててなかった。わたしはあきらめてなかった。だけどあの人が描いたのは、死んでいるアニーの絵だった。川に浮いていた」

エミリーの表情が変わる――考えている。困惑。「ちょっと待って。お父さんがアニーの遺体の絵を描いたってこと？」

サラがうなずく。「その意味がどうしても……どうしても分からないんだ。なんであんなことしたんだろう」

「お父さんには、聞いてみたの？」

床板を踏みしめるだけじゃ足りない――足の裏の感覚だけでは打ち消せない。サラの目に映るのはあの絵だけだ。テーブルの上に、サラが見つけるように置いてあったあの絵。サラは手で目を覆い、手のひらで眼球が痛むまでぎゅっと押した。痛みに我慢できなくなって目を開いた。

床にマットレスがある。引き出しがある。緑色の本が積んである。カーテンの間に暗い空が見える。サラは今、エミリーの部屋にいる。エミリーの家にいる。
「いいや」とサラが言った。「父親に聞いたことはない」

朝が来た。サラは帰らなければならない。

だけどまだ、ここにいたい。エミリーが横にいて、暖かい朝日が射している。エミリーが身動きをし、目を覚ます。サラの鼓動が速くなる――エミリーを怖がらせてしまっただろうか――自分が何を欲しているのか分からずに、サラは混乱した。

するとエミリーが目を開け、サラの顔に触れた。その瞬間サラは、自分の欲しいものを思い出した。

「すぐ戻るから待ってて」エミリーはそう言って、部屋を出ていく。

エミリーがいなくなり、サラはこれからのことを想像する。

わたしもいっしょに行く、とエミリーは言うだろう。エミリーが荷造りするのを待つんだ。

サラがウエスト・ハリウッドに着くころには、スペンサーも準備をすませているはずだ。

スーツケースとリュックサックを車にのせて、ふるさとに向かう。長いドライブになる。三人で行く。そうすれば今度は大丈夫だ。家の正面に車を止めて、ドアを開けて中に入れるはずだ。

エミリーがいっしょなら、きっと大丈夫。

怖いのは変わらない。でもきっと、耐えられる。

サラの鼓動が落ち着いてくる。エミリーの部屋で目覚めるのが、すごく自然なことのように感じられる。明日の朝、ここから八百キロメートル離れた自分が生まれた町で、またエミリーとともに目覚める。

ドア口にエミリーが、コーヒーの入ったマグカップを手に立っている。エミリーには本当にたくさん、与えてもらった。愛情も、体を重ね合わせる時間も、そのやさしさも、いっしょに暮らす喜びも。あまりにも多くを手にして、サラは理解が追いつかなかった。

エミリーはサラにマグカップを渡し、マットレスの横に彼女と並んで座った。いっしょに来てくれるはず——サラは確信していた。

「何時に行くの？」とエミリーが尋ねた。

「分からない。お昼前かな？」

わたしもいっしょに行く、そうエミリーが言うのをサラは待っていた。

エミリーは髪を耳にかけた。その手が震えていることに、サラは気づいた。サラには理解できなかった——なぜエミリーは震えているの？

サラの胸がしめつけられる。心の中で大丈夫だと自分に言い聞かせた。「しばらくかかると思うんだよね。家じゅうを片づけなきゃいけないし、もろもろのこともどうするか決めなきゃいけないし。売りに出すならその準備も……」

サラはコーヒーをひとくち飲んだ。ごくりと飲み込む。ねえ、今だよ、そうサラは思った。

部屋がやけに静かだ。

「わたしにできることはなんでも言って」とエミリー。「あなたの、力になりたい」

サラは待った。エミリーが言葉にしてくれるのを待った。だけどエミリーは、サラをじっと見つめている。手を固く組んで、ひざに置いたままだ。「留守中のアパート、見に行こうか？植物の水やりとかするよ」

「大丈夫。それは心配ない。近所の人に貸しがあるから」

エミリーはうなずく。「そっか」サラはエミリーの声色で、彼女が何げなさを装っているのが分かった。エミリーの眉間にしわが寄る。サラは指で触れて、そのしわを和らげたかったけれど、マグカップを握ったまま動かなかった。

「もし来たいなら、いっしょに来てもいいよ」そうサラは言ったあとに、言い方を誤ったことに気づいた。だけど――何も言わないよりもいいのかもしれない。サラにとっては精いっぱいのシグナルだ。

「えぇっと」とエミリー。「ありがとう。でも、邪魔はしたくないよ。きっとスペンサーと行ったほうが……」

サラの鼓動が、あまりの虚しさに叫び声を上げた。エミリーは道中食べられるようにランチを用意するとか、到着したら電話してほしいとか、言っている。

「電波は届かないんだ。家の電話も通じるか分からないし」

そっか、とエミリーの口が動く。じゃあ電話のことは気にしないでいいよ。そしてサラは立ち上がり着替えて、長い長いドライブをして、勇気をふり絞って橋を渡って、父親の遺灰を受け取って、あの川を見るんだ。いまだに怖くてたまらないあの川を。

玄関の前の階段にふたりで立ったとき、エミリーの表情はどこか遠くにいるようだった。サラには理解できなかった。サラはエミリーにキスをした。塩辛い。

あまりにも痛くて、サラは目をそらした。あの日、庭でエミリーとコレットに両親のことを話したときのことを思い出した。サラは急いで家に入り、一階のバスルームで冷たい水で顔を洗った。鏡を見つめて自分を現実世界に引っ張り戻した。あのときより、今のほうが痛い。

目の前に、幅広い道がある。その向こうに海が見える。青く、輝いている。サラは一歩前に進んだ。目の前の階段を、一段ずつ下りていけばいい。

歩道に着くと、手のひらに鍵があって、車のドアが開いて、エンジンがかかった。

バックミラーにエミリーが映る。立ち尽くしている。じっとサラを見ている。今なら、もしかしたら、サラは引き返せるのかもしれない。何か誤解があるんじゃないかって、話すこともできるかもしれない。でも何が誤解なのか、サラには分からなかった。そこからどこに、どう戻るのか、分からなかった。エミリーの表情からも何も分からない。その後ろに、エミリーの城が現れる。贈り物のような時間だった。あの敷地に足を踏み入れるたび、野鳥たちが出迎えてくれた。喜びにあふれた時間だった。エミリーにキスし、エミリーを抱きしめ、床にはだしで立って、食事をいっしょに取り、皿を洗った。そして今、サラはなんて孤独なんだろう。なんて惨めなんだろう。あの場所から、どんどん遠ざかる。

サラとスペンサーはロサンゼルスを出て、山を越え、平地を抜け、キリストと干ばつについての看板と、ひどいにおいの牧場を通り過ぎた。湿地。果樹園。キャンピングカーや家族連れや多くの人々が、中央カリフォルニアの大地を自分の足で進むのを横目に、進んだ。

七時間走ったころ、スペンサーがスマホを持ち上げた。

「電波が入らなくなったね」とスペンサー。「もうすぐ家だ」

緑色の橋を渡り、リバーロードに入った。「アームストロングの森」と書かれた看板が見える。サラはそこに向かってハンドルを切りたい衝動に駆られた。今だ。家に帰らずに、森へ。だけどそうはせず、すぐに右折して、それから左折して、細長い道を進み、ふたりが昔住んだ場所に到着した。

赤い郵便受けがある。サラは家の正面まで運転し、そこに停車した。父親のピックアップトラックがドライブウエーに止まっていた。

「あのトラック、まだ乗ってたの？」

「パパのお気に入りだったからね」

ふたりは玄関のテラスまで、カバンを運んだ。スペンサーが鍵を取り出し、ドアを開け、中に入った。

サラは待った。

深呼吸。

足を踏み出した。

サラが覚えているままの家だ。何も変わっていない。このにおい――湿気、木、タバコのにおい。

もう一歩進む。リビングルームの灰色のソファ、ブレックファーストヌックのテーブル、薄暗い廊下。スペンサーがリビングルームに荷物を下ろし、コードレスホンの受話器を持ち上げた。それから彼の部屋に消えた。サラは昔の自分の部屋に向かい、ドアの前に立った。最後に父親が立っていた場所だ。この廊下を見つめながら、あの人は何を思ったんだろう？　あの絵を描いたとき、何を伝えようとしていたんだろう？　サラをさがそうとしなかった。電話をかけようともしなかった。スペンサーに電話番号を尋ねもしなかった。サラが十八歳のとき、サラは少しだけ姿を現した。受話器の向こうから聞こえた父親の声。〝サラ？〟あのとき、逆探知して電話をかけ直すことも可能だったはずだ。どうにかできたはずだ。だけどサラは逃げることを選び、父親は彼女を逃がすことを選んだ。

スペンサーが自転車にまたがったのと同じように。サラが見つけたアパートのことを聞いたグラントと同じように。そしてエミリーも。彼女も同じように、玄関先の階段でさよならを言った。胸がつぶれそうだ。みんな、サラの手をいとも簡単に放す。

寝室からスペンサーの声が聞こえた。だれかと電話で話しているようだ。

サラは自分の部屋のドアを押し開ける。二台の自転車。積み上がった段ボール箱。よく見るとその箱には、父親の筆跡で「サラのもの」と書いてあった。

サラはそっとドアを閉める。父親はサラを消し去ったわけじゃない。そっか、とサラは思う。そうなんだ。

スペンサーが部屋から出てくる。「友達が〈ティノ〉でバイトしててさ、ピザを届けてくれるって」

ふたりは届いたピザをリビングルームで食べる。テレビをつけ、疲れてくるとサラは廊下のクローゼットに行き、ブランケットと枕を抱えて戻った。

「パパの部屋で寝ればいいじゃん」と、ソファで寝る準備をしているサラにスペンサーが声をかけた。

「ここでいい」とサラ。

「オーケイ」とスペンサー。「じゃあ、おやすみ」

家のにおいで眠れない。湿っていてかび臭い。それにサラはささやきのようなものが聞こえる気がした――眠ろうとする彼女に、何かを伝えようとするかのようだった。エミリーが恋しい。ふたりの間に何があったのか、サラには分からなかった。電話することもできたのに、しなかった。ロサンゼルスにいれば、サラが自分のために築いた人生の空間にいれば、何が起こったのか突き止める気にもなったかもしれない。修復できるなら修復しようとしただろう。だけど、今サラは、この場所で眠るしかない。ここを出られるときまで、ただやり過ごすしかないのだ。

　サラは廊下の先の部屋にいるスペンサーのことを考えた。スペンサーは何を隠しているの？　彼女の誕生日の朝、朝食を食べに連れていってくれた。サラが好きなレストランだった。けっこうな高級店だ。スペンサーはサラの紹介でレストランの皿洗いをしていたけれど、最低賃金しかもらっていないはず。サラはスペンサーがシフトに入っている時間と時給を計算し、どのくらい彼が稼いでいるのか知っていたけれど、レストランで支払いをしようとする彼の財布には札束が入っていた――かなりの金額だ。

　サラは目をそらしたかった。見なかったことにしたかった。だけどできなかった。スペンサーを刑務所に戻らせたくない。何度も弟を失うなんて耐えられない。

「最近、グラムいくらなの？」とサラが尋ねた。

　スペンサーは動きを止めた。「グラムってなんの？」

「ヘロイン？　コカイン？　あんたのほうが詳しいでしょ」

　スペンサーはサラを見た。「なんでぼくに聞くんだよ」

父親だ。テーブルの向かい側に座っているのは、父親だ。「スペンサー」とサラが声を落として言った。「白状しな」

スペンサーはため息をつく。父親の影が薄くなる。「なんでもないよ」と答える。「姉ちゃんが心配するようなことじゃない」

「だけどそんな大金」

「心配すんなって」

その夜サラは、スペンサーをエミリーのパーティーに連れていった。彼は愛想よくみんなを楽しませていた。みんなの瞳に映るスペンサーは、若く、ボタンシャツとジーンズ姿がよく似合って、少し揺れるような動きがかわいらしく、エミリーたちを手伝おうと立ち上がるやさしい子だ。夕食の途中でスペンサーがコレットと話しているのが目に入ったけれど、きっとなんでもないのだとサラは自分に言い聞かせた。弟が恋人の姉と話すことに、なんの不自然なこともない――というか、話してくれないと困るじゃないか。だけどあの新しいスニーカーは何？あの札束はなんだったの？

何かが変わるかもしれないとサラは期待していた――いっしょに川を渡れば、何か分かるのではないかと。だけどソファに横たわり、実感する。弟との間のうめようのない深い溝を。

真夜中近く、サラは寝るのをあきらめ、車の鍵を手に玄関ドアを閉めた。

木々に囲まれた、風の強い道路を数キロ走る。ガーンビルを出て、モンティ・リオに入り、

〈ピンク・エレファント〉の砂利敷きの駐車場に車を止めた。バーのネオンサインは暗く、駐車場は空っぽだ。サラは車の外に出て、バーの入り口まで歩いていった。やっぱりそうだ。バーは閉業したのだ。

バカげた考えだ。ここに来れば旧友たちに会えると期待するなんて。サラが彼らの前から消えて、もう十年がたった。その間、一度も連絡を取らなかった。正直に言えば、友人たちのことを思い出すことも滅多になかった。サラは、この場所とのつながりをできる限り完璧に断つ必要があった。そうしなければ、生きてこられなかった。

それなのにサラはこの期に及んで、友人たちが会いに来てくれると、心のどこか期待している。なんの連絡もせず、真夜中の駐車場にふらりと立ち寄っても、みんながやってきてくれるのではないかと。

サラは家に帰った。そして何時間も、寝返りを打ち続けた。

最初の二週間、チャプレンから自宅に二度電話があった。サラは電話に出ず、留守電のメッセージを聞いた。「総合病院のアリソン・ターです。いつごろ病院にお越しいただけるでしょうか」

「家にあるもの全部、処分しなくちゃ」とサラはスペンサーに言った。「取っておきたいものは全部箱に入れるんだよ」

「うん、分かってる」

「それから病院にも行かなきゃ」

「そのうち、そうだね。友達に会う約束があるんだよね」

スペンサーはほとんど毎日、正午ごろに起きて友達に会いに出かけた。ある日、スペンサーは廊下のクローゼットの中身を全部、廊下にぶちまけた。サラはてっきり、彼が荷造りを始めるものだと思った――でもちがった。自転車のヘルメットをさがしてるんだ、とスペンサーは言った。サラはその言葉を信じたかった。だけどスペンサーは秘密を積み上げていた。なぜ逮捕されたのかすら、きちんと話してくれなかった。サラは何度も聞き出そうとした。あの手この手を試した。

〝だれといっしょだったの?〟

恋人と、知り合いが数人。

〝けがさせた人は友達だったの?〟

いや、だれも知らない人。

〝どのくらいの大けがだったの?〟

救急車にすぐ乗せられたから分からないけど、頭から血が出てた。

「けなされたんだよ」とスペンサーが言った。

「そっか」とサラ。「どんなふうに?」

スペンサーは答えなかった。けれどその夜のあと、スペンサーの恋人は去り、彼女は二度と彼に会わなかった。すべてのつじつまが合わないような気がした。何かがおかしい。

サラは窓際に立って、自転車でこぎ去る弟を見つめた。ヘルメットはかぶっていない。そしてそれを気にしているふうでもない。小さくてかわいかった弟は、もういないのだ。

サラは家に閉じこもり、どこから手をつければいいのか考えあぐねていた。どうして自分がそこにいるのかも、よく分からなかった。なぜ戻ってきたんだろう。家から八百キロも離れたこんなところまでなんで戻ってきたんだろう。ここで何をする気だったんだろう？

三度目の月曜日、アリソン・ターからまた電話がかかってきた。サラは意を決して受話器を上げ、はい、と言った。明日、引き取りに行きます。

その夜、サラはスペンサーが帰ってくるのを待っていた。裏のドアの鍵が回る音がした。入ってきた弟にサラは言った。「明日、十一時に病院で約束があるから、行こうね」

「なんの約束？」

「チャプレンと会うんだよ」

「そっか」とスペンサー。「分かった」

だけど翌朝、部屋から出てきたスペンサーは、サラがいれたコーヒーを自分のカップについでこう尋ねた。「やっぱ今日、ぼくは家にいてもいい？」

そのときサラは思いいたった。これが、サラがここにいる理由だ。サラが全部の面倒を見るためにいるのだ。弟を置き去りにした贖罪《しょくざい》をしているのだ。ちゃんと贖《あがな》えたら、今のスペンサーに、バックミラーの中で小さくなっていく幼いあの子の姿を、重ねずにすむのかもしれない。

「いいよ」とサラ。「問題ない」

サラは病院の駐車場に入った。病床の母親に会いに来たときと何も変わっていない。病院の棟内に入ると、聖書とトーラーとコーランが置いてある小さなオフィスに通された。すぐにアリソン・ターが向かいの席に座った。六十代くらいで、穏やかな表情を浮かべている。シャツのボタンはいちばん上まできちんととめられており、聞くことのプロで、とても勘のいい人だという印象をサラは受けた。落ち着いた雰囲気の人だ。

「あなたのお父さんの遺灰は、葬儀場で保管されています。ここから数ブロック先です。話が終わったら、お連れします」とアリソンが言った。「あなたのお父さんは、あなたと弟のスペンサーさんに、家の近くの川に灰をまくよう頼んでほしいとおっしゃいました。法的なことは分かりませんので、一度、確認されることをおすすめします。ただ、それがお父さんのお望みだということはお伝えしておきます」

サラはうなずいた。

「それから」アリソンはそう言って、フォルダーから一枚の小さな紙を取り出した。「これがお父さんの遺書です。入院中に書かれました。あの家は自宅を担保にした借り入れ《リバースモーゲージ》の担保物件となっていますが、売却すれば多少の利益が出るでしょう。スペンサーとあなたで半分ずつ分けるようにと。それから、一九九三年式のフォードトラックも所有されていますね。こちらはあなたに残されたようです」

「わたしとスペンサーにですか」

「いいえ、こちらはサラさんにとのことです」

サラは手を強く握りしめた。爪が手のひらに食い込む。

「それで」とアリソンが言った。「お辛いときだと思います。あなたのことをそばで支えてくれる人はいますか?」

サラはうなずいた。「弟が家にいますから」そう答えながら、エミリーが彼女を庭に連れ出し、ブランケットをひざにかけてくれ、紅茶を用意してくれたことを思い出した。

「この名刺を」とアリソンが言った。「質問を思いついたり、お父さんがどんなふうに最期の数日を過ごしたか知りたくなったりしたら、いつでも連絡してください。お父さんはたくさんのことを話してくださいました」

「父とはずっと連絡を取っていなかったんです」

「うかがっています」とアリソン。「そういう場合のほうが、喪失を受け止めるのが辛いときもあります」

サラはオフィスにひとつしかない窓を見つめた。窓からは職員専用駐車場が見える。「どうして父はわたしにトラックを残したんですか？」

「それについては、残念ながら何もうかがっていません」

駐車場に戻ったサラは、助手席の床に父親の遺灰を置いた。そしてふるさとに戻って初めて、スマホの電源を入れた。ガーンビルではずっと切ったままでいた。電源が入っていても、届くはずのない電波をさがすだけだからだ。しばらくして明るくなった画面には、ロサンゼルスの友人たちからのメッセージ、レストランからのEメール、そしてエミリーからの留守電が届いていた。

聞きたかった。痛いほどに、エミリーの声を聞きたかった。心臓の鼓動が速まる――恋しいよ、戻ってきて、わたしたちは大丈夫。そうエミリーの声が言うはずだ。だけどその痛みには身に覚えがあった。その渇望を、サラはよく知っていた。その懐かしい痛みが、警告のように感じられた。だめだ。そうサラは思った。ここではだめだ。ここですべきことをまずやり遂げなければならない。そして家に帰る。それまでは聞かない。


実家に帰ると、スペンサーがリビングでテレビを見ていた。

「遺灰が、車にのってる。川にまいてほしいって言ってたんだって。やろう」

「今？」とスペンサー。

「そう。今」とサラ。「乗り気じゃないなら、待ってもいいけど」

スペンサーはテレビを消し、静かに座っていた。「すぐ準備する」

サラは玄関前に座って、弟を待った。それからリバーロードを運転し、〈セーフウェイ〉を通り過ぎ、小道に入って車を止めた。住宅地の名もない通路に入り、川岸への細い階段を下りた。サラが遺灰を運んだ。スペンサーは、触れることすら拒んだ。

サラとスペンサーのお気に入りの場所に到着した。全部がめちゃめちゃになる前は、よくここで遊んだ。サラは一瞬、時間から一歩踏み出したような気がした。父に肩車をされている。母が笑顔でサラを見上げている。次の瞬間、サラはデイブの家のデッキで、アニーの体が川から引き揚げられるのを見ている。そして今、サラはスペンサーと川岸にいる。

「深いところのほうがいいよね」とサラ。

スペンサーは指をさす。「波止場《ドック》に行こう」

ふたりは岩を渡り、ぐらぐら揺れる波止場に着地する。サラは遺灰の入った箱を置いた。

「遺灰のまき方とかあんのかな」とサラ。「何か言いたいことある?」

スペンサーは泣いていた。首を横にふる。

「今やらなくてもいいんだよ。また来てもいいんだから」

「いい」とスペンサー。「今、やろう」

サラはふたを取った。中には灰と小さな骨のかけらが入っている。手を箱の中に入れ、つかめるだけつかむと、川に向けて放った。川に落ちたものも、風に運ばれていくものもある。もうひとつかみ。またひとつかみ。スペンサーも手を入れ、つかみ、そして手放した。箱が空になると、ふたりは車に戻った。

「友達に会うんだ」。サラが車の鍵を開けていると、そうスペンサーが言った。

「そっか」とサラ。「送っていこうか?」

「いや、近いから。歩くよ」

サラはキッチンで、冷蔵庫の掃除をしていた。一時間ほどしてスペンサーが帰宅する音がして、サラはうれしかった――やっぱりいっしょにいたほうがいいと思ったんだ――だけどスペンサーは、女性といっしょだった。赤毛でそばかすの散った顔をした、スペンサーと同じ年ごろの女性だ。

「ティナ、姉ちゃんのサラだよ」とスペンサーが言った。とても静かで小さな声だ。言葉を発するのが難しいみたいに。

「ああ」とサラ。「はじめまして」

「はじめまして。お父さんのこと、大変でしたね」

「どうも」サラは、廊下に立つスペンサーを見つめる。目の下のくま、ぼんやりとした表情。サラにはそれが意味することが分かる。スペンサーは自分の部屋へと進み、そのあとをティナが続いた。サラは自分のすべきことに集中し、スペンサーのすることには口を出さないと決めた。ロサンゼルスを出る前にサラがエミリーに慰めてもらったように、スペンサーも慰めてもらえばいい。ブラックベリー。壁に映し出された映画。エミリー。エミリーといっしょのベッド。波のように戻ってくる――体の奥に感じるうずき。濡れた股の間。エミリーの手。エミリーの唇。エミリーのぬくもり。エミリーの寝顔。そしてまた静けさに包まれる。

サラはカバンからスマホを取り出す。電波は届かない。

サラは食品保存容器を洗い、シンクをこすり、窓の外を見る。ギンガムチェック柄のカーテンの間から、レッドウッドとシダが見える。

サラはスマホをもう一度手に取り、写真を撮った。キッチンのシンク、窓、四方の壁。エミリーの番号を見つけると、写真を送った。送信プロセスを示す青い線が伸びていき、真ん中まで進んだところで動かなくなった。

スペンサーの部屋から、喘ぎ声が聞こえる。ああそうだ、客人がいたんだった。サラはスペンサーとあの子をふたりきりにするために、家を空けることにした。

この町を最後に歩いたのは、十年前だ。町名を冠した会社名の新しい店や、高級感漂う建物が、昔から変わらない店の間に押し込まれている。〈ジューシー・ピッグ〉は前と変わらずブロック一帯にでんと構えている。そのとなりは〈アパルーサ・バー〉で、サラの父親が友達とよく飲みに行った場所だ。何年も閉まっていた銀行には新しい店舗が入っていて、アイスクリームやパイ、手作りの菓子などが販売されているようだ。高級食材店ではチーズや紅茶キノコ《コンブチャ》が売ってある。十一月だけど、観光客がちらほらいる。前は、夏にしか来なかったのに。

町は変化しようとしている。しかしサラにとっては、昔と同じあの町のままだ。やはり彼女にとっては、パラダイスではない。サラは大通りを外れ、リリーの父親が牧師を務める小さな白い教会に向かった。教会のすべての窓には板が打ちつけてあった。サラは角を曲がり、教会に併設するアパートにリリーがまだ住んでいるか確かめようとした。分厚いカーテンがかかり、中の様子は分からない。数ブロック歩いて、アニーとデイブが両親と暮らした家まで行った。だけど表の庭では、見知らぬ子供が遊んでいて、デイブではない男性がいっしょにいた。アニーの母親が世話をしていた、窓にかかっていたプランターもない。古びていたドアは、現代風のドアになっている。真ん中に曇りガラスがはめ込んであるタイプだ。だれかの別荘として使われているようだ。デイブも彼の両親も、もうここには住んでいない。

〈ラ・タパティア〉の窓には、冬季休業中の看板が置かれている。〈ウィッシュ&シークレット・ヘアサロン〉は変わらずそのとなりにあった。数ブロック先に新しいバーができていて、窓に貼られたメニューには、テキーラとメスカル、シトラスとジンジャーのカクテルなどが並び、目新しいものはなさそうだった。サラはバーに入った。サラはここの出身だけれど、観光客のような気もするし、どう感じたらいいのか分からなかった。だけど一杯飲みたかった。それに、だれも知らない場所で、薄暗い静かなテーブルに座っていられることにも心惹かれた。

若いバーテンダーに、バー特製カクテルを注文し、窓の外を見ることができる席を選んで座った。離れたテーブルには観光客グループがいて、雨がっぱをはおり、帽子をかぶっていた。写真を撮ろうとスマホを手にしている。かすれ声の女性が声を張り上げ、自分の声に酔っているような話し方をしている。

サラは壁紙をじっと見つめた。色とりどりの花に、キラキラ光る星。エミリーは気に入るだろうか。味わいもせずに、カクテルをただ口に運んだ。窓のほうを見ると、サラと同じ年ごろの女性が、バーの中をうかがいながら、ゆっくりと歩いているのが見えた。その女性がサラに向かって、片手を上げた。サラは目を細め、記憶の中に彼女をさがした。しばらくたって、やっと思い出した。クリスタルだ。そうサラは思った。だけど、名前を思い出したときにはもう、クリスタルは消えていた。

サラはスマホを確認する。画像送信中を示す青い線は、まだ中央で止まったままだ。サラは写真を拡大する。黄ばんだエナメルのシンク。薄汚いカーテン。なんでこんな写真を送ろうと思ったのだろう?

サラはバーを出て、家まで歩いて帰った。この町に戻ってきたのは正しい。遺灰を受け取って川にまいたのも、正しかった。だけど、もうここにはいたくない。

家の前に、複数の車が止まっている。リビングルームはスペンサーの友達で占領されている。

スペンサーはずっと、サラが家を空けるのを待っていたのだろうか？　だれかが冗談を言い、笑い声が起きた。大麻の煙のにおいが充満している。窓は閉まっている。

「おい、みんな。これ、うちの姉ちゃんのサラ」

「どうも」とサラは言った。ソファに男子、イスに女子が座っている。ティナは赤色のプラスチックカップにコーラをつぎ、ウイスキーを加えている。

「姉ちゃん、ロサンゼルスでバーテンダーやってんだ」とスペンサー。

「これ、飲みます？」とティナが尋ねた。

「いや」とサラ。「遠慮しとく」

サラはティナがドリンクを作る姿に、なぜか羞恥心が湧き上がった。

祝福されるべきものじゃない。別に美しくもない。サラはずっと自分をだまし続けてきたのだろうか？　カクテルが特別なものだと信じているなんて。もしかするとサラは、このコーラをつぐ女性とそんなに変わらないし、父親とだって何も変わらないのかもしれない。クスリを渡しているんだ。サラはそのクスリに、おしゃれをさせて甘い味をつけて提供しているにすぎないのかもしれない。

サラは廊下を進んだ。裏庭に出ようとしたけれど、自分の部屋の前で足を止めた。頭が混乱する。リビングルームから聞こえる音。彼女がふたたびこの家にいるという事実。足裏のシャギーカーペットの感触、手の中のドアノブ、そしてドアノブを回す感覚。どうして部屋に入るの？

サラの部屋だ。父親の字で書かれたラベルが貼ってある段ボール箱が積まれている。スペンサーが使わなくなった自転車が窓に立てかけてある。サラのベッドがあったところには、カーペットがあるだけだ。サラはクローゼットに向かって歩いた。スライドドアを開けると、洋服ダンスがあった。いちばん上の引き出しを開ける。空だ。次の引き出しの取っ手を引く。すんなり開いたので、空だと思ったけれど、そこには絵があった。

あの父親は、いったいどういう了見なんだろう？　トラックをサラに残し、しかもこの絵まで？　クローゼットの暗がりでサラは絵をしばらくじっと見つめていた。そして、手に取った。あの夜、この絵を見たときサラはただ恐ろしかった。直視できなかった。だけど今、この部屋の真ん中でライトの下に立ち、しっかりと見てみる。

父親は、川岸の岩を描いた。水面の波紋を描いた。父親は、アニーのくるっとした毛先を描いた。片方のひざの部分が少し破れたジーンズを描いた。水の中に沈みかけているアニーの背中を描いた。Tシャツはストライプ柄だ。アニーの片方の腕は川に沈み、もう片方は水面に浮いている。おかしな角度だ。肘の内側にしわが描いてある。そしてすぐ上に、注射針を刺したような小さな痕がある。

サラの視界がにじむ。あまりの痛みに、胸がつぶれそうだ。

サラは引き出しに絵を押し込み、ばたんと閉めた。

記憶が押し寄せる。あの夜、サラが家に帰ったとき、リビングが静まり返ったこと。あの緊張感。ユージーンがサラにとなりに座るように言ったこと。トランプをしていたあの兄弟たち。そして彼女の父親が、ドア口でこう言った。〝なんで俺に聞くんだよ、お前ふざけてんのか〟父親は、全部知っていたんだ。

廊下の向こうから、玄関が開く音が聞こえた。ドアの外で、ティナが呼んでいる。「サラ、友達が来てるよ」

「友達?」サラの頭がどくどく脈打った。頭が痛い。

ティナがうなずく。「そう。出てこられる?」

サラはティナのあとについて廊下を通り、リビングルームを抜け、玄関まで進んだ。

ドアの向こうに、みんなが待っていた。

サラは玄関を出て、後ろ手にドアを閉めた。

「うわー、やべえ」とデイブが言った。

リリーは太い一本の三つ編みにまとめた髪を、片方の肩に下ろしている。一歩前に出て尋ねた。「ほんとにサラ?」

「うん」とサラは言い、こめかみを触った。頭痛を和らげようとした。「サラだよ」

「ねえ、顔見せて」リリーがサラにうんと近づき、サラの耳たぶに触れ、ほほ笑んだ。「髪、すごく短くしたね」

「タトゥー入れたって聞いたよ」とデイブ。「俺が〈スティック&ポーク〉で働いてんの知ってた?」

「知らなかった」とサラ。「けど、なんでわたしのタトゥーのこと知ってんの?」

「見せてくれないの?」とデイブ。

サラはセーターの袖をまくった。

「サラ、ママ、スペンサー」とリリーが声に出して読んだ。それからサラの顔をのぞき込む。

「ママのこと、大事に思い続けているんだね。真ん中にある」

「ちがうよ」とデイブ。「スペンサーだろ。いつだってサラは、スペンサーのことばかりだ」

「だけどスペンサーのことって、結局はママにつながってるんだよ。覚えてる? 病院のベッドでのこと」

「ああ、そういえば」

「なんの話?」とサラ。「病院のベッドがどうかしたの?」

「お母さんに言われたことだよ」デイブがサラに言った。

「ママ、なんて言ったの?」サラはずっと、病院での母親との会話を思い出そうとした。だけど、よみがえってくるのはフラミンゴのようなピンク色に、ダイヤモンド形の模様がついたベッドシーツに、枕に広がる母親の薄い色の髪の毛だけだ。それから、バラ色のまぶたに、黄疸《おうだん》の出た白目に、ひび割れた白い唇。

リリーが怪訝《けげん》な顔でサラを見つめている。

デイブも、見つめている。

リリーが口を開いた。「お母さんからスペンサーの面倒を見るようにって言われたんでしょ」

「ほかにも何か言ってた？」とサラ。

「マジで言ってんの？」とデイブ。

「サラのお母さん、お父さんから逃げなさいって言ったんだよ。もし必要があれば、スペンサーを誘拐してでも引き離しなさいって」

「親が子供に、そんなすごみのあること言うんだって俺は思ってさ、すごく印象に残ってるんだ。サラ、思い出した？」

思い出せない。サラは、病室にいる自分を想像する。ママがそんなこと言った？　サラはほかにどんなことを忘れ、どんなことから目をそらしてきたのだろう？

「場所を離れると、忘れてしまうのかもしれないね」リリーはそう言って、埃で曇る窓にハートの形を指で描いた。そしてハートに、ひびを描き入れた。「忘れちゃうんだ」

デイブが口を開く。「サラなら戻ってくるって信じてた。そしてまた会えた」

「サラは絶対、恋してるって思ってたよ」とリリー。そしてサラにまたうんと近づき、両頬を両手で包んだ。サラはリリーの目を見て、うなずいた。恋に落ちたよ。「かわいそうなサラ」とリリーが言った。「ここを出ようよ。スペンサーと仲間たちは置いていこう。スペンサーのこと、道を外さないように見張ってたんだよ、わたしたち。ほんとだよ」

「だけど、俺たちができることにも限りがあった」とデイブが言った。

「うちに来て。ホットチョコレートを作るよ」

黒色のピックアップトラックが近づいてきて、家の前で止まった。アイドリングしたまま、窓だけが開く。クリスタルとジミーだ。

「見つけたんだね」とクリスタルはサラを見ずに、デイブとリリーに向かって言った。

「さっきはごめん」とサラ。「しばらくして思い出したんだけど、遅かった」

「最後に会ってから、ずいぶん時間がたってるからね」とクリスタルは肩をすくめた。だけど、彼女が根に持っていることがサラには分かった。

「そうだけど、でもさ」とサラ。「クリスタル、全然変わってないのに、すぐに気づけなくてごめん。それにジミー、久しぶり」

「よお、サラ」

「うちに集合しよう」とリリー。

「了解」ジミーが言って、車の窓を閉め、トラックを方向転換させた。

「結婚したんだよ、あのふたり」とリリー。「娘がひとりいて、お母さんと同居してる。赤ちゃんの面倒、見てもらってるんだって」

サラは首を横にふった。言葉がない。サラ抜きで、みんな大人になった。サラは消えたけれど、みんなはずっとここにいた。

リリーとデイブが、古い白色のキャデラックに乗った。フロントガラスの上に、小さなディスコボールが揺れ、バックウインドーにはウサギの足〔幸運のお守り〕がぶら下がっている。

「ちょっと鍵、取ってくる」

そう言ってサラは踵を返したけれど、はっと思い直し、デイブの車に乗った。

「あーびっくりした」とリリー。「一瞬、全部忘れちゃったのかと思ったよ」

「〝ともに走り、ともに死ぬ〟」とデイブ。

「そもそもそれさ、言い出したのだれ？」サラが尋ねた。後部座席の床には泥の塊があり、くたびれたシートはやわらかいブランケットで覆われていた。サラは深く腰かけ、背もたれに重心をかけて目を閉じた。そして旧友たちがでたらめな話をしている声に耳を傾けた。デイブの声が心地いい。深くて低音で大きな声。ちょっと鼻にかかる感じ。デイブにずっと話していてほしかった。目を閉じたままでも、車がどこを走っているのか、分かる気がした。

「大丈夫？」とリリー。

「頭が痛いんだよね」とサラ。

音がする。錠剤を瓶から出す音だ。「どうぞ」とリリーの声。サラが目を開けると、リリーがアスピリンとふたがピンク色のアルミ製の水筒を差し出している。サラは薬を飲み、水筒を返した。ふたたび目を閉じ、薬で治せる痛みだけだったらいいのにと祈るような気持ちになった。

「ねえ、後ろにサラがいるよ」とリリーがささやいた。「ねえ、サラだよ」

「まだ人、死んでるの？」サラが尋ねた。

「うーーん」とデイブ。「死んでるから、サラは帰ってきたんでしょ？」

「質問の意味、分かるでしょ？」

「去年ふたり」

「いっしょに？」

「別々」

「川で？」

「うん、ひとりはね」

サラは目を開けた。ディスコボールが光を反射して、車の屋根を照らす。「アニーのこと、ずっと考えてる」

「わたしたちもアニーのこと、ずっと考えてるよ」とリリー。

サラは車内に広がる沈黙を感じようとした。重い沈黙だ。アニーに何があったとしても、サラの父親が関与していたことは確かだ。父親は知っていた。

白い教会の前の路肩に、車が入る。教会の窓は固く閉じられ、小さな尖塔が空に伸びているけれど、遠くまでは伸び切れずにいる。ずっと高いところに、月と雲が浮かんでいる。

「さっき、ここ通ったんだ。まだいるかなって思ってさ。〈ピンク・エレファント〉にも行ったんだよ。もうあそこには行かないの？」

「閉まってるバーの駐車場に？」とデイブが信じられないという表情で笑った。「もう子供じゃないんだ」

みんな、顔つきも声も大人びた。デイブの目もとに、小じわも浮かんでいる。だけどサラは、デイブとリリーといっしょに車に揺られていると、十六歳に戻ったような気がした——懐かしくて、切なくて、どうしようもない。アニーが編んだ友情ブレスレットが腕にあるような感覚になる。ピンク、赤、白のリリアンが見える。サラがこの町に置き去りにしたもののひとつだ。

クリスタルとジミーは、教会の表の段に座って待っていた。デイブがエンジンを止め、五人はアパートのドアから入り、階段を上った。サラはリリーのアパートを訪れたことがあったけれど、家の雰囲気から、今ここに住んでいるのはリリーだけだと察した。以前はプチポワンかキリストの絵が並んでいたのに、今はリビングにバブルガムピンク色のソファがあり、遠い場所の写真が額に入れられて飾られていた。ジミーとクリスタルがソファに座り、デイブは床に座った。壁を背もたれにして、両足を伸ばしている。サラはリリーを追いかけ、キッチンに入った。冷蔵庫に男性とリリーのツーショットの写真が張ってある。

「この人はだれ？」

「ビリー・マッキンタイアのこと？　三歳上の先輩。高校もいっしょだった。軍に入って、今はアラスカにいる」

「寂しいね」

「会いたくてたまらないよ」

「お父さんの教会はどうなったの？」

「フォレストビルに新しい教会ができてさ」とリリー。「みーんな、そっちに行っちゃった。パパはアリゾナに引っ越した。新しいパートナーといっしょにね」

「今でも教会に入ることはできるの？」

「うん、ときどき入ってるよ」

「わたし、あの場所好きだったんだよね」とサラ。「神さまなんて信じてなかったけど、なんか好きだった」

「ねえみんな、サラを連れてってあげて」とリリー。「わたしもすぐ行くから」

デイブとクリスタルとジミーはサラを連れて、廊下を通り、段差の激しい階段を下りた。突き当たってドアを開けると、小さな教会に出た。尖塔の高い天井があり、信者席《ピュー》が並んでいる。ジミーとクリスタルは最前列に座り、デイブとサラはステージに続く階段に座った。すぐにリリーがトレーを抱えて現れた。五個のマグカップがのっている。サラは一個手に取り、両手でしっかり持って、ホットチョコレートの温かさを感じた。

　ひとくち、すする。やさしくて、甘い。

「見つけてくれてありがとう」とサラ。「みんなはもう、この町にいないのかと思ってた。すごく長い時間がたったから」

「出ていく人ばかりじゃないよ」とクリスタル。

サラの友達――みんな、変わっていない。あのデッキの上で身を寄せ合った、あのおぞましい朝のままだ。

サラが口を開いた。「アニーのこと、教えてほしい」

アニー。アニーの乱れたポニーテールが、足を踏み出すたびに右、左に揺れる。アニーの明るくかすれた声。おかしな冗談ばかり言って、結局みんな噴き出して大笑いする。疲れているときや、酔っぱらっているときはとくに、腹が痛くなるまで笑った。

「お願い」とサラ。「何があったか知りたいんだ。ひとつ分かったことがあって……わたしの父親がなんらかの形でかかわっていたと思うんだ」

ジミーはクリスタルの手を取った。そして彼女の結婚指輪をくるくる回し始め、クリスタルはその指輪をじっと見つめた。リリーとデイブは顔を見合わせた。そしてリリーがうなずいた。

「サラの父親とそのお仲間だよ」とデイブ。「全員だ。そうみんなは言ってた」

「ええっと」とサラ。「全員?」。アスピリンが効かない。サラはこめかみをさする。「よく理解できないんだけど」

「事故だったらしい」とデイブ。「姉ちゃんはクスリが欲しくてあいつらのところに行った。

男たちといっしょに、サラの家でクスリをやった。だけど量が多すぎた」。サラの頭がくらくらする。前のめりになり、ひざに突っ伏した。「助けようとしたけど、もう手遅れだったって。だけどやつら、救急車を呼ぼうともしなかった」

「そんなことしたら、自分たちがやべえって思ったんだろうな」とジミーが言った。

「だから暗くなるまで待って」とデイブ。「死んだアニーを川に隠した」

「なんで知ってるの?」とサラ。

「サラのお父さんが逮捕されたときさ、いろんなことが明るみに出た」とクリスタル。「仲間割れして、口を割る人が出てきた。だけど、嫌疑不十分だって。しかも時間がたちすぎてる」

「もう何もできないってこと?」

リリーが答える。「わたしたちもいろいろ考えたんだよ。だけど、いったい何ができる? アニーは死んじゃった。みんなの人生は台無しになった。ジョンとマークはもうクスリなしじゃ生きていけなくて、両親にまで見捨てられた。ふたりは観光客をだまして金を恵んでもらいながら、橋の下で寝てる。みんな、哀れんでる」

「ユージーンは?」とサラが尋ねた。「あいつも逮捕されないの?」

「ユージーン。あのゴミ野郎。サラさ、町を出ていった日、あの男のところに行ったんだって? 男といっしょにあいつのところに行ったらしいじゃん」とデイブ。

「金が必要だったんだよ。助けてくれるって言われたんだ」

ジミーが鼻で笑った。

「必死だったんだ」とサラ。「信じたかったんだよ」

「で、金は恵んでもらった？」とクリスタル。

みんなに話す義理はなかったけれど、サラはぶちまけた。「その場で稼がされた」

「ゴミ野郎」とデイブがまた言った。

サラが座り直すと、リリーと目が合った。彼女は話しだすタイミングを待っていたみたいだった。

「ユージーンみたいな人は……」とリリーが言った。サラの目をしっかり見つめている。

「ユージーンみたいな男は、自分がしたことの責任を取らされることが滅多にない」

サラはうなずき、あおむけになった。ホットチョコレートが体に満ちる。頭がどくどくする。

頭上には、リリーの父親がかつて説教していた空っぽの教会がある。「とんだふるさとだな」

デイブが片手をサラのひざに置いて言った。「会いたかったよ」


デイブがサラを家まで送り届けてくれたとき、家の中は静まり返っていた。サラが中に入ると、ティナとスペンサーがいた。ティナはスペンサーにひざ枕され、ソファの上に眠っている。

「戻ったよ」とサラが静かに言った。

「姉ちゃん」とスペンサーが返す。「遅かったね。ソファで寝るよね」

ティナの寝顔があまりにも穏やかで、起こすのがかわいそうになる。スペンサーが彼女の顔にかかる赤い巻き毛をやさしく払い、前かがみになってティナの耳もとでささやいた。「ベッドで寝ようか」ティナがもぞもぞと動き、オーケイと返事をした。ティナはすぐに目を覚まし、ふらつきもせず立ち上がった。そしてうーんと背伸びをし、サラのほうを向いた。

「おや？」とティナ。「サラだ。おやすみなさい」

「おやすみ」とサラ。

「俺もすぐ行くから」そうスペンサーがティナに言い、ティナはうなずいた。

部屋じゅうに、今夜の痕跡が残されている。ピザの箱、ビール瓶、プラスチックカップ。

「ごめん」とスペンサーが言った。

「いいよ」

「ちょっと待ってて。すぐに片づけるから」

スペンサーは部屋を回って片づけ始めた。サラも手を貸す。ぬるくなったビールをシンクに流し、カップをすすぐ。リサイクル専用ゴミ箱にカップを落としながら、サラははたと気づいた。心配することなどなかったのだ。サラは父親とはちがう。サラは十九歳でもない。コーラとウイスキーをただ混ぜている十九歳ではない。

リリーの五個のマグカップを、サラは思い出した。こぼさないように、慎重に運ばれたあのマグカップだ。サラはそこから一個手に取り、指を温めた。

すごく心に染みた。あの最初のひとくち。そのあとのひとくち。サラを温め、心を落ち着けてくれた。サラにそこにいていいのだと、教えてくれた。サラがカクテルを作る理由は、そこにあった。

部屋がそれなりに片づいてきたとき、「残りは明日やるよ」とスペンサーが言った。サラはいいよと返事をしたけれど、ふたりは並んでキッチンに立ったままで、スペンサーはどこにも行く気配がなかった。だからサラは尋ねた。

「アニーのこと覚えてる？」

「うん」とスペンサー。「ちょっとだけ覚えてる」

スペンサーが立つ姿勢から、彼がこの会話を想定していたのではないかとサラは思った。スペンサーは身じろぎもせず、真剣な表情をしている。

「何があったか知ってる？」とサラ。

スペンサーはカウンターに寄りかかった。「うん、知ってるよ」

「なんで教えてくれなかったの？」

スペンサーがサラの瞳をさぐるように見つめている。彼女に何か伝えようとしている。それから彼はふっと悲しそうに笑い、言った。「この場所のことについて何度も話そうとしたよ。でも姉ちゃん、聞きたがらなかったじゃん」

数年前、スペンサーが額に入れた絵を渡してくれたことをサラは思い出した。ジョニー・

キャッシュのレコードや、ポーカーナイトのことを話そうとしたことも。弟はずっと、サラに見せようとしていたのに、サラはずっと顔をそむけたままだった。

「サラの友達が何を言ったかは知らないけどさ」とスペンサー。「パパとみんなは――アニーを殺してないよ。それは分かってるよね？」

サラは首を横にふった。

「クスリを欲しがったのは、アニーだ」とスペンサー。「金を渡して買ったのも、アニーだ」

サラはユージーンの家に行った自分のことを思い出す。服を脱ぐ、服を脱ぐ。服を脱いだのは、サラだ。三百ドルを手にしたのはサラだ。その額で合意したのはサラだ。

「あの人はアニーに家に帰れって言えたはずでしょ？　娘の親友に売ったらだめだって、そう思えたはずだよね？」

「そうだね」とスペンサー。「パパはそうすべきだったと思うよ。そうするのが正しかったって思う」

スペンサーが認めるとサラは思っていなかった。サラはずっと失望しなくていいように、先んじて悪いほうに考える癖がついていたのかもしれない。弟が父親のようになるのではないかと恐れるあまりに。だけどスペンサーは、父ではない。スペンサーは、スペンサーだ。

スペンサーはサラの腕を取り、タトゥーが見えるように腕をひねった。「こんなのうそだ」とスペンサーが言った。「姉ちゃんとママとぼくの三人だけだったことなんて、一度もないじゃないか」

サラはうなずく。涙があふれる。「分かってる」父の名を省くことでサラは自分にうそをついた。うそをついたからって、何かがましになるわけでは決してなかったのに。

「パパは悪いことたくさんした。マジで最低な人間だと思う。ぼくだってそれくらい分かってる。だからパパが死ぬ前はもう、話もしなくなってた。だけど、パパはモンスターじゃない」

「わたしはそうは思えない」息をするのが苦しい。「わたしが助けてって言ったとき、パパは絵を描いた。その絵に――」

「絵のことは知ってる。説明しなくても分かってる」

「パパがしたことは……あの人はあまりにもひどいことをしたのに、それでも足りないみたいに」そう言ってサラは喘いだ。息が吸えない。「わたしが大好きな人を二度も奪っておいて、そんな残酷で、むごいことしておいて、それなのにあんないやがらせみたいなことするなんて」

「ちがうよ」とスペンサー。「ちがう、ちがうんだ。聞いて。姉ちゃん、ちがうんだよ」

スペンサーは両手をサラの両肩に乗せ、彼女がちゃんと息を吸えるようになるまで、そうしていた。

「聞いて」とスペンサー。「パパは知っていたんだ。いずれ姉ちゃんが、本当のことを知るときが来るって。絶対に姉ちゃんがパパのことを許さないって知ってた。だから、姉ちゃんを逃がした。いやがらせじゃない。姉ちゃん、ぼくを見て」

　サラはスペンサーを見た。弟の顔だ。真剣で、やさしい表情だ。

「あれはいやがらせじゃない。告白だったんだ」


　それから二日が過ぎ、三日目、サラはやっと起き上がってキッチンに向かった。冷蔵庫を開けて、卵をパックから取り出し、割ってボウルに入れた。

　スペンサーがキッチンに入ったとき、母親の皿にスクランブルエッグが用意してあった。サラはマグカップにコーヒーをついだ。ふたりはいっしょに朝食を食べた。

「これからのことを話そう」とサラ。

　スペンサーはフォークをテーブルに置いた。「オーケイ」

「わたしには、無理だと思う。この家のものを全部整理して、荷造りするなんて考えられない。業者に頼んで全部処分してもらおう」

　スペンサーはフォークを持ち上げた。答えない。

「家を売ったら、いくらかの金になる。スペンサーの大学の学費にしてもいい。もしそうしたいなら、だけど。何かの専門学校でもいいし。アパートに住みたいならその足しにすればいい」

　スペンサーはフォークを口に運ぶ。サラは弟の答えを待ったけれど、沈黙だけが広がる。サラののどが引きつる。何がくるかはもう分かっている。だけど、それを受け止める心の準備はできていない。

「わたしが出ていった日のこと、覚えてる?」とサラが尋ねた。

スペンサーはコーヒーをすすり、マグカップを置いて、サラを見た。

「ぼくはヘンリーの家に行ってた。いつもと同じように、学校が終わって、ヘンリーのところに行ってた。そしたら、姉ちゃんが車で近づいてきた。初めて見る車だった。初めて見る男といっしょにいた。そして、行かなきゃいけないって言った」

「ほかに覚えていることは?」

「姉ちゃんの顔色がすごく悪かった。なんか怖くなった。あんなに辛そうな姉ちゃん、あのときが初めてだった」

サラが聞きたいのはそんなことじゃなかった。絶対に知りたいことがあった。のどが凍りついたみたいで、自分の言葉で聞けそうになかったけれど、なんとか、絞り出した。「いっしょに行こうって、わたし言ったよね?」

スペンサーはうなずいた。そして窓に目をやった。レッドウッドの木だ。ずっと変わらずにそこに立っている。こんなにいろいろなことがあったのにずっとそこに立っている。「覚えてるよ。姉ちゃん、何度も聞いてた」

「なんで来てくれなかったの?」

サラの頬を涙が伝った。スペンサーは自分の目に手を当て、涙をぬぐった。そして肩をすくめ、苦しそうに息をついた。「まだ子供だったんだ。姉ちゃんもぼくも」そうスペンサーが言った。「あのとき何が正しいかなんて、どうして分かったと思う？」

サラは許してもらえるとは思っていなかった。許されるべきではないと思っていた。

「姉ちゃんがいなくなったあと、そんなに悪くなかったよ」スペンサーが言った。「そりゃあ姉ちゃんのほうがよかったけど、パパも努力した。冷凍食品を買ってきたりさ、いろいろ。イチゴのへたを取ってくれる人はいなかったけど、すぐに慣れたよ」

サラはほほ笑んだ。スペンサーは覚えていたんだ。

「スペンサーは、この家を出たくないんだね」

「ここを出たのはさ、パパとうまくいかなくなったからだよ。友達のことは好きなんだ。ティナだってここにいるしさ。ロサンゼルスはクールだけど、ぼくの居場所じゃない」

サラが望んでいた答えではない。だけどサラには分かっていた。スペンサーはサラの弟だ。大好きな弟だ。そして彼の人生は、彼のものだ。

その夜、六時過ぎ、サラはガラクタばかり入っている引き出しを漁っていた。父親のトラックの鍵をさがしていたのだ。そして、見つけた。

サラがトラックのドアハンドルを引くと、ドアは唸り声のような音を立てて開いた。錆とタバコの吸い殻と父親のコロンのにおいがする。サラが父親のにおいで唯一我慢できたのが、このコロンの香りだった。運転席によじ登り、父親から教わった手順を思い出そうとした。向かい合う歩道の木々が影を作る道路に、車を走らせる。ぐねぐねとした道だ。父親はいつも窓から片方の腕を出して、悠々と運転していた。

かび臭いにおいに、吐き気が込み上げる。サラはハンドルを回して車の窓を開けて、新鮮な空気を入れた。

〈スティック&ポーク〉の前にデイブのキャデラックが駐車されている。サラはトラックから出て、駐車場を横切り、ドアに向かった。

サラの姿を見ると、デイブの表情が明るんだ。茶色の大きな瞳を輝かせている。アニーが大人になっていたら、きっと今のデイブに似ているんだろうな。サラはデイブとの距離がありがたかった。少しでも近づいたら、サラはその場でぱっくりと、真っぷたつに割れてしまうような気がした。

「ドライブしよう」とサラ。

「どこに行く？」とデイブ。「ちょうど閉店するところだったんだ」

だけど店の外に出ると、デイブの表情が変わった。駐車場の向こうのトラックを睨《にら》みつけている。

「俺の車で行こう」

「だめだよ。あのトラックでなきゃだめなんだ」

「サラ。俺があのトラックに乗るなんて、絶対ないからな」

サラはデイブを説得したかった。だけどデイブの顔を見たら、そんなことできるはずがない。歯を食いしばり、瞳は怒りに燃えている。デイブは絶対に、あのトラックに乗らない。

「分かった」とサラ。「分かったよ」

あの日、サラは逃げ出した。そして十年間戻ってこなかった。アニーの葬儀にも参列しなかったし、悲しみに沈む家で時間を過ごさなかった。だけどデイブはちがう。

「ごめん。ちゃんと考えられてなかった」

「そうだね」とデイブ。「マジで考えなしだよな」

「本当にごめん」

デイブがうなずいた。

「でもさ、わたしについてきてくれる?」

デイブはサラの車について駐車場を出て、大通りへと進んだ。右折し、川の近くまで来た。サラはユージーンの家から一ブロック離れたところに、後ろにデイブが駐車できるスペースを空けて、停車した。

「なんだよ、これ」とデイブ。「世界最悪の男をめぐるツアー?」

「まあそんなとこ」

デイブは車を降りて、トラックの助手席のほうに来た。「もう、どうにでもなれ」そう言って、助手席に上った。ドアを閉じて、深く息を吸い込み、グローブボックスを漁り、ダッシュボードを触った。「やっぱり」とデイブは言い、動きを止めた。「ジャック・フォスターのトラックだ」

サラはうなずいた。体の震えが止まらない。

「なあ」とデイブが言い、サラの手を取った。デイブの手は、アニーの手とは似ても似つかない。デイブの手は大きくて温かい。サラはそのぬくもりに、少しだけ心が落ち着くような気がした。

「わたしね、アニーを愛してた。あんたのお姉ちゃんを愛してたんだ」とサラは言った。

「知ってるよね。そしてわたしは今でも、アニーを愛してる」

「うん、知ってる。手分けしてさがそうって言ったときのこと、覚えてる？　サラのあのときの顔、今でもときどき思い出すんだ。みんなで話してたとき、サラが立ち上がって、ひとりで森をさがすって言ったときのこと。もし姉ちゃんが生きているんなら、連れ戻せるのはサラだけだって、そう思った」

「わたしもそう思ったよ」とサラ。「アニーが森にいなかったのが、信じられなかった」

「人生ってさ、とんだげす野郎だよな」デイブは言い、はなをすすって、袖口で涙をぬぐった。そして咳払いをした。「よし。そろそろ教えて？　何をするつもり？」

「残ってんのって、ユージーンだけだよね？」

「そうだよ」とデイブ。「お仲間たちはみんな、死んだか、刑務所に入ってるっていうのにな」

「今でも町でユージーンにばったり会ったりするでしょ。そういうとき、どうしてるの？」

「反対方向に歩く」

「わたしずっと、あの午後のことを考えているの。わたしが逃げ出す直前のあの昼のこと。あいつはアニーを死なせてもまだ飽き足らず、もっと欲しがった。あの日、アニーがほかにどんなことされたのか考えたら……こんなこと言ってごめん。でも——」

「そんなことは俺だって」とデイブ。「俺のこの壊れた脳みそがさ、えぐいことをいろいろ勝手に考えるんだよ」

「あいつだけ逃げ切るなんて許せない」

「問いつめに行くの？」

「そんなことしない」とサラ。「問いつめるなんてしない。ただ、このトラックをあいつの庭のデッキに突っ込ませる」

デイブは眉を上げる。「サラだってばれるよ」

「だろうね」

「心配じゃないの？」

「警察にでもなんでも行けばいいよ。あれだけのこととしておいて、行けるもんなら行けばいい。

このトラックを押して、転がす。この丘の下まで猛スピードだ。片づけはあいつがやればいい。それか、家の外に出て、お友達のつぶれたトラックを見るたびに、自分のぶち壊してきたもの全部思い出せばいい」

デイブはサラをまじまじと見ている。「本気なんだ」

「もちろん、本気だよ」

「よっしゃ。やろう」

サラは丘のてっぺんまでトラックを運転して進めた。砂利敷きのドライブウエーには多くの車が止まっている。夜が降りてくる。だけどまだ、日が残っている。だれかに見られたら、サラとデイブだとすぐにばれるだろう。だけど、だれが気にするっていうんだ？　ユージーンを知っている人ならだれもが、当然の報いだと思うだろう。サラのことを知っている人なら――母親を亡くした女の子。父親がクスリの密売をしていた女の子。姿を消してやっと帰ってきた女の子――見ないふりをするだろう。

ユージーンの家のとなりは、バケーションレンタルだ。ドアに鍵入れの金属の箱がかかっている。その家のドライブウエーは空っぽだ。サラとデイブには都合がいい。トラックを押して、角度を調整して狙いを定める。ユージーンの玄関のドアは開いている。網戸だけ閉まっている。きっと衝突音を聞くだろう。そして出てきて、何があったか確かめるはずだ。

「やるよ？」とサラ。

「了解」

サラはサイドブレーキを外し、デイブといっしょにトラックの後ろに回って押した。ゆっくり、ゆっくり、トラックが進む。じょじょに押すのが楽になってくる。そしてふたりは手を離す。タイヤが回り続ける。網戸が勢いよく開いて、ユージーンが出てくる。トラックがまっすぐに進む。全部が静けさに包まれている。次の瞬間、トラックが切り株にぶつかり、茂みに突っ込み、そしてデッキに激突し、そのまま川に沈む。トラックの動きが一瞬止まる。そしてさらに深く沈んでいく。トラックの大部分が川の中で、荷台だけはまだ見える。

ユージーンはあんぐりと口を開けている。顔が真っ赤だ。サラはあの午後のリビングルームを思い出す。ブラインドの間から射したゆがんだ光。足の下で傾斜した床板。

今、サラが立つ大地は揺るがない。

ユージーンとサラたちの間には十メートルほどの距離があった。サラたちのほうを見たユージーンは、彼女たちがだれであるか気づいたようだった。サラの瞳に映るユージーンは年を取っている――腹部は垂れ下がり、頭髪はない。悪意に満ちた瞳をサラたちに向けている。だけど、サラもデイブも大きくなった。ユージーンの行いにもかかわらず、ふたりは自分たちの人生を生きてきた。肩を並べて、ふたりは胸を張った。二十八歳のふたりが胸を張った。ふたりがその気になれば、ユージーンをボコボコにして、かみついてぐちゃぐちゃにすることだってできる。

だけど、もうじゅうぶんだ。

近所の人たちが、音に驚いて、ポーチに出てきた。目を丸くして、突っ立っている。ついにユージーンが口を開いた。「まだ走れるのに、もったいない」

サラは肩をすくめて、言った。「もういらないんだ」

レッドウッドの林が空に伸びる。川がどこまでも流れていく。暖かい夏の日にサラが母親と寝転がったデッキは、がれきと化した。父親が町に繰り出したトラックは、川に沈むただの鉄くずだ。

もうすべきことは何もない。

サラとデイブは木に覆われたブロックまで戻った。人生の多くのことから目をそらしてきた人たちが、見物しようと姿を見せたけれど、ふたりはただその横を通り過ぎた。この人たちはまた、この小さな事件からも目をそらして生きていくのだろう。

「送っていくよ」とデイブ。

「いいんだ。歩きたい気分だから」

「でも、もう暗くなる」

「分かってる」

「オーケイ」デイブは車のドアを開けて、中に入った。「ねえ、サラ」とデイブが呼んだ。「俺、ずっとこれが必要だったんだと思う。なんでもっと早く、思いつかなかったんだろうな」

サラはうなずいて、片手を上げた。

デイブはキャデラックのエンジンをかけ、手をふって走り去った。

デイブの車が見えなくなると、サラは家々を囲むようにぐるりと回る道を長いこと歩き、リバー・ロードに出た。看板が見える。アームストロングの森だ。

歩いていけるんだ。そうサラは気づいた。そう気づいたら、歩いていかなければならない気がした。なんとしても。

ゆるやかな傾斜の道路を、三キロほど上った。古いカフェと書店を過ぎたら、町の外だ。足は疲れてきたけれど、そんなことはどうでもいい。帰るんだ。

フォレストレンジャーの小屋に着いた。地図はいらない。そしてそう——この瞬間だ。空気が変わる瞬間。できるだけ深く、息を吸う。のみ込みたい。ごくりとのみ込んで、森全部、体の中に取り込みたい。急傾斜の登山道を登る。もっと高く、もっと高く。暗闇に道をさがす。ときどき休憩して、息をつく。数時間が経過する。

空には月が出ている。枝の間から光が落ちる。視界を照らしてくれる。もっと奥まで進みたい。倒木をコケが覆う場所まで進みたい。バナナナメクジが手のひらを這う場所まで。シダがサラの顔にかかり、顔が泥で汚れる場所まで。サラは歩き続ける。そして目の前にレッドウッドの若木の木立があり、その先にうろのある古木の切り株がある。ただいま。サラは、その穴に入った。

体じゅうが疲労で痛む。マツの葉のベッドにサラは横たわる。うろ内の平らで滑らかな場所だ。頭を休める。自分の体を抱きしめる。目を閉じる。胸の上に、エミリーが頭を休ませているような感覚。バナナナメクジが、サラとアニーの腹を這う。ピカピカ光る通り道。ふたりともここにいっしょにいる。生きているアニーがここに来る。十六歳のアニーがこう言う。大丈夫に決まってるじゃん。心配した？　エミリーの黒い髪が背中に下りる。サラを引き寄せてキスをする。父親に肩車されている。川の流れが聞こえる。力強く、恐れがない。おいで、とエミリーの声が聞こえる。腕をいっぱいに広げている。いっしょにいるよ、とアニーが言う。みんないっしょにいる。デイブの車の中だ。ディスコボールから反射する光が車の天井で躍る。母親が手を取って言う。ごめんね。あなたはこんなにいい《パーフェクト》子なのに、ママは上手に愛せなくてごめんね。小さなスペンサーがすり寄ってくる。グラントが窓越しにサラを見て、胸に両手を当てる。呼吸が落ち着いてくる。体の力が抜ける。眠る。深い森でサラは眠る。

イエルバブエナ

　サラが去った夜、エミリーはガーンビルにいる夢を見た。暮れなずむ長い道を、サラをさがしてさまよっていた。家に明かりがともっている。表にサラの車が止まっている。こけむした小道を、玄関まで進む。ノックしたい。だけど、思いとどまる。

　夢の中でエミリーは、モーテルまでドライブする。服を脱ぎ、プールに飛び込む。プールの真ん中まで泳ぎ、あおむけに浮いて、黒い夜空を見つめる。

　だけど何かの気配がして、エミリーは顔を上げる。暗夜の静寂を切り裂くトラックのエンジン音――遠い。それがどんどん近づいてくる。ヘッドライトがまぶしい。どんどんまぶしくなる。エミリーはひとりぼっちで、水面に浮いている。動きたいのに動けない。叫ぼうとしても声が出ない。トラックが頭上に現れる。エミリーは口を大きく開ける。口の中に水が入ってくる。

エミリーははっと目を覚ました。体が震えている。まるで布団の中で溺れていたかのように、マットレスから体を引き離す。

真夜中だ。夢の断片が頭をよぎる。サラの家、黒色のプール、真っ暗な空、ヘッドライト、口に流れ込むプールの水。

エミリーは引き出しからセーターを取り出し、ジーンズをはき、スマホをポケットに入れた。ぐるりと曲がる階段を下り、鍵と財布をつかんで、ロビーで靴を履いた。静かな夜に飛び出し、車に乗り込んでエンジンをかけた。

オーシャン・アベニューに出た。体が震えている。その日の朝からずっと震えている。自分に何を言い聞かせても、震えは止まらない。

エミリーは自分に何が起こっているのかよく知っていた。前にも同じ経験がある。愛する人に置いていかれる。エミリーがすべきことは、静かに待つことだ。そうしたら、すべてが終わる。ただ待って、何もせずにただ、戻ってきてくれると信じていればいいんだ。

エミリーが寝ている間にジェイコブはいなくなったけれど、翌朝、レストランに姿を見せ、夜には、エミリーのアパートのドアをノックした。

コレットは永遠に戻ってこないと思ったけれど、ある朝、荷物を抱えて玄関先に立っていた。

あの日の午後、祖母の家で父がさよならと言ったときもすごく不安だったけれど、数カ月後には父親が戻ってきて、エミリーのとなりで、エミリーのキッチンで、ガンボをかき混ぜていた。

サラだって、最初の別れのあと、レストランでエミリーを見つけ、目を合わせ、ふたりきりで話せるまで待ってから、もう一度チャンスが欲しいと言ったじゃないか。

エミリーはヘッドライトが照らすロングビーチを、まっすぐ走った。それからハイウエー405号線を、北上した。

サラの父親が死んだ。サラには、やらなきゃいけないことがある。わたしのことで煩《わずら》わせてはいけない、そうエミリーは自分に言い聞かせた。だけどそうするたびに、震えがひどくなった。

サラは部屋を歩き回り、エミリーに彼女の人生の話をした。そしてマットレスに丸まって、深い眠りについた。エミリーはサラの穏やかな呼吸に耳を傾け、彼女の胸が上下するのを見ていた。あふれ出す愛情に、怖くなった。サラといっしょにいたかった。

けれどエミリーは、自分の感情を抑えて、サラが気兼ねなく去れるようにすべきだと思った。そうしたらサラは、エミリーのことを心配しなくていい。自分のことに集中できる。

エミリーはどこに向かっているのだろう？　ロシアン川でないことは確かだ。エミリーはサラの実家の住所を知らない。エミリーが夢で見た道路は、現実にある道路じゃない。あの家は、サラの家じゃない。エミリーは溺れてなんかいない。

エミリーはハイウエーを降り、数ブロック走ったあと、路肩に駐車した。ポケットからスマホを引っ張り出した。手が震えている。午前二時だ。眠っているサラを起こしてでも話したかった。

だけど留守電のメッセージが流れた。それを聞いてエミリーは、サラが実家のある地域は、電波が届かないと言っていたことを思い出した。メッセージを残そう。だけどなんと言えばいいんだろう？　ピーッという音が鳴った。考えている時間はない。

「サラがすごく大変なときにこんな電話をかけて、自己中だと思われても仕方がないと思う。だけど分かってほしいの」エミリーの鼓動が速まる。のどが緊張してる。「サラが行ってしまったとき、なんと言えばいいのか分からなかった。ただいっしょにここにいてほしいって、それだけしか考えられなかった。サラがいなくなっても大丈夫なふりをしなきゃいけないって思った。サラに必要とされなくても平気だって、そんな顔しなきゃいけないと思ってた。だけど本当は、サラに必要とされたくてたまらなかった。今こんなこと言うべきじゃないって分かってる――分かってるよ。お父さんが亡くなって、すごく辛い場所に戻って、苦しいことたくさんしなきゃいけない。それなのにわたしはめちゃくちゃで、言わずにいられないんだ。怖い夢を見たの。目が覚めて車に飛び乗って、サラのところまで行こうとした。サラの住所もサラがわたしに会いたいのかどうかも分からないのにね。いっしょに来ていいよって言ってくれたとき、本気でそう言ってくれたの？　気を使ってただけ？　わたしが置き去りにされるのを怖がってるのが分かったから、言ってくれたの？　本当はすごくいやだった。昨日、あんなふうに遠ざかっていくサラを見るのがすごく苦しかった。わたしを必要としてほしいのに、サラはひとりでも大丈夫なんだって」

エミリーは自分の声を聞いた――大きな声で懇願している――だけど言葉にすると心が落ち着いていく。恥ずべきことだと分かっていても、愚かしいことだと分かっていても、開放感があった。あのサラとの最初の夜に、夜空の下で服を脱いだときみたいに。

すべてを、さらけ出そう。

「ちゃんとしてなきゃっていつも思うんだ。簡単なんだよ。めちゃくちゃにならないでいるのって。だけど、サラになら、めちゃくちゃなわたしを見せてもいいのかもしれない。わたしって、マジでどうしようもない人間で、まちがったことたくさんしてきたの。今だって、サラがすごく大変なときに自分のことを話してる。今、サラはこのメッセージを聞きながら、エミリーってなんて醜くて面倒でわがままなんだろうって思ってるかもしれないね。分かんないけど、わたし、サラのところに行きたい。だけどサラがどこにいるのか分かんないし、いつサラがこのメッセージを聞くのかも分かんない。全部終わってからしか聞けないのかもしれないだけど、ねえ、全部片づいたら、どうかどうか、わたしのところに帰ってきて」

エミリーは言いたいことを言ったけれど、まだ電話を切りたくなかった。エミリーはスマホを耳に当てたまま、背もたれに重心をかけ、辺りを見渡した。

エミリーはシルバーレイクのサンセット大通りにいる。以前住んでいたアパートのすぐ近くだ。メキシコ食材店が下階にあるあのアパートがすぐそこにある。

エミリーは笑った。「昔のワンルームアパートの近所に戻ってきちゃった。そんなつもりはなかったのに。ただ衝動的にハイウエーを降りて車を走らせたら、なぜかここに来ちゃった」そう言ってエミリーはバックミラーを見ながら、アパートまでバックで進んだ。「うわあ」とエミリーが息をのむ。「アパートの向かいにモーテルがあったんだけど、いつも〈空室アリ〉のネオンが光ってたのね。だけど、今は〈空室ナシ〉のネオンが光ってる。こんなことってある？　なんか信じられない。ねえわたし……」そのあとの言葉が出てこない。電話を終えるべきだ。そうじゃないとメッセージの途中で、時間切れになってしまう。「サラがここにいてくれたらいいのに」そうエミリーは言った。そして電話を切った。

信号待ちだ。昔住んでいた部屋のカーテンは閉じられている。〈空室ナシ〉のネオンがともっている。点滅しない。

エミリーは両手を見つめた。震えが止まっていた。

家に帰り、夜が明けてからランディに電話をかけた。「家を売りに出したいの。それから、売却したお金で自分が住む小さな家と、フリップする家を買いたい。コレットのために投資する分のお金は残しておいてほしい」

朝日が寝室に射し込む。床の上のマットレスと引き出しを照らし、彼女のものになるはずのなかった家を暖めた。遅かれ早かれ、手放さなければならなかった家だ。ここに住む選択をすれば、金銭的には何も残らない。次のプロジェクトの家も買えないし、コレットのために貯金もできない。家の改装をしようと思ったら、投資家に頼らざるをえなくなる。そのすべてを引き受けるとしても、こんな広い家、エミリーに使い道はなかった。

だけど、エミリーはそんな美しさを手にすべきだと感じていた。彼女が欲するのであれば、手に入れるべきだと。彼女が自分の手で築いたのだから。自分にふさわしくない豪邸だとは思わなかった。祖父母は自分たちの価値を知り、手を伸ばした。手を伸ばし続けた。肌の色で差別され、レストランへの入店を断られても、雇ってもらえなくても、タキシードとドレスガウンに身を包み、前を向いた。戦争中でもラブレターを送り合った。土地を追われ、心がつぶれそうなときも、踊ることを忘れなかった。与えられたわずかなものから、ふたりなりの豊かさを築いたのだ。家を移るたびに、家の前に立ち、カメラに向かってポーズをとり、記録したのだ。

ふたりが始めたことを、エミリーが引き継ぐんだ。エミリーなりのやり方で、続けていこう。

「ファイナンシャルアドバイザーを紹介するよ」とランディ。「電話番号を教えてあげる。それから家だけど、即金で買う？　それともローンを組む？」

「ローンでお願いします」とエミリー。「夢を見てるわけじゃない。ちゃんと分かってる」

ランディは笑った。「了解。よかった。あとでブローカーと話しておく。なんとかなるよ。

問題ないはずだ」

「よかった。では、売りに出してください」

エミリーは下に行って、いつも通りコーヒーをいれた。マグカップをダイニングルームに持っていき、コレットのパソコンの横に置いた。

「話したいことがあるんだ」とエミリー。

コレットが顔を上げる。「何さ?」

「家のこと」

コレットは部屋を見渡し、エミリーはその視線を追った。電飾、ドアノブ、窓枠、どれもしっかりしている。壁紙は明るく、繊細なモールディングの境界の処理も問題ない。すべてが輝いている。

コレットがほほ笑む。「そうだね。完成したもんね」


「これからお姉ちゃんはどうするの?」ふたりでビーチを歩きながらエミリーが尋ねた。「新しい家を見つけたら、いっしょに住む?」

「それがさ……」コレットは道の端によけて、髪を結ぶ。「サンフランシスコに行こうと思ってる。トムにずっと誘われてたんだよね」

「どうして今まで言わなかったの?」

コレットは肩をすくめる。「どうなるか見てみたかったんだよね」とコレット。「エミリーとさ。すごい冒険だったよね？　めっちゃ楽しかった」

「そうだね」とエミリー。「ほんとに楽しかった」エミリーはコレットと近所に住んでいながら、偶然顔を合わせたときのことを思い出す。苦痛でしかない世間話に、無理に繕った笑顔。もう二度と、あんなのはいやだ。「寂しくなるよ」とエミリーが言った。「だけど、お姉ちゃんが幸せで、わたしはうれしい」

「あたしも寂しいよ、シスター」

その日の午後、エミリーが庭仕事をしていると、後ろから肩をたたかれた。「ヘッドホンを取って」と頭上からコレットの声がする。エミリーは泥まみれの手袋を外し、音楽の一時停止ボタンを押した。

「完璧なプランを思いついたの」とコレット。「〈イエルババブエナ〉でごちそうさせて。九時に予約が取れたから」

エミリーは思わず笑いそうになった。イエルバブエナ。そりゃそうだ。

今夜、あのドアをくぐってレストランに足を踏み入れたら、どんな気持ちになるだろう？　緑を広げる枝に、咲き誇る花々。ジェイコブといっしょの朝食。サラとの出会い。サラと交わした言葉。目が合ったときに全身を走ったあの震え。それ以前は、両親とコレットと訪れた。ひとつの家族だと信じ切っていた。欠点はたくさんあったし、脆かったけれど、それでもひとつの家族だった。そしてクレア。クレアおばあちゃんもいっしょだった。

「行きたくないの?」とコレット。

「行きたいよ」とエミリー。「ただね、ジェイコブ・ローウェルとちょっといろいろあったんだ。しばらくの間、彼とつき合ってた」

「やっぱり!」

「知ってたなら、なんで何も言わなかったの?」

「知らないふりしてほしいのかなって思ってた。それなら別の店にしようか? それか〈スーパー・メックス〉でテイクアウトして家で映画観てもいいし」

だけどエミリーは行きたかった。正しいことのような気がした。もうじゅうぶん時間はたったはずだ。前に進んだ。エミリーにとって、怖いものは何もない。「ううん」とエミリー。「行こう」


コレットの運転でウエスト・ハリウッドに着いた。サンセット大通りを進み、〈シャトー・マーモン〉を通り過ぎると、〈イエルバブエナ〉が見えてきた。立派な建物が暗闇に浮かび上がっている。数ブロック離れたところに駐車し、歩いて向かった。重いカーテンをくぐって、高い天井の空間に入る。両側にポット入りのヤシの木がある。そのすべてが、心地よかった。「コレット・デュボイス」とホストが名前を言いながら、予約者リストで確認する。「はい、確かに。こちらにどうぞ」ホストに連れられて、ダイニングルームを歩いているとき、エミリーはジェイコブを見つけた。彼の家族といっしょにテーブル席に座っている。エミリーはふり返らずに、席に案内するホストについていった。ありがたいことに、ジェイコブのいるダイニングルームとは別の、小さいダイニングルームの後方に席はあった。

「見た？」ホストがいなくなると、エミリーは言った。

「うん。本当にここで大丈夫？」

「もちろん」とエミリー。「大丈夫だと思う。ディナーを楽しもう」

エミリーは、〈イエルバブエナ〉の空気をふたたび吸えるのがうれしかった。エミリーはカクテルのイエルバブエナを、コレットはトニックとライムを注文した。運ばれてきたカクテルを、エミリーはひとくち飲んだ。重層的な香りと味が口に広がる。

サラに戻ってきてほしいと願った。サラのことをできるだけ知りたかった。エミリーとコレットは、オリーブとパン、サラダとふたり分のラグーを注文した。

「トイレに行ってくる」とエミリー。コレットがうなずいた。エミリーがダイニングルームを横切ってレストルームに入る。外に出ると、ジェイコブが待っていた。

「ちょっと来てくれる？」ジェイコブはそう言って、キッチンのドアを開けて進み、冷蔵室にエミリーを連れていった。

「何しに来たんだい？」とジェイコブ。

「あなたがいるなんて、知らなかったんです」

「ああもう」とジェイコブ。「君はすごくきれいだ。だけど、ぼくとしては立場上、このレストランに来ないでくれと頼むほかない」

「分かりました」とエミリー。「ただ……食べたかったんです」

ジェイコブが、身をのけぞらせて笑った。

「ザックを覚えてるだろ？　ラ・シエネガ大通りで開業したんだが、ぼくのメニューの半分を盗んでいったよ」

「ラグーもありますか？」

「あるよ。あのろくでなし」

「有益な情報、感謝します」

「どういたしまして」

ジェイコブは一歩後ろに下がって、エミリーを見つめた。エミリーはジェイコブに、情熱を注ぐものを見つけたと伝えたかった。恋をしていると伝えたかった。自分のために料理もするようになったと、伝えたかった。

ジェイコブには、見えるだろうか？

「フラワーアレンジメントはまだやっているの？」

「いいえ」とエミリー。「だけど花は庭で育てています」

「引っ越したんだね」

小さなワンルームアパートの記憶がよみがえる。くたびれた壁に寂しい窓。「あそこにまだわたしが住んでいると思ってました？」

「見当もつかないな。ただ、ここ数年でぼくが知っている君のことはただひとつ。ぼくのバーテンダーと家に帰ったということだけだ」

「ばれてました？」

「ここはぼくのレストランだよ？」

エミリーはうなずく。「それはそうですね」

「まあでも、仕方ないね。サラだもん。みんないっしょに帰りたくなる」

「サラを愛しています」とエミリー。「真剣に恋愛しています」泣きだしたい気持ちになって、エミリーは片手で口を押さえた。「なんだかなぁ」そう言って、エミリーが笑った。「もう何年もたつのに、わたし、また泣いていますね」

ジェイコブはエミリーの頬を伝う涙をぬぐった。ジェイコブっていつもこんなにやさしかったっけ？

「戻らないと」とジェイコブが言った。「家族が……」

「見ました」

「会えてよかったよ」とジェイコブ。「いや、正直に言えば君を見たとき、恐ろしかったけどね。胃がキリキリしてるよ。だけど、それでも話せてよかった。ぼくは戻るけど、君は少しあとで出てきてくれる？　ふたりきりでいるところをだれにも見られたくないんだ」

チーズとミルクとクリーム。肉の塊。ロングパスタシート。エミリーは身震いした。吐く息が白い。何をしているんだろう？　こんな寒い場所に突っ立っている。

「お断りします」とエミリー。「冷蔵室で待ったりしません。待ちたければ、ご自由にどうぞ」

エミリーは重いドアを押し開け、暖かいキッチンに出た。

皿洗いの人たち、シェフたち、ランナーたちの横を通り、バーを抜けて、弧を描く廊下を通り、ダイニングの入り口に着いた。いつもエミリーの家族が座ったブース席に、見知らぬ家族が座っている。〈48〉。そこに座るスーツ姿のクレアを想像する。キラキラ光る宝石を身に着け、エミリーに花の名前を尋ねる。エミリーは窓から空を見る。灰色の雲と月が浮かんでいる。エミリーとサラがいっしょに歩いた歩道が見える。あの夜、エミリーは自分の感覚に正直になることを学んだ。テーブルの上の金色のきらめき、花束にあふれるカラフルな光、そしてダイニングルームの奥にはコレットがいる。コレットはエミリーに気づくと、手招きをした。

オーシャン・アベニューの家は、水曜日に売りに出され、金曜日に第三者預託《エスクロー》に入り、先買権つきの即金で買い手がついた。ランディが家まで来て、直接エミリーにその旨を伝えた。

「買い手のエージェントが、君がほかに手がけている物件はないのか知りたがっている」とランディ。「こんなに素晴らしいフリップは見たことがないってさ」

「うれしい」とエミリー。「最高の褒め言葉だね」

だけどまずエミリーは、自分が住む家を見つけたかった。

ランディのBMWでロングビーチとロサンゼルスを回った。ふたりとも物件リストに印をつけ、丸一日かけて、エリアごとに見ていった。

ロングビーチの家を最初に見た。エミリーはふるさとが大好きだったけれど、祖父母のことが頭から離れなかった。ふたりは遠くまで旅をした。移動を重ねて、ぴったりの家を見つけた。エミリーは、ふるさとを知りすぎていた。そのことにエミリーは、古い木の床が美しい、高い天井のロビーに立ったときに気づいた。これ以上ない素敵な家だけれど、エミリーは欲しくなかった。ちがう場所に行きたかった。

ふたりは車に戻り、海岸沿いを北上した。ローリング・ヒルズには牧場の白い家屋が並び、美しいキャニオンが広がっていた。馬小屋やプールが見える。見事な風景だけれど、静かすぎる。すべてのものから離れすぎているのだ。

ハーモーサとマンハッタンビーチでは、小さな新築の家を見た。庭が小さくて、海から数ブロックのところにあった。ベニスでは、アボット・キニー大通りにある五十五平方メートルの、化粧しっくいの外壁がおしゃれな家に惹かれたけれど、すぐにすべてが物足りなく感じるだろうと思い直した。窓も部屋ももっと欲しいし、ラグカーペットを広げられるくらい広い床も、美術品を飾れるだけの広い壁も欲しかった。改装した家が売れて帰宅したら、エミリーを慰めてくれる家が必要なのだ。家に帰るたびに夢みたいだと思える場所。毎晩、毎晩、飽きもせずにそう思える場所が必要なのだ。

ふたりは、次のエリアに向かった。

サンタモニカでもいくつか物件を見た。

そのうちの一件は、中に入りもせずに横を通り過ぎた。

東に進み、海から遠ざかる。

ピコ大通りで渋滞にはまっている間、エミリーは物件リストに目を落とした。ビバリーヒルズに一件、サンセット・ストリップに一件。ハリウッドにいくつかと、シルバーレイクとエコーパークにも数件あった。

エミリーとランディとの会話の話題も底を突きかけていた。サントス夫妻はどうしているか、いとこのマリソルは元気か、最近景気はどうか、サントス夫妻は退職する気があるのか。ローレンとバスが離婚したこと、コレットとトムがタホ湖で休暇中だということも話した。おそらくトムはそこで、コレットにプロポーズする気なんだ。ポケットの中にダイヤモンドの指輪を隠し、キラキラ光る湖面に舟でも浮かべているだろう。ウエスト・ハリウッドに向かうころには、ふたりは無言だった。いくつか見て回り、かなり惜しい場所もあった。それからまた車に乗り、右折してサンセット大通りに入った。ここもけっこう混んでいる。エミリーは窓の外を見つめた。

〈イエルバブエナ〉が角にある。

通り過ぎるとき、エミリーは額を窓にぴったりとつけた。ずっと先のほう、ハリウッド大通りの角にある空き店舗が目に入った。前方の信号が赤色に変わる。

「ちょっと待って」そう言ってエミリーはドアを開けた。

車から飛び出し、その店舗の窓から中をのぞいた。ヘリンボーンの木の床に、豪華なシャンデリアが見えた——クリスタルと真ちゅう製だ。こぢんまりとした空間で大きな存在感を放っている。

サラのバーだ。

信号が青に変わる前に、エミリーは車に走って戻った。

「どうしたの?」とランディが尋ねながら左に車線変更する。

「ビビッときたんだ」とエミリー。

「ロケーションがいいよね。何か店でも開く気あるの?」

「考えなくもないかな」とエミリー。

それからサンセット大通りを出て、ローレル・キャニオン大通りに入った。丘を上へ、上へ進む。そしてマルホランド・ドライブに到着した。

「ここの物件のこと、教えてもらってない気がする」とエミリー。

「まだ売りに出ていないんだよ。知り合いのエージェントが教えてくれてさ。来週からなんだけど、鍵は金庫に入れてあるから自由に見ていいって言ってくれたんだ」

小道に入る。緑豊かで静かな場所だが、町を見下ろすことができる。

「すごく高そう。絶対払えないと思う」

「豪邸じゃない。バンガローだ。それにいろいろ手直しも必要」

ランディがドライブウエーに車を入れ、エミリーの目の前に家が現れる。こけむしたれんがのテラスの向こうに、その家はあった。明るい黄緑色《ケリーグリーン》の屋根板、ひし形格子窓《ダイヤモンド・ペーン・ウインドー》、そしてヤシの木に囲まれている。

エミリーは車から出た。


その夜、ぐっすりと眠るエミリーのとなりでスマホ画面が光っていた。朝、エミリーが目覚めて最初に目にしたのは、サラのキッチンの写真だった。写真が送信されたのは真夜中過ぎで、メッセージは何もない。写真だけだ。

エミリーはベッドに座り、目にスマホを近づけて写真を拡大し、細部までじっくり見ようとした。

赤茶けたシミがついたシンク。エミリーはサラがその前に立っているところを想像した。くたびれたカーテン。孤独。悲しみ。

カーテンの間から見えるシダとレッドウッド。

エミリーは、メッセージが隠されているのではないかと思った。だけど、何も見えなかった。

それでも……。

エミリーにはひとめで、それがラブレターだと分かった。


暑い夏の日、エミリーはトラックを運転している。見覚えのある店構えの前に停車する。以前と変わらず、息をのむほど美しい。歩道の植物が成長し、生い茂っている。鮮やかな緑が、濃い色の店の面構えによく合っている。

けれどフラワーショップにもなんらかの変化が起こったことに、エミリーは気づく。エミリーはドアを押し開けた。チャイムが鳴る。ふたりの男性が店を出るところだ。エミリーはドアを持って、ふたりを通す。最初の男性は大きなイチジクの木のポットを抱えている。薬指に金色の指輪が光る。そして彼の夫が後ろに続く。彼は抱っこひもで、赤ん坊を前抱っこしている。赤ん坊は彼の胸にぴったりとくっついて、すやすやと眠っている。

「ありがとう」と後ろの男性がエミリーに言い、ほほ笑んだときに彼の下の前歯に欠けたところがあることにエミリーは目をとめた。胸がいっぱいになる。

「どういたしまして」そうエミリーが言い、男性はいなくなった。

カウンターには若い女性がいて、アレンジメントを作っていた。エミリーにあいさつをし、必要なことがあれば聞いてほしいと声をかけ、作業に戻った。

店のバックヤードスペースが狭くなり、その代わりに店舗が広々としている。品ぞろえも増えた。花だけでなく、雑貨なども置いてある。エミリーは活版印刷《レタープレス》で作られたカードの棚をながめ、キャンドルのラベルを確認し、一本手に取ってにおいをかいだ。

「エミリー？」そう呼ばれてエミリーがふり返ると、メラディスがカウンターに植木鉢を置いている。

ふたりはハグをする。

「お店、また素敵になりましたね」

「ありがとう」とメラディス。「忙しくしてる」

「分かります」

「あなたはどうしてるの？」

「わたしもいろいろと忙しくしています。最近家も買いました」

「おめでとう！　どの辺り？」

「ハリウッドヒルズです」とエミリー。「マルホランド・ドライブのちょっと隠れた感じのところに」

「わお」とメラディス。「すごいじゃない」

エミリーは笑った。「すごく手がかかります」とエミリー。「だけど、すごく幸せです」

メラディスは首をかしげ、うなずいた。エミリーは彼女が何か考えているのに気づいた。

「どうしたんですか？」

「いやね、なんだかあなた、ほんとに幸せそうな顔してる。なんだろうね……満足してるっていうのかな」

「昔のわたしと、ちがいますか？」

「全然ちがうよ」メラディスが言った。「今のほうがいい顔してる。この注文分やってしまわなきゃいけないんだけど、何かさがしてるの？　それともなんとなく見てる感じ？」

「いろいろ見ています」

「じゃあ、ごゆっくり」

メラディスは裏手に姿を消し、エミリーはキャンドルに向かった。ビーチのようなにおいだ。塩とココナツ。森のにおいがするキャンドルもある。手彫りの木のスプーンが並ぶ棚の前にエミリーは移る。そのとき、大きな音がしてカウンターの後ろの女性がハサミを落とし、しゃがんで拾い、立ち上がった。

エミリーは切り花の横を通り過ぎ、花瓶の陳列棚に向かう。以前よりもたくさん並んでいる。ガラス製の花瓶が棚の上段にあり、陶器の花瓶が中央に並ぶ。床には石をくりぬいたようなポットと、コンクリート製のプランターと赤茶けたれんが色のポットがある。満たされるのを待っているみたいだ。

わたしは、空っぽの花瓶だったんだ。

そのときエミリーにそんな考えが浮かんだ。何も入っていない花瓶だったんだ。この店に入り、雇ってほしいと言ったとき、エミリーは満たされることを願っていた。

そしてあの大きなコミュニティーテーブルでジェイコブと座っていたとき、エミリーは一輪の花だった。根は切断され、すぐにしおれるはかなげな存在。エミリーはかれんでいよう、選ばれようと必死だった。だれから見ても、無理をしているのは明らかだったのに。

では、クレアの家に引っ越したエミリーは、なんだったのだろう？　切り花、ではなかったはず、だよね？

エミリーは店の奥の拡張された部分に進んだ。天井が高くなり、テーブルの上に観葉植物が所狭しと並んでいた。水だ、とエミリーは思う。クレアといっしょにいたときのエミリーは、水だったのだ。形がなく、色がない。だけど必要とされる存在。すべきことを淡々とこなし、祖母のためだけに存在し、家族に必要とされる存在になろうとした。

じゃあ、今のエミリーはなんだろう？

店に戻ると、モダンなデザインのガラス戸が目に入る。パティオに向かってドアは開け放たれている。エミリーはドアをくぐった。パティオの上空には針金がゆるい網目のように張られており、シダが巻きついている。緑の葉とピンク色の花の屋根だ。買い物客は陳列された植物と、家具のコーナーをじっくり見ている。

エミリーが植物を両脇に抱えて歩いていると、メラディスに呼び止められた。「自分でアレンジメントを作っていいよ。昔みたいにさ。カウンターにいるマーベルにわたしに許可もらったって言えば、問題ないから」

エミリーはもともと花束を選びに来たのだけれど、たくさんの植物に囲まれて、その気をすっかりなくしていた。

「でもこの子にしようかなと思って」とエミリー。「育つものがいいんです」

「それが店を大きくした理由だよ」とメラディスが返す。「エミリーはやっぱりよく分かってる」

エミリーは、植木とシダ植物と花々を見るのに夢中で、ふと気づくと、店の隅の食料品が並ぶ棚の前にいた。逆さまのメタルトラフとウッドライザーの上に、野菜が整然と並べられている。トマト、スクウォッシュ、エッグプラント。アルグラに、リトルジェムレタス。枝つきのブラックベリー。ブルーベリーが数種類。その下にはハーブもある——ローズマリー、レモンバーム、タイムにバーベナ。

そしてエミリーの目に、繊細な緑色の葉をつけた小さな植物が飛び込んでくる。胸が高鳴る。エミリーは念のために説明書きを読んだ。

〝イエルバブエナ。「いい薬草」という意味です。カリフォルニアに自生し、とくに沿岸部でよく見られます。葉に香りを持ちます。春から夏にかけて白い花を咲かせます〟

エミリーはそっと一枚の葉をちぎり、口に入れた。ほんのりとした甘みと、かすかな苦みが口じゅうに広がる。

説明には、地表を覆うための植物《グランドカバー》として最適で、ウッドストロベリーやハナスグリが共栄植物《コンパニオンプランツ》と書いてあった。メラディスの店にはどちらもあったので、エミリーは苗を買った。

トラックの助手席の床に植物をのせて、家に帰った。

植えるべき場所はすぐに見つかった。オークの古木が頑丈な枝を低く伸ばして、陰になっている最適な場所がある。エミリーはスコップで小さな穴を掘り、容器から苗を手に取ってそこに植え、やさしく土を押さえた。


イエルバブエナは根を張った。

そして一カ月後、エミリーの新しい家の呼び鈴が鳴るころ、ハリウッドサインの下にある隠れ家のような完璧な家の壁にはツルが伸び、イエルバブエナは庭に小さなやわらかい緑のグランドカバーを作っていた。

呼び鈴が鳴ったとき、エミリーは寝室にいた。読んでいた本を置いて、ドアに向かった。

そこに彼女がいた。曲線を描く頬骨に金色のまつげ。花粉のようなそばかすが、鼻筋に橋をかけている、髪は少し伸びて、前髪は目にかかっている。セーターとジーンズ姿でドア口に立っている。

サラだ。

「売れたんだね」

「そう。どうやってここを見つけたの？」

「お城のほうに行ったんだけど、いなかったらコレットに電話して住所を聞いた」

「わたしに電話してくれたらよかったのに」

「エミリーには、ちゃんと会って話したかったから」

「そうなの？」

「メッセージ、聞いたよ」

エミリーはうなずいた。涙が込み上げる。「サラの写真も、見た」

「たくさん話したいことがあるんだ」

「うん」エミリーはそう言ったけれど、サラが何を話したいのかもう分かっていた。サラが背筋を伸ばして立っている。ふたりの未来が見える。晴れた明るい青色の空に、未来が広がっている。

入ってもいい？　そうサラが尋ねるだろう。そうしたらエミリーはドアを開けて、サラを家に招き入れる。二室のベッドルーム、ゲストスタジオ、町を見下ろすダイニングルームを見せる。言葉を交わす。服を脱がせ合う。いっしょに目覚める。失われた二カ月は過去に溶けていく。

この意味を教えて？とエミリーは言いたい。スマホで写真を見せて尋ねる。キッチンシンクとギンガムチェックのカーテンと木。エミリーはサラに、自分が読み取ったことを伝える。それで合っているか尋ねる。

うん、とサラは言うはずだ。

そしてエミリーは尋ねる。丘を上る前、あの場所を見た？　まだ空き店舗だったよ。

もちろん、サラは気づいている。

こぢんまりとした素敵なバーになるはずだ。キッチンはない。真ちゅうと大理石と木と鏡。サラはシェイクし、ミックスする。少量生産のウイスキーを味見し、オリジナルレシピでビターズやシュラブを作る。エミリーにはもう見える。カクテルを作り、笑い、大きなシャンデリアの下のバーカウンターにもたれかかるサラの姿が。

ふたりは互いのことを理解して、互いのためのスペースを作る。それぞれに意思を持ち、それぞれに愛している。

だけどきっと、うまくいかない日もあるだろう。サラの痛みが浮かび上がり、エミリーは闘わずに口をつぐむ。また互いを失うかもしれない。そうしたらどうする？　サラは弟のところに行って、古傷をいたわり、エミリーは自分だけの場所を求める。新しい家を改装することにして、何カ月も仕事に没頭するかもしれない。アリスとパブロとランチを食べて、サンフランシスコにコレットとトムとジョゼフィーヌを訪ねるかもしれない。手は石膏まみれで頭には計画がつまっている。自分だけの世界だ。だれに気兼ねする必要もない。そしてまたサラが戻ってくる。エミリーは、ふたりのダンスを続けたくなる。

いっしょにいると、ありのままでいられる。とても甘くて、少し苦い。

エミリーはもうじゅうぶんに失恋を経験した。もっと賢く選ぶこともできるはずだ。分かっているはず。

だけど今、サラが目の前にいる。エミリーがずっと願っていた日が訪れた。

そしてサラが手を差し出す。エミリーの手を取ろうと、手を伸ばしている。温かくて、ぴったりと重なる。

「入ってもいい?」サラが尋ねた。

エミリーは、ドアを開ける。

謝辞

友人でありエージェントのサラ・クロウに感謝します。もう長いつき合いになりますが、それぞれの作品を通して、わたしの夢をかなえてくれた人です。そして〈ピピン・プロパティ〉のみなさんにもありがとうと伝えたいです。とくに、ホリー、エリーナ、キャメロン、ラキーム。そしてアシュリー。いつも明るく力を与えてくれてありがとう。それから、映画&テレビのエージェントであるデイナ・スペクター、弁護士であるダイアナ・ゴールデン、サラ・レーナーにも感謝します。

キャロライン・ブリーク、あなたに伝えたいストーリーがあります。この本の最初のドラフトを提出したばかりのころ、ある感情にとらわれたんです。それはとてもパワフルで、この世で起きていることではないような感覚でした。だれかがわたしの小説を読んでいる。そう思いました。まだ出版が決まってもいないのに。そしてその読者はこの物語に恋をしていました。翌朝、目覚めるとあなたからのメールが来ていました。この物語への惜しみない賛辞の言葉が並んでいました。あなたといっしょにこの本を作れたことは最大の喜びであり、贈り物です。本当にありがとう。

〈フラティロン〉のチームのみなさんの情熱、プロ精神、クリエイティビティ、そして惜しみないケアに心から感謝します。出版についてわたしのキャリアの中で学んだことがあるとしたら、読者の手に一冊の本が届くまで、本当にたくさんの人が必死に動いているということです。かかわってくださったみなさんに感謝の気持ちでいっぱいです。名前を挙げさせてもらうなら ば、シドニー・ジョン、メーガン・リンチ、マラティ・シャバリ、ボブ・ミラー、ナンシー・トリパック、ジョーダン・フォーニー、アメリア・ポサンザ、キース・ヘイズ、ケリー・ゲイツマン、エリン・ゴードン、ドナ・ノッツェル、フランシス・セイヤー、ビンセント・スタンリー、カラム・プルーズ、そしてタリア・シェアー、みんなありがとう。

物語の世界観を表現したカバーデザインを手がけたのはジョアン・オーネルです。非の打ちどころのない校正はジュリー・ガティン、物語の伏線に目を光らせてくれたデニ・コネホは編集担当です。それぞれに最大の謝辞を。

書店員、図書館の職員、ブロガー、そして読者のみなさん、長年にわたり支えてくれて、本当にありがとうございます。あなたたちがいるから、大好きなことをキャリアとして続けることができます。

エミリーの物語は、わたしのファミリーヒストリーをもとにして書きました。祖父母が暮らした家々や、戦時中に書かれたラブレターなども実際のものを参考にしています。わたしのいとこ、おじ、おば、そして父へ。この物語につめ込んだ愛が、光っていたらうれしいよ。それから、ジョーおばさんがわたしの祖父母をみとった人です。最期の瞬間まで、ロングビーチのチェリー・アベニューの家でふたりを引き取り、世話をしてくれました。それがどれだけの意味を持ったか、言葉では言い尽くせません。

友人のブランデー・コルバート、エリオット・シュレファー、ニコール・クロンザー、マンディ・ハリス、ジェシカ・ジェイコブズ、下書きの段階から何度も読んで感想をくれてありがとう。みんなのこと、大好きだよ！〈マジック・サークル〉にわたしたちを住まわせてくれたジャンディ・ネルソンにもお礼を。あなたがすぐ近くで執筆していると思えることで力が湧きました。ライティンググループのみんなにもお礼を。カーリー・アン・ウエスト、テレサ・ミラー、ローラ・デイビスはこの十五年間で本作の断片的な段落を読み、励まし、導いてくれました。彼女との友情があったから、この物語を書くことができました。

エラーナ・K・アーノルドにもお礼を。コロナ下で迎えた最初の夏に、この作品の下書きを仕上げるようはっぱをかけてくれてありがとう。何時間も電話で話して、プロットポイントやテーマのつながりについて話しましたね。何度下書きを読んでもらったか分かりません。あなたが揺らぐことなくこの物語を信じてくれたから、自分を疑ってしまう瞬間も乗り越えられました。勇気を出して、大胆な表現をするよう背中を押してくれてありがとう。あなたの献身とやさしさ、聡明《そうめい》さに助けられました。

子供のころ、ロシアン川に連れていってくれた母にもお礼を。アームストロングの森に行って、モーテルに泊まったね。その記憶をもとに、サラが働くモーテルのことを想像しました。とても大事な思い出です。シェリー、ロビン、ジェレミー、ライリー、ケイティ、ソフィ、そしてチャーリー、わたしの家族でいてくれてありがとう。それから、パパとラウィン、いつも味方でいてくれてありがとう。わたしのために喜んでくれたり、世話を焼いてくれたり、なんの見返りも求めず愛してくれてありがとう。それから最高の弟、ジュールズもね。年老いてもいっしょにガンボを作ろうね。アマンダ、わたしが完璧だといつも心を込めて伝えてくれてありがとう。ジュリエット、あなたがわたしの子供だなんて、それだけで胸がいっぱいになるよ。あなたのおかげでわたしは書けるし、毎日が幸せです。クリスティン、あなたなしではこの本はありえませんでした。あなたの人生をわたしと分かち合ってくれてありがとう。わたしに何が必要か理解し、惜しみなく与えてくれてありがとう。コーヒーとカクテルと、そして言葉で表すことのできないほどの素晴らしい瞬間を積み重ねてくれて、ありがとう。

著者について

ニナ・ラクールは、マイケル・L・プリンツ賞（『We Are Okay』）などの受賞歴のあるベストセラー作家。ヤングアダルト小説を六作品発表している。本作は著者初の大人に向けた作品である。サンフランシスコに妻と娘と暮らす。

訳者あとがき

イエルバブエナとは、小さな葉と白色の花をつけるミントの一種である。米国カリフォルニア州の沿岸部に自生し、日本でもカクテルのモヒートに使うハーブとして知られている。スペイン語で「イエルバ（ハーブ）」「ブエナ（よい）」、つまり直訳すると「よいハーブ」という意味だ。ほんのりとした甘み、苦み、そして鼻に抜けるミントの爽やかな香りが特徴的なこの植物が、本作のタイトルであり、本作に登場するレストランの名前であり、主人公のサラとエミリーをつなぐキープレイヤーでもある。

ニナ・ラクール著『イエルバブエナ』は、エミリーとサラというふたりの女性の恋愛を描くレズビアンロマンスであり、ふたりの十代後半からのおよそ十年間の成長を描く青春小説でもある。カリフォルニア州北部出身のサラと、同州南部出身のエミリーが、レストランのフラワーアレンジメントとカクテルをきっかけに出会い、恋をする。しかし関係が深まるほど、過去の喪失の影が濃くなっていく。

著者のニナ・ラクールは元独立系書店の書店員で、執筆活動を始めてからは、主にヤングアダルト（YA）作品を手がけ、「喪失」と「希望」を丁寧に描き出す作家として高い評価を受けている。『イエルバブエナ』はラクールの初の大人向けフィクションであるが、彼女の作品における大きなテーマである、喪失やトラウマ（心的外傷）、そこからどう希望を見いだすかといった問いかけは変わらない。ラクールは、『赤と白のロイヤルブルー』（二見書房　林啓恵訳）の著者ケイシー・マクイストンと親交が深いが、彼女との対話の中で「喪失と向き合うために、喪失についての音楽や物語に頼ってきた」ことを述べ、だれかの喪失と向き合うプロセスに寄り添えるような作品を書きたいと思っていると明かしている。

『イエルバブエナ』の第一章「パラダイス」には大きな喪失とトラウマの描写がある。性的搾取や薬物使用、親や恋人の死など多くのトリガーとなる場面があるので、この章は読み飛ばしたい読者もいるかもしれない。それぞれ、決して無理のないようにしてほしい。このトラウマの描写について、ラクールに代わって読者に伝えておきたいことがある。この章で、サラの恋人のアニーが遺体となって見つかる。ラクールは、アニーを死なせない方向で書こうと何度も努力したらしい。というのも、自身がレズビアンであるラクールは、フィクションでこれまでにあまりにも多くのレズビアンが悲劇的な結末を迎える、とくに、死ぬ役を負わされると感じており、自分自身がそのような作品を作ることを避けたかったからだ。しかしラクールは、思案の末に、アニーを生かさない決断を下した。その葛藤が今回の作品でいちばん大きかったと、彼女は語っている。

ラクールは、本作品に限らず、多くの作品で女性同士の関係を描く。最近では、『Mama and Mommy and Me in the Middle』（キャンドルウィック、二〇二二年、未邦訳）という絵本を刊行している。女性ふたりの「母」とともに暮らす少女の視点から、ささやかな日常を切り取って描いた作品だ。ラクールは娘のことを考えてこの絵本を執筆し、絵本が完成したときに娘が、クラス全員に配布したがったという心温まるエピソードも紹介していた。

今でこそ、レズビアンフィクションの代表的な作家となったラクールだが、彼女が執筆を始めた十年ほど前、レズビアンの物語を描くことは多くの読者に本を届けないことと同義かもしれないと思っていたという。つまり、同性愛者の物語ではなく、同じプロットを異性愛者の登場人物で書いたほうが多くの読者を獲得できるのではないか、と考えたのだ。しかしラクールは、彼女の作品を必要としているのがたとえ「ひと握りの人」だとしても、その人たちに届けたいと決断し、その信念のもと、これまで執筆活動を続けてきた。『We Are Okay』(ダットン・ブックス、二〇一七年、未邦訳)がマイケル・L・プリンツ賞(二〇一八年)を受賞した際に、より広い読者にも届き始め、いわゆる「メインストリーム」の本と同じ本棚で陳列され、同じ読者層に読まれるようになってきたと感じたという。そしてこの『イエルバブエナ』も多くの雑誌で二〇二二年のベストロマンス小説に選ばれるなど、たくさんの読者に愛されている。この数年で、レズビアンフィクションを取り巻く出版業界の潮流がかなり変わったことに驚いているとラクールは語っているが、自分の人生から湧き出す物語を、必要としている人に届けたいという信念は変わらない。

さて、『イエルバブエナ』に話を戻したい。本作をより深く理解するために、もうひとつ書いておきたいのが、「クレオール」についてだ。クレオールという言葉は、コンテクストや時代、世界各地の場所、学問の分野などによって指す対象が異なる。本作で登場する「クレオール」は、ルイジアナのクレオールであり、一六〇〇年ごろからフランス領ルイジアナに入植したフランス系の先祖を持ち、北米先住民族やアフリカ系のルーツを持つ人たちを指す。

エミリーは父方の家族がルイジアナのクレオールであり、黒人差別が過酷だったルイジアナ州から「グレート・マイグレーション（アフリカ系アメリカ人の大移動）」でカリフォルニア州に移住している。グレート・マイグレーションとは、一九一五年から一九五〇年の期間（諸説ある）に、黒人差別を逃れ、多くのアフリカ系アメリカ人やクレオールが北部、西部を目指して移住したことを指す。およそ六百万人が移住したといわれている。日本語訳がないのが残念だが、ワシントン大学出版の『Louisiana Creole Peoplehood: Afro-Indigeneity and Community』（レイン・プルドム－クロフォードほか編著、二〇二二年刊行）では、ＬＡ（ルイジアナ州）を脱出し、新しいＬＡ（ロサンゼルス）で暮らしを築いてきたクレオールの苦難や喜びが詩などを交えて記録されており、エミリーの祖父母の旅を理解するのに大いに役に立った。

ニナ・ラクール自身も父方がクレオールで、祖父母が一九四〇年代にルイジアナ州からロサンゼルスに移ってきたそうだ。著者の謝辞にあるように、エミリーのエピソードの多くはラクールの家族の記録や記憶をもとに描かれている。新しい土地でふるさとと同じようなコミュニティーを築こうとしたエミリーの祖父母の時代から、クレオールの文化とは離れたところで新しい成功を目指した父親世代、そしてクレオールの文化が断片的に受け継がれるエミリーの世代へと移り変わる。父親や母親、姉の陰に隠れ、家族や周りの人を喜ばせるのが得意なエミリーは、自分が何者なのかが分からない。その「自分」というものをさぐる中で大切な役割を果たすのが、クレオール料理（ガンボ）である。ハーブやスパイス、魚介のにおいが漂ってくると、エミリーは祖父母のキッチンに、祖父母の長い旅路に思いをはせる。そして彼女は、自分らしく生きていく道をさがす。

猪突《ちょとつ》猛進でいつも目的地に向かって全力疾走のサラと、海にぷかぷか浮かびすべてのものを握りしめて沈みそうになっているエミリー。正反対に見えるふたりだけれど、ふたりが共通して不得意なのは、立ち止まって自分の人生を見つめることだ。くしくも、ふたりの出会いが、ふたりの人生における「立ち止まり」の時期と重なる。相手をちゃんと愛するために、そして相手に自分が愛されるために何が必要なのか、ふたりは悩み、もがきながら、一度きちんと足を止め、それぞれの足もとを見つめる。

〈ニューヨーク・タイムズ〉は『イエルバブエナ』を「あらゆる感覚を揺さぶるごちそうのような作品」と称賛した。本作自体が「よいハーブ」となって、読者の心を癒やし、格別なごちそうのように喜びと力を与えてくれることを願っている。ロサンゼルスに行きたくなったり、ハーブを育てたくなったり、花のにおいをかごうと足を止めたり、ガンボを食べたくなったり、緑色の本が集めたくなったり、カクテルを飲みにバーに繰り出したり。そういうことをしたくなった読者がいたらとてもうれしい。『イエルバブエナ』は映像化が進んでいるといううわさもある。その続報と、ラクールの将来の作品をわたし自身とても楽しみにしている。また、ラクールのこれまでの作品も日本語で紹介されることを願う。

本作の翻訳にあたり、お礼を言いたい人がたくさんいます。なかでも、編集の高島さま、長嶋さま、校正の廣田さま、ブックデザインの遠藤さま、そしていつも心のこもったアドバイスをくれる友人の原さん、本当にありがとうございました。

吉田育未

二〇二三年　夏

カナダアルバータ州エドモントン　ラズベリーが豊作の庭にて

YERBA BUENA

COCKTAIL

レシピ

ジン	1.5 oz
シャルトリューズ・グリーン	0.5 oz
シンプルシロップ	0.5 oz
ライムジュース	0.75 oz
チェリー・ビターズ	2 drops
ミントの葉	

ミント以外の材料をすべてシェーカーに入れる。

氷を加え、冷えるまでシェイク。

クープグラスに注ぎ、仕上げにミントを飾って

イエルバブエナの完成です。

Netflix映画の原作小説

聖なる証

著　エマ・ドナヒュー　訳　吉田育未

原題：The Wonder
断食しながら生きる“奇跡の少女”アナと、
彼女を観察するために派遣された
看護師のリブの物語。
少女の生存に必要なのは、
信仰か科学か、それとも……？

定価：1,200円＋税
ISBN 978-4-7755-3013-9

世界中で愛されている
とっておきの現代ファンタジー

セルリアンブルー 海が見える家　上

著：T.J.クルーン　訳：金井真弓

原題：The House in the Cerulean Sea
魔法青少年担当省のケースワーカーとして働くライナスは、きちょうめんでまじめな中年男性。重要任務でマーシャス島にある児童保護施設を視察することに…！

定価：1,150円＋税

ISBN：978-4-7755-2997-3

セルリアンブルー 海が見える家　下

著：T.J.クルーン　訳：金井真弓

原題：The House in the Cerulean Sea
施設長アーサーと個性豊かな子どもたちに翻弄されながらも、彼らと向き合い、理解を深めるライナス。
マーシャス島での出会いが、孤独だった毎日を変えていく――

定価：1,150円＋税

ISBN：978-4-7755-2998-0

自分がだれかを決められるのは、
自分だけ。

フィリックス エヴァー アフター

著　ケイセン・カレンダー　訳　武居ちひろ

原題：Felix Ever After
トランスで、黒人で、クィアの自分に、
愛される価値はあるの？
自分自身を発見しつづける
フィリックスの成長と初恋を
みずみずしくパワフルに描いた青春小説。

定価：1,250円＋税
ISBN 978-4-7755-3015-3

YERBA BUENA by Nina LaCour
Copyright © 2022 by Nina LaCour
Published by Flatiron Books.
Published by arrangement with Pippin Properties, Inc.
through Rights People, London.

Japanese translation rights arranged with Rights People
through Japan UNI Agency, Inc., Tokyo

イエルバブエナ

2023年12月27日　初版発行

著　者　ニナ・ラクール
訳　者　吉田育未

Cover
デザイン　遠藤幸
写真　Max Houtzager
フラワーアレンジ　MY'S 今泉冴也香

発行人　長嶋うつぎ
発　行　株式会社オークラ出版
〒153-0051　東京都目黒区上目黒1-18-6　NMビル
営　業　TEL:03-3792-2411　FAX:03-3793-7048
編　集　TEL:03-3793-4939　FAX:03-5722-7626
郵便振替　00170-7-581612(加入者名:オークランド)

印　刷　中央精版印刷株式会社
製　版　株式会社サンシン企画

定価はカバーに表示してあります。
乱丁・落丁はお取り替えいたします。当社営業部までお送りください。
© 2023 オークラ出版／Printed in Japan
ISBN978-4-7755-3026-9